枣树的故事

叶兆言 著

作家出版社

共和国作家文库

总策划 / 李　冰　何建明

终　审 / 侯秀芬　张水舟

统　筹 / 张亚丽

监　印 / 杨　全

出 版 说 明

  中国巨轮，乘风破浪，高歌猛进，短短六十载，已屹立于世界强国之林，成为人类文明史的一个伟大奇迹。中国文学，风起云涌，蒸蒸日上，流派异彩纷呈，名家力作迭出，同样令世人瞩目。为庆祝中华人民共和国成立六十周年，我社启动"共和国作家文库"大型文学工程，力图囊括当代具有广泛影响力的重要作家的代表作品，以中国风格、中国气派和文学价值观上的人民立场，展示东方文明古国的和平崛起、历史进程、社会变迁与现实图画，表现中华民族的艰辛求索、勇敢实践、创新思想及生存智慧。这套文库，既是欣欣向荣的中国文学事业的一个缩影，也是生机勃勃的转型期中国出版界的一件盛事，其文学价值和社会意义，将随着时间的推移而日益显示出来。我们同时相信，中国的文学事业将伴着蒸蒸日上的伟大祖国更加繁荣、更加绚丽。衷心感谢中宣部有关部门、中国作家协会和全国广大作家、文学评论专家给予本文库的大力支持。

作家出版社

目录

状元境 /1

枣树的故事 /63

陈小民的目光 /117

捕捉心跳 /167

马文的战争 /215

状元境

第一章

一

状元境这地方脏得很。小小的一条街，鹅卵石铺的路面，黏糊糊的，总是透着湿气。天刚破亮。刷马子的声音此起彼伏。挑水的汉子担着水桶，在细长的街上乱晃。极风流地走过，常有风骚的女人追在后面，骂、闹，整桶的井水便泼在路上。各式各样的污水随时破门而出。是地方就有人冲墙根撒尿，小孩子在气味最重的地方，画了不少乌龟一般的符号。

状元境南去几十步，是著名的夫子庙。夫子庙，不知多少文人骚客牵肠挂肚。南京的破街小巷多的是，在老派人的眼皮里，惟有这紧挨着繁华之地，才配有六朝的金粉和烟水气。破归破，正宗的南京货。到了辛亥革命前夕，秦淮河附近早没了旧时的繁华，河水开始发臭，清风过处，异味扑鼻。大清朝气数既尽，桨声灯影依旧，秦淮河画舫里的嫖客中，多了不花钱的光棍，多了新式旧式的军官，多了没有名的名士。有一阵子，一位怜爱美人的英雄，常常立在文德桥上，眼见着桥下花船来去，一个个油头粉面，一阵阵谑浪笑语，满心里不是滋味。

这天红日将西，英雄站在文德桥上，时间久了，只觉得隐隐地有些腰痛，暗暗将手扶在栏杆上，目不转睛地注视桥下。一只画舫正歇在阴影处。那花船不大，就一个舱，舱中间一张方桌，罩着乌油油的白布。英雄站在桥上。舱里的情形看不真切，却知道那桌子后面，便是一张下流的木床。船上的人这刻都在船头，一胖一瘦两个男人并排躺在藤椅上,胖的一头歪在那里似乎已经睡着,瘦的也是一副疲倦相,两眼呆呆地望天,手里玩着自己的一截辫子。两个姑娘一站一坐,都是十八九岁光景,悠悠地吃着瓜子。站着的姑娘胸脯极高,身体微扭着,宽大的青竹布大褂里面,叫人想着每一块肉都是活的,都在动。她一边极有力地把瓜子壳往秦淮河里吐,一边和同伴谈着笑着骂着,一边懒洋洋地用眼梢扫桥上的英雄。

那花船慢慢地朝东移过去,慢慢地没了影儿。英雄慢慢走下桥来。日落前的夫子庙,正人多热闹。英雄满腹心事地在人群中走着,众人不看他,他也不看众人。眼见着进了状元境东口,英雄的步子不由得放得更慢。一阵悠悠的二胡声,从沿街的一家茶炉子里传出来,那声音幽长哀怨,英雄的满腹心事让它一撩拨,竟有些不能自持,停住脚洗耳静听,眼珠子到处转着去找那个拉二胡的人。这二胡声英雄已经熟悉,每次路过时,都忍不住要听上一会儿,但是这么如痴如狂,却是头一次。

状元境西头有一家货栈。表面上卖木料,兼做棺材生意,实际上是同盟会的一个秘密据点,南来北往的军火常常贮存在这儿。英雄正是这家货栈的主人,是个头儿。几个伙计也是同盟会会员,三天前,一个伙计配制土造炸药,不慎弄炸了一枚,虽然不曾伤着人,但怕引起清朝巡警的注意,全货栈的人白天都不敢留在家里。紧连着两天平安无事,大家的胆子也大了。第三天一切正常。吃了中饭,英雄依然上街闲逛。两个伙计到钓鱼台会朋友。

那英雄听着二胡,两个去钓鱼台会朋友的伙计也进了状元境。见英雄正在雅兴头上,拍了拍他的肩膀,径直奔货栈。英雄和他们打了个招呼,心里想跟着一起走,腿却让那二胡声吸引着迈不出步。这时候只听见二胡的旋律一转,忽然激昂起来,仿佛荒凉古战场上一声马嘶,又仿佛酷暑天里一阵疾风暴雨。那边两个伙计已到货栈门口,走在前面的刚跨进门,便被几个人冲上来抱住,后面的这个吃了一惊,正好身上揣着枚炸弹,掏出来拣人多的地方就扔。那炸弹的杀伤力并不大,被抱住的那个伙计受了点伤,却趁势抱过一支枪来,冲着巡警噼里啪啦地乱打。等英雄在这边清醒过来,随着看热闹的人群涌过去,两伙计已经一死一伤。那伤的躺在地上叫两个又黑又壮的汉子压住,痛得一声声骂娘,不住地转过脸来吐唾沫。英雄挤在人群里,恨自己身上没有枪,牙咬得格格直响,捏了满满的一拳头汗。

巡警一个个庆幸自己还活着,兴冲冲地找了辆马车来,把一死一伤的战果装了走。留下几个巡警依然守着货栈,一边轰那些看热闹的人赶快散开。英雄随着那些眉飞色舞的看客,退潮一般地向状元境东头退过去,耳听着一些不着边际的怪论,止不住一阵阵的悲痛。天不知不觉地黑了。沿街的门如一张张裂开的嘴,把看客们一个一个地叼了进去。又到了状元境的东口,英雄觉得人越来越少,不免有了种孤单的感觉。隐隐约约地望过去,巷口仿佛有几个人正站在那里说话,手里端的大约是枪。干巡警的绝不会都是傻子,只要守在这巷口把来人盘问几句,一听那英雄的浙江口音,便可以轻而易举地把他抓起来。英雄想自己没必要去送死,脚下的步子不禁由快而慢,由慢转停,甚至退了几步。货栈回不去,进不得,退又不得,孤单的感觉变成了虎落平阳的感叹。

正走投无路,却听见身边的茶炉子里,二胡依然叽叽嘎嘎地拉个不停。附近发生的一切对它好像毫无影响。这是一首常听得见的二胡曲目。英雄听了,身不由主地竖起头来找月亮。寻思了一会儿,才记起不是有月亮的日子。满天的星星已经亮起来,衬着一块暗暗的红云。二胡声幽幽不断,英雄猛想起自己早存着和拉二胡的结识一下的念头,顺手推开虚掩的门,进了茶炉子铺。

二

这个拉二胡的姓张,自小就没了父亲。他妈是状元境里有名的辣货,虽然只有一个儿子,却是有了十个儿子的威风。男人连儿子的名字都来不及取就去了,她便懒得给儿子找个正式的名字,高兴时心肝宝宝地乱叫,发起火来,一口一个"婊子养的"。状元境的男男女女都见她头疼。寡妇门前是非多,做寡妇的自己不怕,别人便怕。儿子一天天大起来，早过了娶亲年龄，没人乐意把女儿送来做媳妇，娘不急，儿子也不敢急。

这儿子念私塾时取过一个正经名字。书不念了，那正经过的名字便没人叫。他从小就和音乐有些缘。两岁多一点时，有一次跑不见了，寻来找去，临了在一个卖艺的摊子前抓到他。他没有正经和什么人学过，到了十七八岁的年纪无师自通，胡琴琵琶，笛箫笙竽，十八般乐器，样样都会，样样不精，其中玩得最好的是二胡。状元境的男女老幼都知道他会拉二胡，因为他姓张，都叫他张二胡。

那英雄在张二胡家平平安安地躲了一夜，臭虫咬了一身疙瘩，不自在了好几天。没几年却发迹做了个什么司令。那时南京已经光复，清朝成了民国。

司令部设在秦淮河边的一个尼姑庵里。门口成天木桩似的竖着两排大兵，司令出门回府，里里外外一片的吆喝。公务之外，司令的精力便用在美人身上。当年南京的头面人物、商会的财神、翰林出身的耆儒、老名士、风流教主，有的慷慨送银子，有的作诗填词捧场，有的牵引着往风流的场所跑，游画舫，逛青楼，南京凡是略有些名声的香巢，不多久就让英雄司令访了个遍。

英雄做了两年司令，讨了三房姨太太。其中二姨太最标致，不高不矮，不胖不瘦，女人该大的她都大，女人该小的她都小。二姨太姓沈，人都称沈姨太。沈姨太在家排行第三，熟悉的人便叫她三姐。这三姐也是个英雄脾气，跟玩似的养了个儿子，没有显出老来，反而更精神，更标致。司令花天酒地，沈姨太也不生气。有时暗暗地替男人们打抱不平。司令的女人太多，司令部的男人太多。不平则鸣，沈姨太叫喊不出。路见不平，拔刀相助，她抽不出刀来，只能偷偷地觉得，司令的女人和司令部的男人，太窝囊废。

沈姨太忽然想到了要学琵琶。别的姨太太嗤之以鼻，正经的姨太太，不是堂子里接客的女人。

于是司令想到了张二胡。于是张二胡成了沈姨太的老师。

沈姨太并不用心地学琵琶，她比当年的英雄更喜欢听二胡。司令部又多了个男人，多了整日不肯安静的二胡声。一些风雅的座上客，难免极懂行地夸张二胡的绝技，顺带盛赞司令和姨太太的趣味，有位当过榜眼的老翰林，酒席之上，常常停杯举箸，把个秃脑袋随着张二胡拉弓的手，摆来甩去。司令酒兴头上，不免把他和张二胡的奇遇，不动声色地娓娓道来，大有好汉羞提当年之勇的意思。

"福人自有天相。司令逢凶化吉，也是命中注定。要不，众位好汉一一落难，惟有司令平步青云，贵不可言！"老翰林捡了块海参在嘴里，嚼了半天，想通似的说道。

"那是，那是，命。命。"下首一桌围着群大大小小的军官，扯着嗓子叫道，只管喝酒。

紧接着又是一番类似的恭维。司令听多了，也不领情。毕竟是拎着脑袋干的，单说一个命字，太屈才。老翰林年老眼花，酒喝多了，头却不昏。话锋一转，说是唐朝有位将军，生来有个异秉，指挥着千军万马，临阵只要听手下的一个美人唱段曲子，攻无不克，战无不胜。又说明朝有一位大将军，一听某某某的琵琶，脑筋陡然地好起来，顿时英雄无比，气吞万里之势和猛虎一般。怪才怪才，人无怪才不才。堂堂司令好听听二胡，原来也和上述两位将军一样，似怪而不怪。惟有怪，方显出英雄本色。这司令被搔到痒处，立刻有了酒意，晕乎乎的，心想日后对张二胡一定要有所器重。当年若是没有张二胡，他司令没准真没有今天。今天没有了张二胡，他司令说不定就会没有了将来。酒宴散了，司令只恨一时没有仗打。

张二胡有了司令的照应，运气仿佛断了线的风筝，高飘到了不知所以。司令部里有他的单间，大门口进进出出，他一个穿长衫拉二胡的，那些木桩似的大兵见了，乖乖地敬礼，那些高攀的名流，乖乖地鞠躬。他也不还礼，长衫在大门槛上扫来掸去，进出就像在自己家里。别人眼里有他，他眼里没有别人。

沈姨太起先每天和张二胡学两个小时琵琶，她那琵琶可值一个大价钱，然而不多久偏要改学二胡。学二胡更不像有长性的样子，勉勉强强拉成了点调子，名贵的二胡倒换了好几把，张二胡这把二胡拉到那把二胡，有吃有喝，又有银子花。他娘有时寻到司令部来，门口站岗的不让她进，张二胡也赖着不肯出去，他娘远远地急得直跺脚。

"张先生生得这么高大，又是一副好相貌，又斯文，又有绝技，又没有女人，难道你张先生还有什么打算？说出来，叫我听听。"沈姨太武人里头待了久了，见惯了粗野，对张二胡的憨样说不出的新鲜，有心给他个机会，不住地用话撩他。张二胡除了自己妈，没有接触过别的女人，不过沈姨太的话他都懂。心里暗暗地羡慕那些挎盒子炮的大兵，小街破巷地乱窜，见上看得过去的姑娘，抱住了啃萝卜似的便亲嘴。沈姨太是天下最漂亮的女人。张二胡没吃过豹子胆，也没吃过天鹅肉。沈姨太的豆腐不敢吃，沈姨太的情分，全领了。

"我就不信你三十好几的人，当真没挨过我们女人的边。人都说越是文乎的男人，越邪乎。又不比我们女人，留着贞，守着节，像煞一回事似的。我就不信。"

这一天，司令又出去吃花酒。当时下关那地方，新红了一个妓女，叫刘小红。年纪不过是十六七岁，老南京人，却能说一口清圆流利的苏州话，还喜欢骑着小马驹，在狮子山下驰骋往来，一时声名大振。司令慕名去访，差一点把那份干公务的心思贴了进去。沈姨太也不管他什么牛小红、马小红，司令不在家，她便是在家的司令。上午在张二胡房里泡了几个小时，听了会二胡，又捉住了说了会话，临走关照张二胡下午到她房间喝茶。姨太太房里的茶，都是上好的雨前茶。到下午张二胡急巴巴地跑去，茶未沏好，小桌上却摆好了酒，几碟淡雅清口的冷菜，一盘红烧的大蹄膀，中间那根骨头竖在那，像尊炮一样。张二胡也不客气，上茶喝茶，上酒喝酒，坐不多时，不住地往茅房跑。几碟冷菜完了，便一门心思专攻那只蹄膀，满手厚厚的油腻，都涂在沈姨太的绣花手绢上。沈姨太也不心痛，满心喜欢，专拣知心的话问他："你娘既然就你这一个儿子，干吗不尽早地弄了媳妇回来？真正怪事！"

张二胡只会尴尬地笑，心里已绕不清自己今天是上了几回厕所。

"准是你家里已经有了现成的媳妇，你不肯老老实实地说罢了。"沈姨太见张二胡一个劲地傻发誓，笑得更甜。

"沈姨太，"张二胡把啃尽的肉骨头，随手扔在盘子里，"当"的一声，吓了自己一跳，也吓了沈姨太一跳，"我哪敢骗你沈姨太，真正天知道，改日你到我家里一看就行。沈姨太，你不信？"

沈姨太说："我不要听你一口一个沈姨太的。我要你叫我三姐，叫，这就叫。"

张二胡心头乱跳，头也晕了，眼也花了，才明白今天酒喝得多了。沈姨太撩起瘦瘦的袖管，露出一大截藕段般的胳膊，用细长的指甲尖尖，轻轻地搔着痒。张二胡偷看在眼里，自己的手指也仿佛是压在二胡的弦上，不知不觉地动起来。沈姨太搔了一会儿痒，蛾眉一拧，嗔怒道："我要你叫，为何不叫？"张二胡说："我又不是司令，这三姐长三姐短的，怎么敢？"

沈姨太悠悠地反问道："怎么敢？"脸忽然红了，两手指猛地捏住张二胡的长衫，一双眼睛钉在他的眼睛上，"你倒是叫还是不叫？"

张二胡凉了半截，慌忙说："沈——你身上这股香，真是好闻——"

沈姨太捏住长衫的手猛一甩，差点把张二胡带个跟头，一张红脸已经白了，恨恨地说："什么香不香，老娘最见不得你们这副酸相。"张二胡唬得五色六神没了主见，心里更是七上八下，慌乱中记起许久没去茅房，趁机站起来告辞，顺手抓住二胡，讪讪地走了。沈姨太脸上另一种表情，眉间打着结，嘴角一丝冷笑，也不送他。

三

大凡带兵的武将，八九都知道拥兵自重，这位英雄出身的司令却不十分明白。他骨子里本是个侠客，只懂得单枪匹马地蛮来，用兵用将不是他的本行。因为生来看不起别人，因此从来也不记着笼络别人。他不知道自己带的是现成的军队，这些军队最大的特点，就是谁有钱便为谁卖命。辛亥革命，革命党人得了势，这些军人就倒向革命党。谁有钱，谁有势，这些军人就拥谁做司令，谁做司令都无所谓。司令只是商会的一块招牌，只是庙里的一尊菩萨，真正当家做主的，是那些抱成团的职业军官。这位司令枉做了一世英雄，不知道伴军如伴虎的道理，更不知道，民国初年的历史，淘汰了多少像他这般的英雄。

到了南军北军重新开战之际，这位司令才发现自己治下的军队难侍候。他平时眼里没有手下的大大小小的军官，到了关键时刻，这些大大小小的军官，眼里也没有他这个司令。北军钱多兵多，来势凶猛，袁世凯又用大大小小的官衔，许诺了大大小小的将领。领兵的急先锋，是当年南京光复时，被革命军撵走的江南提督兼钦差江防大臣张勋张大帅。张大帅的名声并不好，打仗却不赖。这战事起先还只是在徐州，转眼间过了蚌埠，直逼南京。

南京这地方兵家必争。地方上的商绅最怕战事，兵来，要饷；兵走，要饷；新的兵来，还是要饷。眼见着南军每况愈下，只差树倒猢狲散的份儿，有心省下一笔款子来，留着北军来时可以敷衍。这司令筹不到款，调不成兵遣不动将。那些商绅也都躲着不见，派兵去硬抓了几个来，除了哭穷，还是哭穷。军情火急，司令一天发三通火，骂无数次娘，没钱还是没钱。又风闻北军已派人来运动倒戈，自己队伍里多北方佬，瓜瓜葛葛的多得不行，若是硬逼着开拔，万一有个三长两短，叫人不得不防。急得都成了热锅上的蚂蚁，可急来急去，没办法仍然没办法，恨不能扔了队伍不管，一个人去打仗。

最让人难堪的是青楼的妓女也变了味儿。这司令满腹心事，一肚子儿女心肠，急巴巴地想找刘小红诉一诉。偏偏这个刘小红，今天头痛，明天肚子疼，天天煞风景。思前想后，他下决心要和刘小红断，发誓以后再也不和这号人往来，于是心思又回到了自己姨太太身上。这天办完了公务，把那些火烧火燎的电报稿置之不顾，司令想到久已不和二姨太亲热，便往沈姨太的房间去。沈姨太住在司令部的西北角上。穿过一小月门，有个独立的院落，这地方是往日尼姑庵中最雅静的所在，除了给方丈住，有时也接待极有钱的香客。司令进了月门，迎面一阵清风吹来，说不出的凉爽。正是南京的酷暑，累了一天的疲劳，还有火急的军情，仿佛随着风烟消云散，司令的兴致陡然好起来，悄悄吩咐贴身的卫兵去叫张二胡。明月高照，透过院内一株尚未开花的桂枝芽，斑驳陆离的月影都映在矮矮的粉墙上。沈姨太的房里似明似暗地点着一张灯。她的贴身丫头环儿，正坐在桂树下一张石凳上打瞌睡，粉颈低垂，露出一大块白白的肉来，环儿不过十三四岁，一举一动都有了大姑娘的味道。司令在环儿身边站了一会儿，有心伸出手去，在她那雪白的粉颈上摸一摸，脚步却向沈姨太的房间迈过去。沈姨太的房间忽然亮了盏大灯，极亮的灯光穿过窗帘射出来，满院的月色暗了不少。隐隐地只觉着窗户里有个什么，疑惑之间，司令已推开了纱门，又进了二道门，一眼看见手下的一个副官正对着试衣镜，慢吞吞地系着皮带。这个副官姓何，一脸的白麻子，也从镜子里看到司令来了，吓得魂飞魄散，不知是把脸掉过来好，还是不掉过来好。司令一时有坠入梦中的感觉，侧过头去，见他那位二姨太，哆哆嗦嗦地抱着一团衣服，坐在床角落里，赤裸裸的大腿没地方可以藏。

司令就手掏枪，枪没带，瞥见墙上挂着一把他送给二姨太的日本指挥刀，便奔过去去取。那姓何的副官见了，连忙追过来夺，嘴里不住声的"司令饶命，司令饶命"。他的力气比司令大，司令夺了半天，拿不到指挥刀，从副官的皮带上抢过手枪，照着他劈头盖脸就打。偏偏那子弹没有上膛，急着要顶火，那副官又上来夺，临了，枪反被他抓了去。

这时候，张二胡听说司令请他，拎了把二胡进来，看见司令和一个人扭在一起，又一眼看见缩在床上的沈姨太白晃晃的大腿。何副官见有人来了，也不看是谁，一手抓着枪，跪下来捣蒜似的磕头，"司令饶命，司令饶命啊"地喊得惨得不得了。其他人闻声赶来，挤了半房间人，沈姨太恨不能挖个地洞钻钻，臊得想死不想活。睡在隔壁的宝贝儿子也醒了，哇哇地哭。

那何副官是一位姓高的参谋的把兄弟，高参谋城府极深，恰恰是那伙抱成团的职业军官们心目中的头头。这几天军情如火，高参谋正住在司令部里，此刻出了件这么不光彩的事，也顾不上把兄弟的情面，大喝一声，要把何副官拖出去枪毙。何副官听了，跪在司令面前，"饶命、饶命"地喊得更急。那些军官也跪下来一长串，纷纷为何副官求情。高参谋执著不肯答应，脸气得发青，说就算是司令可以开恩，他也不能饶了这个不长进的东西。嘴上说着，趁拉住他的两军官不注意，跑过去飞起一腿，踢得何副官痛得在地上乱滚。

司令恨不能烧锅开水，煮熟了这个何副官。无奈军官们跪在地上，一个个都不肯起来，眼泪鼻涕地一大把。那个跳着脚要枪毙何副官的高参谋，这会也让两个身强力壮的军官按住了，不得动弹，只能祖宗八代地海骂。一位往日里待司令情分不错的军官，怕再僵下去生出什么是非，站出来打圆场，说该把何副官交给军法处。高参谋第一个高声反对，然而那些军官们却如同大赦般地站起来，只等着司令的一句话。这司令再不识时务，也知大势所趋，只好挥手说了声"押下去"，恨得牙咬得断钢铁。早有两个小军官跳了出来，也不知哪儿弄来了一条绳，把个何副官结结实实地一个五花大绑，前呼后拥地押了下去。司令的满腔怒火，只好用到他那位二姨太身上，蹿上去一记响亮的耳光，跳上床又踹了一脚。沈姨太东捂西摸，又要顾着害羞的地方。众军官傻站在旁边看，也不敢上来劝。张二胡是第一次看见没穿衣服的女人，心里有多少种说不出的滋味。

司令于是想到要沈姨太穿衣服。这沈姨太也是个厉害角色，想自己反正丑已出了，人也丢了，穿上衣服，只有打得更凶。因此一手抢过件衣服来，也不穿，另一只手虚着，防备司令再打她。那些军官见了，打了个手势，极识相地退了出去。张二胡跟在后面，临出门，又忍不住回过头来看几眼。

这一夜，司令气得不能睡觉，发誓第二天要把何副官毙了。

天亮时迷迷糊糊地刚想睡，一群军官又吵着要见他。

原来张勋的兵已攻下了天堡城。这天堡城是南京的屏障，天堡城既失，南京危及在旦夕。南军在各个战场先后失利，讨袁的英雄一个个已被袁世凯下令通缉。南京的队伍虽然还在革命党的控制中，但是那些职业军官，有的准备作鸟兽散，有的准备鼓噪哗变，没一个用心是好的。这司令曾派一个团去协助镇守天堡城，没想到这个团偷偷地投降了张勋，倒成了辫子军攻打天堡城的内应。留在司令身边的这些军官，也不说如何讨伐，如何守城，却联合起来逼着司令立即拿个主意。这司令从床上睡眼惺忪地爬起来，面对着一群心怀叵测的军官，也不心慌。事到临头，火烧到了眉毛，反而把这司令的侠客脾气引犯了。真是愈关键，愈显出了英雄本色。他拍了拍胸脯，答应中午前给一个准定的答复。那些军官并不相信，然而他们自己也没有准定的主意。司令毕竟是司令，司令姑妄言之，他们只好姑妄听之。

司令于是派兵把那些躲着不见的商绅，拣大的，都抓来。又派兵去六华春、老正兴、老万全，还有奇芳阁，把那些有名的厨师一个也抓来。同时颁布命令，大宴全军将士，连以上军官，通通到司令部大厅喝酒。

四

一切安排妥当，司令命令两个卫兵守在卧房门口，自己倒在床上呼呼大睡。司令部里乱成了一锅粥，谁也吃不透司令打什么主意。正当司令酣睡之际，司令部里还有一个，迷迷糊糊地睡着不肯醒。

这个人就是张二胡。张二胡做了一夜的梦，几次梦到有个穿白衣服的人来找他。那白衣服宽宽大大的，没有袖子，也没有纽扣，倒像是站着的白床单。那人在白衣服中不成个形状，只有一个小小黑黑的脑袋，在上面动过来，动过去。有时是个女的，有时是个男的，有时是个老太婆，有时是个小男孩。弄得张二胡神魂颠倒，几次死过去，又活过来。天亮时只觉得筋疲力尽，浑身的骨头散了架，仿佛干了一天的重活。前后的窗大开着，因而更觉得脑袋隐隐的疼。那阳光从东西窗射进来，逼得他睁不开眼，于是倒头再睡，直到司令派来的人喊他去拉二胡。

张二胡眼屎巴巴地往大厅去。只见那边里里外外，都铺开了酒席。数不清的下人，上菜下菜地忙个不停。司令和高参谋，还有几位高级些的军官、幕僚，陪着硬抓来的商绅坐上席，其他军官挨着往下坐。大厅里坐不下，也不知从哪弄来了毛竹、草席，就便搭了些棚。在棚里喝酒的都是些下级军官，见了酒肉没了命，大碗喝酒，大块吃肉。倒是可怜了那些坐上席的商绅，一个个愁眉苦脸，对着眼前的美酒佳肴，吃也不是，不吃也不是。张二胡提着把二胡，前顾后盼，也不知往哪去是好。正犹豫，有人来把他引到大厅的一个角上，那里已放好了一个单席，一张半圆的小桌，一张半旧的木方凳，备了几样菜，还有酒。

司令穿着件苎麻凉衫，手上一把鹅毛扇，正站着说话："诸位父老的话，本司令哪能不听，南京乃六朝繁华之地，一旦毁于战火，我辈罪责难逃。不过这眼下，是张勋来打我，我不得不打。况且，讨袁也不是桩开玩笑的事，关系着共和的生死存亡。大丈夫死且报国，焉能偷生怕死，为后人所笑？"

那些商绅最怕听司令"宁为共和死，不为专制生"的豪言，打起仗来吃亏的是老百姓，尤其是他们这些有钱的老百姓，于是公推了一位会说敢说的代表表态。这代表也不谦让，站起来豁出去地说道："共和专制，且不管他，只是这么打来打去，司令也该为南京的平民百姓想想。讨袁之役，明摆的已经输了，再说这偌大一个南京城，明摆着守不住。"说着，偷眼看司令，见他十分认真地听着，手上的鹅毛扇微微翻动，心一横，索性明说："胜负乃兵家常事，打得赢就打，打不赢就走，这原不是什么丢人的事。司令如能让南京幸免于战火，真正功德无量。"

司令点头称是，只是反问，既然要走，又可往哪走呢？众商绅都说，往哪走，司令神机妙算，自然知道。司令说："这也是，队伍往哪开拔，原不该让诸位操心。只是，这开拔费，"也不管那一张张立刻挂了下来的哭丧脸，顿了顿，继续说，"这开拔费，不得不要诸位操心。"众商绅忙不迭地哭穷，说是今天要饷，明天要饷，就有金山银山，也用完了，他们实在是没钱，石头里熬不出油来。司令脸一沉，扇子不摇了，说："石头里自然熬不出油来。不过这油藏在芝麻的硬壳里，不用劲，是榨不出的。南京城外的炮声，一天比一天打得紧，有话慢慢说也来不及，今天把诸位请来，话不说清楚，大家谁也别想走。"众商绅发现自己成了肉票，哭也不是，笑也不是。那高参谋在一旁坐着，也有些吃惊，却插不上嘴。

司令说："我也是秀才出身。俗话说，秀才碰到兵，有理说不清。不是本司令和你们为难，我这些弟兄，一个个都是有嘴的，难道你们要他们饿着肚子开路不成？虽然军令如山倒，但现在是什么时候？本司令说不许抢劫，他们就当真不抢了？这些弟兄，光复南京，创建民国,可是立过大功的,他们无愧于你们,为你们出生入死,提着脑袋干,难道你们真愿意寒了他们的心?"司令把该说的话说完,一做手势,喊张二胡拉二胡。张二胡闲了半天,因为没他的事,这会已经有了些酒意。调了调弦,弓一抖,神气十足地拉起来。一曲未了,司令干咳了一声,说:"既然如此,我也不便耽搁诸位,只望诸位回去火速准备,今天夜里把饷银凑齐。"那些商绅免不了哭着脸,赌咒发誓,要求宽限三天。司令笑着说,如果是三天,那还是留着给张勋用吧。手下已喊送客,司令破例送客到门口,拱了拱手,说:"恕不远送,眼下正当乱,游兵散勇不得不防,派几个人送你们回去,免得生出意外。"于是三五个兵押一位客,各自走了。

司令大大咧咧地回来,那些下级军官,大碗吃肉的劲头已经没了,酒还在喝。那些坐上首的军官、幕僚,还有几位有名无钱的地方父老,譬如那位一再在司令部留饭的老翰林,一起站起来迎接司令。老翰林盛夸司令的铁腕,大拇指差点能翘到手背上。司令领了情,率先坐下,冲张二胡一个手势,要大家继续喝酒,张二胡抖弓再拉,根本也没人有心思听他拉什么曲子。司令一杯酒仰头而尽,照了照杯,侧过头来,在那些军官中找来找去,正色地问道:"怎么不见何副官?"

众军官今天这顿酒本来就喝得糊涂,绕不清司令葫芦里卖什么药,反正私下的想法差不多。饷是要的,仗却不想打。这会猛听见问何副官,都想起昨夜的事,一个个大眼瞪小眼,不吭声,高参谋也吃不透什么意思。张二胡那边二胡仍然叽叽嘎嘎地拉着,不知谁说了声"何副官还押在军法处",于是各种眼光不约而同地都射在了司令身上,只见他猛然想起了似的,一拍脑门,苦笑道:"请,快请。"

赶忙有人去提何副官。这何副官在军法处正悠悠地睡觉。去的人依旧用绳子五花大绑的把他捆起来,气势汹汹地押到大厅。何副官一见这场面,未到司令跟前,两腿已经软了,哭着喊饶命。司令眼角一扫众军官,不耐烦地喊道:"松绑,松绑。站起来。"绑松了,何副官也不敢站,脑门碰地,两手碰地,嘴里还在喊。司令火了,一拍桌子,冲他嚷道:"你站起来,我不杀你。"那声音如雷贯耳,听者都吓了一跳。何副官极尴尬地站起来,不知所措,满脸的白麻子红脸上更显眼。司令极厌恶地摆了摆手，让他入席。何副官还在犹豫，早有人让了位子，拿了酒筷来。他坐是坐了，心里七上八下。

司令说："你好大的胆子，居然吃起姨太太的豆腐来。"众军官听了，暗暗窃笑，听着司令继续往下说，"谁都知道，吃我们这碗饭，最他娘丢人，就是做王八。你好胆子。"何副官脸色刚有些正常，听着这番杀气腾腾的话，脸上青是青，白是白。司令又说："我杀了你，也在理上。不过，我知道你有几个生死兄弟，杀了你，就寒了他们的心，总得留点面子给他们是不是？"有几位军官听司令说得这么坦白，太赤裸裸的，反倒有些不自在，扭了扭身子，眼光又不约而同射向高参谋。这高参谋正坐立不安，叫众人这么一看，不禁挺了挺胸脯，干咳一声。司令都看在眼里，笑着说："再说你好歹也是员虎将，现在正是用人之际，我一个司令，为着一个女人，和你打破了醋坛子玩命，也犯不着。你若是喜欢这么个贱人，我也可以成全。"说着，一时性起，派人去传沈姨太来。

在座的人都叫司令的豪举惊得倒吸一口冷气。那些军官们没想到司令会这么邪门，吃惊之外，又佩服，又害怕。只有那老翰林糊涂蛋，不识相地瞎捧场，说司令以美人相赠，在历史上原是有典的。气得司令差点扔只酒杯在他脸上，板着脸说，什么典不典的，军情火急，老先生还是免开尊口为好。这时沈姨太已到，半边脸肿得多高，仿佛变了个人。头发蓬乱着，额头上垂下一绺，挡住了半个眼睛，更显得狼狈。环儿抱着小少爷跟着。小少爷正是牙牙学语的年纪，两眼滴溜滴溜在大厅上下转，嚷着要妈抱。司令一边示意让环儿把小少爷送回去，一边喊何副官带人。众人见司令真的来了这一手，心里七荤八素，不知这戏怎么收场。何副官想司令存心不放自己过去，刚有些活的希望，这会又在往死路上逼。司令的姨太太自然不能要，天知道他是存了什么心，弄得何副官坐也不是，跪也不是，开口不是，不开口又不是。高参谋只好站起来打圆场，命令手下把沈姨太送回去，一边请司令息怒。司令执拗着不许把姨太太送走，冷冷地对高参谋说："我又不曾生气，你让我息什么怒？"说着又是一笑，眯着眼睛望着何副官，"白给你个老婆，你竟不要？"

何副官捞着说话的机会，离了座，依然在老地方跪下："小人实在是一时糊涂，司令海量，抬抬手，小人也就过去了。我就是吃了屎，今生今世，也不敢忘司令的大恩大德。"司令见了何副官这副熊样，满心的看不起，一肚的怨恨就移到了沈姨太身上，话锋猛一转，深明大义地说道："也好，自古女人是祸水，事都坏在娘们儿身上。这贱人，你姓何的副官不要，我做司令的留着，也没用。在座的都给我拿个主意，这样的骚货，怎么处置？"

一个小军官酒喝多了，坐在下面自言自语道："怎么处置，交给俺兄弟们，保证不会亏待了她。"其他的小军官听了，都笑出声来。高参谋在上面听着不像话，一拍桌子，大叫放肆，站起来，对司令极诚恳地说："小弟有个主意，司令不知肯不肯给面子？"司令让他说，高参谋又干咳了一声，说不如打发些银子，送沈姨太回原籍的娘家拉倒。众军官听了，又笑。因为整个司令部里，恐怕只有高参谋一个人不知道沈姨太的出身。司令心里对沈姨太的厌恶越发增加，恨恨地说："这婊子出身的，没个好货。你们只管为我寻一个下流的男人来，拉车的也好，杀猪的也好，胡乱地把她配了算事。"高参谋等听了无不惊骇，那老翰林大叫"使不得，使不得"，司令说："你老先生若是中意，让她服侍你也行。"老翰林急得舌头差点咽到喉咙口，两手举着乱摇，说不出话来。众人见了都大笑，司令也忍不住笑。笑了一会儿，司令看见张二胡坐在角落里，正举着脖子东张西望，把个脸急得红红的就笑道："快拉一首好曲子来听听。你拉得好，老子今天把这个婊子送给你，快拉。"在座的听这话都好笑，甚至愁眉苦脸的沈姨太，也忘形忘情，笑了一笑。

第二章

一

状元境的境原作獍，獍是食母兽，名声极不好。獍又通镜，康熙字典上找得到。状元境相传是宋朝秦桧的住处。

张二胡白白地捡了个老婆，高兴得仿佛狗见了骨头。也不管真的假的，马前鞍后忙不迭地帮着沈姨太收拾。收拾好了，沈姨太又犯起姨太太脾气，冲着大包小包，拳打脚踢，好好地闹了一阵。闹完了，张二胡一手提着把二胡，一手牵着位新人，出司令部的后门，回状元境。

三天后，张勋的兵进了城。老规矩，进城三天不封刀，大兵们放下心来捞外快。状元境里天天有人家遭难，这家被抢，那家被劫，李家姑娘又叫人强奸。大索三日，张二胡一家提心吊胆，居然没有事。张二胡娘为了儿子一直不回来，憋了满满一肚皮不高兴。兵荒马乱之际，儿子带个女人突然从天上掉下来，不禁又惊，又喜，又忍不住地要生气。她做了一世的寡妇，又是个寡妇脾气，见不得儿子在女人面前做小伏低，没个人样。她那儿子仿佛八辈子没见过女人，屁颠颠地捧着个老婆，百依千顺。最初几天，做婆婆的见新媳妇眼困神疲，病歪歪的一个身子，倒在床上就跟死过去一般，免不了也来屈尊侍候。烧了饭给她吃，又把衣服洗了，还为她倒马子。一连几天过去，做媳妇的脸色一天天红起来。衣来伸手，饭来张口，当真赖在床上不起，把个婆婆当老妈子使唤。婆婆火了，背着媳妇便恶骂儿子。

沈姨太的名分从此不存在，张二胡依她的小名叫三姐。又过了几天,婆婆见三姐总算下了地。刚放下脸想搭搭婆婆的架子就碰了一鼻子灰。三姐也不烧饭,也不洗衣,也不倒马子,倒逼着男人上街为她买零嘴吃。街面上依然还都是兵,张二胡不敢去,她便嚷着要自己去。那些店铺也没开门,张二胡满街上乱转,只拣人多的地方跑。空着手回来,三姐板脸,娘也板脸。

娘说:"这家里专出寡妇,你怎么不死在街上。哪是讨媳妇,你这是找了个婆婆来,找了个娘娘来!"

三姐也不当面计较,把男人拖到房里一顿熊:"这话你都听到了,娘娘就是姨太太,我原是个姨太太出身,今天反正都忍了,明天再有话,别怪我亲娘亲爹地和她对骂。从早上到现在没吃过饭,你娘这是要把我们饿死。"

张二胡因此出去求娘做饭,他娘一顿臭骂:"饿死了,大家干净。打今天开始,我也正正经经地做婆婆,饭让该烧的人去烧,衣服让该洗的人去洗,马子呢,我孤儿寡母的一个女人家,拖大了个儿子,让媳妇给我倒倒,也不作孽,也不会天打五雷轰。说到哪里,都在理上。"张二胡想想,还是去央求自己女人,劈头又是一顿痛骂:"你听见没有,倒要我去给她这么个老婆子倒马子?我也不怕天打五雷轰,就是不倒,怎么样?你也算是个有能耐的,只管帮着你妈欺负我就是了。逼急了,一把火,大家完蛋。我会怕你们?"

张二胡怕叫娘听见了更没完,忙不迭地赔小心。他媳妇却说:"你三姐就这脾气,受得了,就受。受不了,拉倒。你也不想想,要我去倒马子,真是八辈子里也没用过这脏玩意儿。盖子一打开,臭味熏得人都没地方躲,要我去倒?我跟你说了,要么你去找个小老妈子来,要不然,便委屈你妈,就这个理。"后两句话正好给张二胡娘听壁角听到,跺着脚在外面就海骂开了,一口一个小婊子。张二胡晓得事情要大了,一把没拉住三姐,她已经跳了出去,叉着腰,恶声喝道:"老婊子,你敢再骂?"

做婆婆的没想到这阵势,倒吓了一跳,担心她会冲上来打自己。想自己在状元境里,打无对手,骂无接口,竟撞到了这么个凶媳妇,因而示弱道:"我骂了,你怎么样?"

三姐说："你再骂，我也骂。"

张二胡娘几步蹿到儿子面前，戳着儿子的鼻子叫道："你听听，好好听听，你娘都成了老婊子了，在她嘴里，那还不叫骂？小婊子唉，你还有什么厉害的，只管来好了，老娘等着你。"于是两人全不甘示弱，张口女人的家伙，闭口男人的家伙，下流的脏话不知对骂了多少。张二胡早知道自己娘的擅长，三姐的威风，却是第一次真正领教。想不到一个美人，出口如此不凡，不由得暗暗叫苦。等到双方都骂累了，他才敢插嘴，愁眉苦脸地说道："吵到现在，饭还是没吃，有什么意思？"

他娘冷笑着，说："吃？一齐饿死了才好。张家早该绝了后，也不知从哪弄来了这么个狐狸精。哪是狐狸精，简直就是白骨精！"三姐说："我也累了，不跟你折腾，算你赢。"说着，自顾自回房间。张二胡巴巴地跟在后面，三姐又说："你们张家绝不绝后，我不管。反正我也不想饿死，你给我去找吃的来。"张二胡只得出来生火，弄得满屋是烟。他娘呛得直咳，夺过了火钳，不让儿子做，嘴里依然是骂。

张二胡便上街买了二斤炝饼。炝饼买了回来，张二胡掰了一块孝敬老娘。他娘赌气不肯吃。那三姐真饿了，啃了好一会儿炝饼，才说："白在南京住了许多年，肚子不饿，竟不相信这炝饼，也是人吃的。"张二胡见三姐高兴，自己也高兴，把三姐剩下的炝饼吃个精光，引得三姐讥笑他的胃口，说他又高又大的一个身坯，吃起来像条好汉，却一点不管用。他听了，暗暗脸红。

此后几天，张二胡他娘熬不住饿，自己做饭吃，又把自己的衣服洗了，马子倒了。见了儿子，像见了七世的冤家。儿子搭讪着喊她，也不理。三姐已经吃腻了炝饼，好在街面上的铺子逐渐开了，状元境又紧挨着夫子庙，便指使着男人买这买那。有时两人一起上街，索性在馆子里吃。衣服换了一大堆，也不洗，马子几天不倒，也不管。

这天晚上三姐起来用马子，睡意蒙眬中，湿了一屁股。于是把张二胡打醒，拿他问罪。张二胡怕深更半夜地邻居被吵醒，硬着头皮起来倒马子。状元境里男人倒马子，从有马子以来，张二胡是第一个。既然已经开了头，三姐又嫌他夜里黑灯瞎火的，倒得不干净，逼着白天去倒。张二胡满肚子的不乐意,说不出一个不是。他娘觉得儿子坍了祖宗的台,丢了天下男人的面子,东家到西家地数落媳妇。当着众人恨起来连儿子一起辱骂,有时又可怜儿子:"你们可都是见着他长大的好好的一个人,这倒好,撞上了这白骨精,撞上这么个吃人不吐骨的妖精,我那儿子,还有救?可怜一桶水都快拎不动了!我孤儿寡母,落了这么个下场。"

总算让张二胡找到了个小丫头。长得粗手粗脚的,像是能做事的样子,价钱也不贵。兴冲冲地带回来献宝似的给三姐看,迎头一盆冷水:"我就不信,当真找不到一个平头正脸的人?"三姐满脸的厌恶,直说这丫头让她看了倒胃口。大夏天的,又是大姑娘一个,脖子上的污垢都打了皱。又嫌她眼睛太小,嘴巴太大。张二胡无端地有了做错事的感觉,马不停蹄地再去找,知道三姐的脾气疙瘩,也不敢马虎。挑来拣去,连三姐自己最后也六神无主。好歹留了个人下来,太太平平地过了几天,三姐半夜里又把张二胡打醒,审贼似的问道:"我一时也大了意,你倒是安的什么心?告诉你,这丫头是我出钱的。你小心一点才是。我不饶你!"

二

过了三个多月,三姐的肚子,像座小山似的挺了起来。四个多月,还在屋前屋后,悠悠来去地走走。五个月了,便生下一个又白又胖的儿子。状元境的男女老少,都把嘴放在袖子里笑。张二胡娘寻死觅活,哭祖宗,骂祖宗,天天跳脚。

张二胡的日子最不好过。不敢上街,在家又受不住他妈追着问,追着骂。见三姐流了那么多血,总以为她要死了,偷偷地伤心了好几次。等到血止住了,三姐又喊奶子胀得疼。加上那新生儿得天独厚的一个大嗓门,只要醒,就是哭,闹得不肯安歇。张二胡吃得少,睡得少,把个身子也弄虚了。坐着心跳,站起来眼黑,倒好像是他在坐月子。晚上呢,醒着时嫌冷,睡着了便冒汗,要么睡了不肯醒,要么醒了不肯睡。到三姐快坐完月子，张二胡仿佛变了一个人。眼直了，腿慢了，整天精神恍惚。

于是想到了久已不拉的二胡。一个人坐在小院里，对着屋檐上的残雪，叽叽嘎嘎地慢慢拉。夜深霜重，脚趾冻得发麻，发木，不由得还想拉。到白天，邻居过来问罪，娘骂他发疯，三姐又嫌他吵醒孩子。张二胡不敢再拉，一个人坐着呆呆地想心思。想起前一天晚上见到的月亮，仿佛格外小，仿佛格外冷。又想起那月亮周围一片云都没有，好没意思。

三姐在房里孵了一个月，差一点憋死。三天两头地叫婆婆堵在门口骂，只当听不见。看着张二胡成天愁眉苦脸，说不出的窝囊样，满肚子的不高兴都算在他身上。这天张二胡给小孩换尿布，手脚重了些，三姐就咬定了他是存心暗算，亲爹亲娘地脏骂，又一头撞在他怀里，让他打。张二胡不肯打，三姐便扇了他一记耳光。他娘正在茶炉子上做生意，听着后头闹得不可开交，三姐尖声怪气地在嚎，一口一个哭腔的"你打，你打"，总以为儿子成了人，成了男人，急步赶去，又听见啪的一声，心头不禁为之一亮，没想到捂着半爿脸的，是她那个不争气的儿子，见她进去，慌忙把手挂下来，一张又白又黄的脸上，几条红指印好像刚画上去一样。他娘看了心疼，只觉着这耳光是扇在自己脸上，冲过去，两手抓住了三姐的头发，嘴里对儿子叫道："这样的婊子，你还不打？"手上使劲地推、拉，"今天我和你拼了，小婊子，你打死我好了。该了这么个儿子，又有这么个老婆，活着什么意思？"

三姐反过来也是薅一把头发抬起脚来便踢。这一踢，提醒了对手，于是大家都把一只脚悬在空中，有一脚无一脚地瞎踢。急得张二胡直在旁边哀求着别打，又不敢上去拉。到临了，才想到叫丫头小玉来劝，这小玉水灵灵的一个人，人小，心眼不小。早站在旁边看热闹，张二胡既叫了，只好上去劝架。她心里只有太太，嘴上喊太太别打了，却捏住了张二胡娘的一只手不肯丢。三姐得了空，便在对方的老脸上抓一把，大胜而退。

张二胡娘英勇了一世，头一次真吃了亏，两腿一软跌坐在地上，放声就哭，抢天哭地地喊救命。街坊邻居听了，心里头尽管不相信，又不能不慌慌忙忙地赶了来。三姐往床上一歪，打横一个斜坐，撩起了衣服，大模大样地就给小孩喂奶。那小孩也是个奇迹，平时里怎么哄也哭，今日里打啊闹啊差点翻了天，却是金口不开。街坊邻居来了，刚进屋，从未见过三姐的阵势，是男的都吓得忙不迭地退出去，想走，又舍不得走，一个个便站在小院里听话。张二胡娘拉着众人评理，说着说着光火了，跳起脚来又是一顿脏骂，骂了一大堆不入耳的话。众女人听了发腻，都上来劝，说媳妇既然不开口，也是个有畏惧的人，况且又是刚坐着月子，还是见好就收。老人家哪是个得理肯饶人的人，嘟嘟囔囔地一味没完，戳着众女人的鼻子道："我孤儿寡母的，清清白白地过了一世，你们又不是不知道。如今却是这样的报应，这清白还有个屁用？"

那边三姐冷笑一声，说："我听着了这清白两字，就来气。你是清了，你是白了，也不掀开马子盖照照。要不，你把那东西亮出来，上街看看，有哪个要？"屋里的女人们听了，忍不住地笑，屋外的男人听了也笑。

张二胡娘一时也想不起旗鼓相当的话来驳她，只是不服气地说："神气什么，你也要老的，别指望状元境里，就你一个大美人。哪个都有年纪轻的时候，我像你这年纪，一样也可以出风头。"

三姐说："那活该，你现在老了，后悔也没用。"

大家见老的根本不是小的对手，推着拉着，把张二胡娘劝走。老太太临出门，见儿子苦脸巴巴地也来送。账都算在他身上，扬手便是一记耳光。说怪来怪去，都是这儿子不争气。

张二胡娘回到自己房里，越想越气，越想越委屈，又号号啕啕地哭了一场。街坊邻居大都走了，只有几个送她回房的，因为她哭得没完，全心全意地想走，又不好走。等她哭累了，刚想换个方式，和人家说道理，剩下的人慌忙告辞。她也知道留不住人，嘴上还敷衍着别人走好，换了口气，抢天呼地地再哭。那最后的几个人已经到了大门口，只当听不见，故意相互间大声说话，径自走了。张二胡娘一个人哭得无趣，不一会儿声音小了，出来到茶炉子上端了盆热水，痛痛快快地洗了把脸。热手巾一捂，脸上叫三姐抓破的地方隐隐地痛，回房间照镜子，发现不止一个破处，也不知那骚货是怎么抓的。越想越不甘心，咬牙切齿地生了一会气，侧耳去听儿子房里的动静，要么死人似的一声不吭，要么便是那三姐的浪声高语，不是骂丫头，便是骂汉子。于是不由得自己对自己说："我孤儿寡母的，苦了一生，到了这份儿上，活着还有什么意思。"想自己好不容易拖大了儿子，儿子不但不养她，半点孝也说不上，又是一味的怕老婆。她现在好在还能管自己一口饭吃，日后真老了瘫了，还不活活地饿死。有着日后饿死，倒不如现在死了干净。

既然动到了这脑筋，张二胡娘便在心里做种种死的打算。她年轻时曾见过状元境里有个人吃砒霜，痛得在街面上打滚，不死不活的好半天，临了虽然死了，那滋味现在想起来也不好受。自己如今是叫媳妇逼死的，逼死已经够惨了，没必要受这个罪。秦淮河上又没个盖子，干吗不痛痛快快跳下去？转念一想，又不对。既然存心和儿子媳妇过不去，死了就不能让他们太平。既然秦淮河上当真没盖子，万一都说她是失足跌下去的怎么办？倒不如寻根绳子，就堵着儿子媳妇的房间吊死拉倒。于是脑子里又在想自己死以后的结局，或者有人揪着儿子媳妇去见官，或者媳妇也畏罪吞了砒霜，痛得在地上乱滚，嘴角流血，裤裆里淌尿，满街的人围着看。如此这般地想着，心里倒也痛快。

第二天，老太太换上了新年里才穿的青竹布罩褂，上街买了双新鞋，在老正兴要了碗"过桥"的鳝丝面，慢慢地吃了，又特地从状元境西头回家，挨家挨户地告别。口口声声地说自己老了，不敢妨碍儿子媳妇。众人听了害怕，都异口同声地劝老太太宽宽心。越劝，她越有劲，索性回到自己房里，叫着早八辈子就死了的男人名字，一口一个"我来了，我来了"，叫得人毛骨悚然。

张二胡听着心慌，求三姐给娘赔个不是。三姐放下脸就骂："我最见不得这副没骨头的样子。你也算是个男的，我倒要问问你，你妈究竟是死了没有？"

张二胡说："何必呢，你给她个面子，她也就不死了，到底是我妈！"

三姐说:"你妈怎么了?我也没多少钱,她要死,一口薄皮棺材还买得起,不会把她扔了喂狗的。你若是个孝子,尽管跟着死,我不拦你。"

张二胡苦着脸,只会说:"何必呢,何必呢!"

"什么何必的,"三姐说,"我就是这歪理,你不敢死,就乖乖地活着。既然是属乌龟的,就给我把头缩起来,要不然,你时不时伸一伸,叫我看着恶心。小玉,给我把马子收回来,怎么次次都要人提醒。"张二胡看见三姐坐在马子上,连忙也坐在床沿上,说:"我知道你的心也不坏,就算吃点亏,又怎么样?"

三姐说:"少跟我来这套,我这人的心,没什么好的。你往哪坐,弄醒了孩子我跟你没完。你起来,起来!"张二胡只好站着,三姐又说:"老实说,我也没什么对不起你的。你好好想想,我吃了你的没有?穿了你的没有?你再想想,小玉的钱是谁出的?这一阵你吃的这些好货,又是谁的钱买的?我也不说,你只是该想想,别占着了便宜还当吃亏。喂,不要傻站着,给我拿张草纸。"

这天晚上,三姐头一次允许张二胡睡在她的脚跟,把个冰冷的脚塞在他怀里焐着。张二胡的胸口老是热不了,一颗心七上八下地乱跳,总觉着就要出什么事。三姐是个倒头就睡的人,睡着了就打呼噜。他过去一直以为只有男人才打呼,只有老头子才打呼,自从有了三姐才知道漂漂亮亮的女人也有呼噜。到了半夜,迷迷糊糊中,他也记不清自己是不是睡了,仿佛听到什么声音,竖着耳朵听一会儿,外面静得只有风声。又听了一会儿,听见几声凄厉的猫叫,因想起白天时西北风吹得极紧,天阴沉沉的堆着多厚的云,再看天窗上,白得似乎下了雪。不由得心烦意乱,昏头昏脑地做起梦来。他梦见雪把树压弯了,他娘穿着那件新年才舍得穿的青竹布棉袄罩裰,在雪地上茫然走着,脚印深一个浅一个的,齐齐整整地一直往前。忽然间他娘的形象变成了三姐,青竹布裰变做了大红披风,也是不回头地往前走。张二胡清醒过来,身上湿漉漉一层虚汗。他娘那边已经起床,传来那扇老掉牙的门的叽嘎声,也不知他娘推出推进正在干什么。一盆水哗的一声泼在小院里,他娘的干咳声,轻得听不见的脚步声,风声,还有三姐的鼾声，都和夜融化在一起。他蒙蒙眬眬想睡，又蒙蒙眬眬地睡不着。三姐翻了个身，依然打呼。这时听到门口窸窸窣窣地响，响了一阵，又嘭的一声，有什么东西撞在门上，心里正奇怪着，连忙爬下床，一拉门，见娘正悬挂在梁上，唬得退回去大叫三姐："娘，娘，我娘死了。"又冲出去，抱着娘的两条腿，拼命地往上送，嘴里娘啊娘啊地喊个不停。三姐跳下床来，黑灯瞎火地摸了把剪刀，就来剪绳子，刚出门，又被倒在地上的凳子绊了个跟头，一把剪刀跌出去多远，摸了好一会儿才拿到。张二胡哭天喊地，那声音十里八里也听得见。小孩吵醒了，也大着嗓门一起叫。街坊邻居听了，想果然出了事，慌慌忙忙套点衣服，陆陆续续地赶来，见门大敞四开着，忙登堂入室，又看见张二胡和三姐已把人解了下来。直挺挺地放在地上，张二胡在一边哭个不停。来人中有个年纪长一点的，便喝道："怎么把人放在地上！"张二胡和三姐听了，忙往自己床上搬。长者又说："还不快把绳子解了！"一句话提醒了张二胡，手忙脚乱地去解那套在脖子上的圈圈。三姐因为小孩哭着吵，更忌着和死人放在一道，恶声恶气地叫小玉把儿子抱走，又嫌男人手笨，上前一把把他推开，三下两下地便把绳子解了扔了。看热闹的人越聚越多。

反正张二胡娘的命不该绝。绳子解了，只见她重重地舒了口气，眼睛睁开了，一时不知自己在什么地方。三姐撅了屁股就走，张二胡又惊又喜，扑在娘身上，一口一声娘地叫了不停。他娘也醒悟过来是怎么回事，于是母子抱头痛哭。旁人看在眼里，酸在心里，都觉得三姐太不像话，一齐怂恿刚刚发过话的那位长者出来主持公道，都说这话惟有你老人家说合适。这媳妇是个辣货，刚刚你老人家几句话，还是怕的，你看她哪敢吭一声。长者便说："不是我要站出来多事，这年头，不成体统的花头多得是，不过这做媳妇的，一味想逼死婆婆，在状元境里，没这个理。"众人都巴巴地附和，说状元境里从没听说过有这种事。长者又骂张二胡，"你站出来也是尊人物，如何这么见不得女人，哪像个有鸡巴的。"三姐也不听他啰嗦，推门出去，昂首站在小院里。大冬天的，正是滴水成冰的日子，三姐刚坐过月子，又是一身单衣，分明是不想活了。状元境的人十分尴尬，又不能见死不救，僵了一会儿，便有心软的去劝。张二胡哭了一会儿娘，起身不见了老婆，寻到小院里，只差跪下来求三姐进屋。三姐咬着牙死不依，有人给她披上棉袄，也被她扯下来扔在地上。临了，众人推来推去，选了几位代表把三姐连抱带扛地送回去。三姐已冻成了冰棍一根，脸白得像张纸，嘴唇也没了血色，只有那敞开的衣领间的一角酥胸，红得像烧起来的火一般。

三

张二胡小时候，常和状元境的顽童一起到秦淮河边玩水。那些顽童捉住了青蛙，寻根什么管子，便塞在大腿间的小洞里拼命吹气，吹了气，把气鼓鼓的青蛙扔进秦淮河。那青蛙在水里前后脚不住地乱动，光剩下挣扎的份儿，却做不了自己的主。张二胡觉得自己也是个被吹足了气的青蛙，膪着大肚子浮在水上，正徒然地做些身不由己的挣扎。他不知道怎么去做个孝子，也不知道怎么才是个好丈夫。反正他是娘眼里的逆子，老婆眼里的坏男人，她们恨他就跟恨贼似的。"你怎么还不死呢，你爹到你这岁数，早死了！"他娘老这么咒他。老人家求死不成，便打定主意好好活下去气气儿子和媳妇。她再不乐意和儿子媳妇一锅里吃饭。自备了一个白泥小炉子，小锅小炒，三天两头吃肉，弄得张二胡也不明白她哪来的钱。有时兴头来了，也喊儿子一起吃。张二胡人傻心不傻，知道他娘喊他吃肉，三姐特地当着婆婆对他亲热，都是一样的用心。

只有三姐的小儿子对张二胡一片真心。这孩子刚刚几个月，远远地看见他便要抱，一抱上手，便乐得嘎嘎笑。张二胡为他取了个名字叫天宝。天宝生来巴掌大的小脸，除了一双大眼睛像三姐，脸上没一样不小。有机会张二胡就拉二胡给他听。二胡悠悠地拉着，小天宝的大眼睛盯在天花板上悠悠地转。二胡拉到忧伤处，小天宝的眉头就皱起来。三姐听了不乐意，直说自己原是当兵的女人，听惯了枪子的，那声音噼噼啪啪地并不吓人，倒是这杀不了人的臭二胡，叽嘎叽嘎地像鬼叫，听着让人瘆得慌。张二胡打算弹琵琶，又想到吹箫，三姐知道了，一顿好话："求求你太爷，让安静几天行不行？我死了，你再折腾，也来得及。你急什么？"

甚至丫头小玉也作弄他。明知道他喜欢天宝，就是作对不让他抱。他赌起气来，想拎着二胡独自一个人到城墙边慢慢拉去，又害怕人围着看，把他当傻子。到后来，终于悟出了一个道理。原来他想要干什么，就注定不能干什么，因此最好的办法，是再也不要想干什么。于是每天和三姐要几个小钱，夫子庙有的是茶馆，天天东喝到西，西喝到东，只拣那人多的地方坐。茶喝多了，也粗粗懂了些茶馆的门道。原来这茶馆日日有三批客。第一批是带着儿孙进早点的老派人，坐一坐就走。第二批光喝茶，听书，聊天。第三批又是吃客，吃茶是假的，吃大富贵和永和园的干丝，吃兰园的蟹壳黄和包顺兴的小笼包饺是真的。张二胡混在第二批茶客里，并不羡慕那帮吃客，只是偶尔想到天宝大了些，会走路了，可以挽着他来吃早点。他不是个会说话的人，茶馆里闲谈高论的资格轮不上，因此便乖乖地听人说书。听得津津有味，回去说给三姐听，却连不成个故事。

当年秦淮河一带，有夫子庙三杰、城南三害、状元境三霸的说法。三杰是文的，以风流能博得妓女的喜欢闻名。一个是有钱的大好佬，不到三十岁的年纪，腰缠着老子横死后留下的万贯家财，气势磅礴地寻花问柳。一个是有貌的小白脸，客串时也能哼几句昆腔，因为深得几位有财有势的姨太太的宠爱，和妓女往来时并不愁没有钱花。三杰中的老三，既没钱也没貌，全靠写些艳情的二毛子诗赠送妓女，那些青楼中人难得有这么一位知己，纷纷倒贴着和他结交。城南三害都是武的，专干打架钳毛的勾当。其中东关头老五，横行了八年，终因打死人吃了官司，长干桥蔡包子揍了一世人，临了却被人敲断了腿。只有信府河的王呆子改邪归正，足足地捞了一笔钱，开了铺子做起老板来。相形之下，状元境三霸没有人家的名声，而且不文不武。三杰和三害的尊号是别人叫出来的，三霸的头衔则是自封的。

这夫子庙周围，最多做小生意的人。做小生意的难免要为几个小钱斤斤计较，一斤斤计较，人便抱不成了团，有了事也没人照应。夫子庙附近多赶马车的。南京有马车，还是清朝末年，民国初年大为风行。当年坐马车的也有三等，一是显赫的军官，前有马队开道，车门旁站着荷枪的亲兵。二是名门的阔少，他们坐的专车又叫享斯美，常常自己操缰，轻蹄嘚嘚，斜照一鞭，带着美人游玄武湖和东郊风景区。三是肯花钱的人，这类人最多。无论是跑单帮的商贩，还是会情人的姨太太，或者上衙门应卯的官吏，谁出钱谁坐车。平常人家死了人出殡，婚嫁迎娶的，也坐这车。坐三等车的人最多，赶三等车的人也最多。赶三等车的马夫和做小生意的不同，这些人都是一个妈养的，最讲究心齐。平时里不出车，聚在一起则说《水浒》，说《七侠五义》，骂起人来一呼百应，打架一齐挥拳头。因此做小生意的被人欺，赶马车的欺负人，一时成了秦淮河一带的风气。

状元境三霸并不都住在状元境。状元境西头有爿马车行三霸是三个赶三等车的马夫。

三姐整日闲在家里，百无聊赖。天宝逐渐大了，也不钉她。她是个急性子，想跟着张二胡一块上茶馆，既耐不下心来一杯一杯地喝茶，又嫌说书的卖关子，废话多而太慢，更觉得茶馆里都是些最没劲的男人。夫子庙地方不小，但是状元境紧挨着它，用不了多久，玩的地方玩遍，吃的地方吃遍，害得三姐仿佛笼子里的鸟，腿上绑了线的蚱蜢，白有了一身劲，却折腾不起来。闲时站在大门口，嘴里吃着零嘴，懒懒地看着来往行人。因见常常有马车往西头去，她总以为那里住着个什么了不起的人家，一天心不在焉地散步出去，发现只是个马车行，不免一股说不出的滋味。

那天正好没什么生意，车行里几个马夫正围着掷骰子赌博。有两个不好赌的坐在车行门口，眼睛都盯在来往的女人身上，嘴里不住地评头论足。其中一个远远地见三姐来，便说："你看，就这女的，每次赶车从她家走过，都跟我眉来眼去，我只要稍稍下点功夫，你信不信？"

另一个把眼睛一眯，说："我当是谁，就她？老三，你也是的，不住在状元境里不知道，你不知道这婆子有多凶，有多恶。"

老三说："真是外行话，女人越凶，越恶，越有那种劲。"说着，见三姐走近了，搭讪说："这位太太，坐马车去会什么人？"三姐白了他一眼，立定在车行门口，踮起脚来往里看。两个男的也不由自主地把眼睛往里一扫，旋即收回来，钉子一般地钉在三姐挺起的胸脯上。老三又说："你不要看了，这儿就数我的马最好，包你满意。"明知三姐不要车，故意缠着她，"像你这样的坐车，价钱好说，保证你不会吃亏。你真坐，我白干也行。"

另一个则旁敲侧击："这话怎么讲，白干，你赶车的肯，人家坐车的肯不肯呢？"

三姐由他们说去，自顾自地往车行里走，见那帮人赌得十分认真，兴致勃勃地站在一旁看。老三也跟了进来，一双眼睛滴溜滴溜地在三姐身上转，想方设法找话说。他是车行里有名的花花太岁，见了三姐这样漂亮的女人，血管里的血流得比平时快三倍，骨头比平时轻三倍，大声嚷道："让个位，给我们这位太太让个地方。裘皮，你过来。听见没有？"裘皮正当赢钱，抬起头来，翻了三姐一眼，连忙低头去找骰子。三姐见了，微微地笑，又到另一个人身后去看。她不知道这个人就是状元境里的老大。

状元境的三霸是扳手腕扳出来的。城南多少爿马车行，就数状元境这家的马夫最强悍，最能打架。难得的是这些英雄从来不内讧，因此只能靠扳手腕来决胜负。状元境的老大号称方圆十里无敌手，而且赌运向来很好。谁想到今天坐南向北，总是小赢大输，身上的钱不够赌，借的钱也输光。悻悻地站起来，见三姐立在身后，禁不住光火："我说见他妈的大头鬼，原来后面有这么一个母的，能不晦气？"说着，外边有人叫车，送客去下关，老大抄起马鞭，骂骂咧咧地走出去。直说今天倒霉，车还未出，倒把车钱先输了。

大家都注意到了三姐，一边继续赌，一边拿眼睛噬她。三姐依旧兴致勃勃地看，老三依旧一旁做不完的轻骨头相。临了，老三说："光是看有什么劲，你没钱，老子借给你上台子。喂，你想不想玩？"三姐又白了他一眼，见那帮人都看她，上前抢过两粒骰子，说："玩就玩，我来坐庄。你们下赌注好了。"众人说，不是玩的事，你倒是有钱没钱。三姐眼睛一亮，说："有。"众人又叫她拿出来，三姐便说身上没带，众人说："那不行，那不行，说不是玩的事，你还是当玩的事。"老三说："你们怎么这么不上路子，撑死了一块大洋来去，这漂漂亮亮的大美人，当真会少你们一个子儿。"众人还是摇头。

三姐把骰子换了个手，把手腕抵在腰眼里，用劲抹下一只玉镯子，桌上轻轻一放，问这算不算钱。众人见了好笑，偏偏两个骰子都在三姐手上。裘皮说："好，来就来，不过哪有一上来就坐庄的道理，再一个，你这手镯值多少钱？"三姐也不睬他，抱着两个手摇骰子，催众人赶快下注。众人刚下好注，三姐说："看好了，来个好的。"裘皮忙不迭地叫，"哪有庄家先掷的道理？"伸手去按三姐的手，三姐手一挥，嘴上说："先后还不是一个道理。"已把骰子掷出去，刚上手就是一副天牌。老三看了叫好，说这牌掷得简直比人还漂亮，一边帮着三姐催众人掷骰子，"什么先掷后掷的，还不是一回事，你们几个男的，难道想赚人家一个女的不成？快掷了算！"裘皮正色道："规矩就是规矩，哪能随便更改。就是掷了杂七杂八，也不算。"

三姐一副看不入眼的样子，卷了卷袖子说："不算就不算，没见过这么不爽快的人，快请吧，别叫我说出不好听的来。"众人掷了骰子，三姐伸出两根水葱似的手指，把骰子捡在手掌上，又捂上，慢悠悠地光晃。老三只是个看客，三姐晃得越长，越觉得有趣。几个下了赌注的，急于要知道结局，歪着头，仰着脖子，又不得不做出不在乎的样子。三姐晃了一会儿，笑着对众人看看，把个小拇指翘得多高的，拎起一只骰子掷出去，再掷另一只，恰巧又是两个六。裘皮大叫："真邪门，又是天牌。"带头把面前的铜子推出去。

三姐兴冲冲地要连着坐庄，众人不依。三姐说："既是赢了，凭什么不让我连庄，以为我不懂门道，是不是？"众人没法，只好让她继续坐庄。来来去去，三姐面前竟然堆起一小堆碎钱。看看天色近晚，便站起来，把那手镯拿过来套在手腕上，又在钱堆上抓了一大把，笑道："这钱，老娘拿去买瓜子吃。这钱，你们给我留着，赶明儿再来赌，就是本钱。"说着，一阵笑声，人已经出了门。

四

　　张二胡知道三姐有了赌瘾，三姐的赌运已经今非昔比。明知道说了没有用，明知道说了要挨骂，张二胡忍不住还是说了几句，劝三姐往后不要去赌。三姐说："我正输了钱，满心的不痛快，你少来惹我。赌，怎么了？三姐我高兴！赢了，我买瓜子吃，输了，也不要你掏腰包。赢啊输的都是我的钱，干你什么事？"张二胡低首下心地听着，刚想插嘴，三姐眼白对着他，说："干吗非来惹我，是不是叫我说了不好听的，你高兴？都告诉你了，今天我输了钱，心里不痛快。"张二胡说："你既然不痛快，我拉两段给你解解闷？"见三姐眉头皱了，忙岔开说："输了输了，能有几个钱，气坏了身体，也不值得。"

　　三姐冷笑道："话倒是人话，就是从你嘴里吐出来，全不像了。几个钱？也不要尽拣着现成好听的说，就算你像个大爷，是个有能耐的，怎不弄几个小钱来让我赌赌。亏你说得出，几个小钱，你喝茶也是几个小钱，就是老娘赢来的。怎么，你怕我输了你的茶钱？"

　　张二胡不乐意地说："我哪是这意思。让你不生气，你还生气了。"

　　三姐说："我生气，原是你招的。"

　　张二胡想了想，不想说，还是说了："人家都说赶马车的野得很，也不讲道理，你何苦和他们、和他们在一起。"

　　三姐又是冷笑，"在一起怎么了，他们是野，是不讲道理，你若是怕他们吊我膀子，吃我豆腐，只管和我一起去，要不，就缩起你那乌龟头，我不要看。"

　　三姐因为常常在马车行里掷骰子，不仅和一班大大小小的马夫混熟，状元境的老少也都知道她的好赌名声。三姐只要衔着瓜子往西走，便吃准是上赌场。下了赌场回来，一望那脸上的表情，又知道了她的输赢。

　　状元境的马车行，是一个姓徐的盐贩子发了财开的。他自己花钱活动了个官衔，便把手下乱七八糟的铺子交给喽啰去管。裘皮是车行的管账，当年马马虎虎，也算条好汉，一条腿就是做好汉时被打瘸的。老三虽然是马车夫中的花花太岁，有时也向裘皮讨教，把他当做寻花问柳的前辈。"裘皮，你也算个过来人，你说，这女人到底是什么路数？"他因为刚被三姐碰了一鼻子灰。裘皮说："什么路数，我料定她好不了，要不，能在我们中间混。"老三说："也不知道她转什么念头，你热她就冷，你冷她就热。你没见着昨天她和我那副亲热相。"裘皮说："难道你还当真，这样女人的亲热算什么，她和我还有一手呢！"老三听了发笑，说："你他妈六十岁都往外数的人了。"裘皮也笑："六十岁怎么，你指望我们人老了，什么都不如你们？"老三还是笑，两眼瞟着裘皮跷在那里的瘸腿。

车行的生意忽然好起来。天天有人死，天天有人家娶亲。生意好，马夫们的赌劲小了，白天凑不出桌来。于是三姐晚上去赌。裘皮住车行，再有三五个没有老婆的，或者有了老婆不想在老婆身上下工夫的，围在一起便是一桌。三姐天天回去晚，关照张二胡等门。张二胡贪睡，等着等着，不巧便睡着了。三姐回去，一片声的打门，打开门，口咬牙撕一顿骂，发狠说，下次若再把她关在门外，当真找野汉子睡觉去。张二胡心里明白是老娘作对，把留门又偷偷地闩上，却不敢对三姐讲，讲了又是大吵。如此这般地连续了几次。既怕再听见三姐的叫骂，又怕她真的出去胡来，更知道他娘总是偷偷闩门，因此索性搬了张椅子，天天坐在门口等。这天晚上活该有事，三姐迟迟不回，张二胡坐在那里，迷迷糊糊已经困了一觉，又迷迷糊糊地发现他娘不知什么时候到了自己面前。他娘说："傻儿子，在这傻等干什么，把门留着不行？"张二胡说要再等一会儿。他娘又说："你去睡吧，我不闩门。"张二胡听了，睡意蒙眬地回房间睡觉。睡了一会儿，不放心，又悄悄出来看，那门果然没闩，再悄悄地回房间，盖上被子呼呼大睡，不一会儿梦见三姐已经回来，正懒懒地脱衣服，雪白的手臂在不明不暗的空间挥着。

三姐从车行回来，也有些困了，到了大门口，正听见里面轻轻地闩门，连忙上去推。越推，里面闩门的声音越急。三姐说："我回来了，你闩什么门？"里面没有回声，三姐知道是婆婆，又说："深更半夜的，你把我关在外面，什么居心？"婆婆在里面说："张家没有半夜三更不归的女人。"三姐火了，说："老婊子，开不开门？"婆婆说："开，你等着，小婊子！"一阵脚步声人走了。三姐恨得拿门出气，手掌敲痛了，张二胡也给咒死了，门还是不开。心一横，掉头又往车行走去。车行里还有三五个人，三姐进去，大声说："我没家可回，你们，谁有地方让我睡觉？"众人听了吓一跳，见三姐抱着手，用眼白对他们，有老婆的，赶忙不迭地想到自己老婆，没老婆的脑子里一下子闪过许多念头，不约而同地心跳有些失常。三姐看没人敢开口，冷笑说："怎么都他妈哑了？裘皮，今天我就睡你这儿。"说着，拔脚往裘皮房里走。众人的耳朵也到了裘皮房里，听着乱七八糟的声音乱响，然后一切归于安静，不由得重叹一口气，有羡慕的，有后悔的，也有不知所以的。

　　裘皮这晚上又是赢家，起身说："时间不早了，明天再来。"其他人说："你急什么，难道怕三姐跑了。看你急得那样子？我们不睬他，他不来，我们来。"裘皮没办法，只好看他们掷骰子。好不容易那几个人说笑着走了，裘皮巴巴地跟着去闩门，又巴巴地往自己房里去。门已被三姐从里面闩住，裘皮只好敲门。三姐刚睡着，吓一跳，坐起来厉声问："裘皮，你想干什么？"裘皮涎着脸说："我不能不睡觉，你把门闩了，怎么进来？"三姐说："见你妈鬼，老不死的，你还想进来和我睡呀？"裘皮说："原是你送上门的。"三姐在里面骂道："你怎么不跟你妈睡觉去？我真不好骂你了。"

　　裘皮说："你既然来了，想清想白也没用，你说状元境明天哪个会不晓得？别看我老了，我懂得多，保证不让你吃亏。"

　　三姐说："妈的，你再啰嗦，我明天非当众扇你耳光。我清也好，白也好，你他妈别操心。老娘清自然清，浊自然浊。癞蛤蟆一个，也想吃天鹅肉。"

　　裘皮笑着说："我当然是癞蛤蟆，你当然是天鹅，偏偏我这个癞蛤蟆想吃天鹅肉，你怎么办？"三姐冷笑一声："我不让你吃，你怎么办？"裘皮没办法，服软说："那也不能让我在外面站一夜，给条被子行不行？"三姐说："我早扔外头了，你拿就是了。"裘皮没想到临了是这个结局，又奈何三姐不得，抱了被子，独自找板凳去睡觉。睡睡，又睡不着，偷偷地爬起来，摸了把菜刀，去拨三姐的门闩。心慌意乱地刚有些眉目，三姐醒了，跳下床来说："裘皮，我和你挑明了，老娘身上带着刀子，你身上血多，想放掉一些，只管进来。"裘皮一听这话，不死的心全死了。

三姐在车行里住开了头，从家里取了大红缎面的被子，动不动便住在那儿。裘皮连碰了几回壁，好比黄鼠狼拖着鸡毛掸，小花狗咬到了猪尿泡，白白地欢喜一场。众人只当他捡了便宜，当面都拿他取笑，有人逼着做东，有人趁机借钱不还。老三背着人骂他老狗日，恨他交桃花运。裘皮说，碰到这样的母夜叉，只能交梅花运，又诉了一通苦。老三不信三姐当真有刀，又笑裘皮到底老不中用。他看准了时机，灌了几碗酒，一脚踢开闩住的门，冲进去便找三姐的两只手。

张二胡不愁吃，不愁穿。他从来没有过钱，因此不知道钱的用处。自从有了三姐，老用她的钱，老挨她的骂，加上听书时，老听着大丈夫志在四方这句话，不免动了发财的念头。那时的茶馆常有人在里面接洽生意，谈各类行情，大把钱来去，像流水一样。回去说给三姐听，也想去做生意，三姐听了，也不怂恿，也不阻拦，只是笑。张二胡不相信三姐和老三早已打得火热，他不愿相信真有这样的事。天下什么样的事都可能，因此什么样的事也都不可能。这天晚上三姐又不回来，张二胡想了想老实不客气地去请。他是第一次去车行，远远地看见灯亮，心里体会不出的滋味。一帮人正围在灯下赌，三姐捋起袖子掷骰子。大家见有人来，有认识的笑着说："快喊老三，打架的来了。"老三不好赌，早早睡了，被窝里甜甜地等着三姐，听见了慌忙爬起来，拎着裤衩刚站在地上，听见外面三姐的声音："你来干什么？"张二胡的声音："接你回去。"接下来是起哄的声音，有人问他为什么单单今天来接三姐，有人问他是不是在家睡不着，想老婆了。又是三姐阻止的声音，"你们不要见他老实，就欺负他。"又是起哄的声音："我们欺负他？天地良心！状元境谁不知道二胡兄弟的厚道，欺负他，嘿嘿嘿。老三，你出来。"老三在里面应着："出来就出来，"衣服也没穿，裤带束束紧，踩着鞋后帮，懒懒地出来问道，"谁找我打架，谁？"

两眼毫不在乎地看着张二胡，故作傲慢地说："你？"张二胡也不理他，执意要三姐回去，像是离不了娘的孩子。众人大笑。三姐说："你跑这来丢什么丑，偏不回去。"他听了，还是劝。众人还是笑。

老三把膀子一抱，有心鼓起一块块的肌肉，对三姐说："还守着这么个活王八干什么，倒不如跟了我，给我做老婆。"三姐在地上吐了口唾沫，一脸鄙视的样子："就你能，算是会说话是不是？"旁人打趣说："老三，难道你不怕做王八？"老三笑着说："我，我的女人谁敢碰根毛，妈的。"说着，用眼神提醒众人看张二胡。张二胡只当什么话都没听见，耷拉着脑袋，像一把上了锈的铁锁似的，死咬住一个理，就是要三姐回去。三姐看不惯他的窝囊，又不忍看他被人糟蹋，便陪着他默默地回去。众人追在后面又是一阵大笑。老三喊道："妈的，你去了，老子怎么办？"说着，就在街面上，冲着墙根带头撒尿，嘴里还在喊。

第三章

一

张二胡在状元境消失了很久，人们才发现少了这个人，没人知道他跑到哪里去了，有人说被三姐气得跳了河，有人说被马夫们吓得跑到了关外，甚至三姐自己也不清楚怎么一回事。公鸡下蛋，老鼠吃猫肉，三九天开桃花。时间一晃就是五年，到张二胡发了大财，从天上掉下来，她只当是撞上了鬼。

没人知道张二胡怎么就发了财。张二胡还是张二胡。脸上黑了些，黄了些。加上不少白的银元。张二胡还是张二胡。

三姐也仍然是三姐。

五年里，三姐给张二胡又生了两个儿子。凡是女人有的坏名声，她都有了。状元境的男人为了她，打来吵去；状元境的女人为了她，吵来打去，三姐仍然是三姐。什么都和过去一样。和过去一样的标致，一样的泼辣，一样的不能没男人。哪怕说话的腔调也是过去的味，见了张二胡，眼白对着他，劈头便问他怎么没死。"可不没死。要不，死在外头快活，能想得到回来？"

张二胡直直地看着她，眼前一阵白雾，一肚子话，一肚子委屈，一肚子不高兴，都闷在没嘴的茶壶里，倒不出来。三姐说："这么看着干什么？是不是我老了，丑得不认识怎么的。准是在外头漂亮的女人见多了。要我想，这几年在外头，不知怎么玩女人呢。回来就好，别傻站着。天宝，你缩在那干什么，喏，这是你的那位爹！"

天宝已是个有棱有角的小男孩，瘦瘦的颈子正在往长里长，小脸上放着一双大眼睛，全是神。半信半疑地叫了声"爸爸"，走过来，把头偎在张二胡身上，先不动，然后轻轻地擦。张二胡摸了摸他的头，心头止不住地发麻，腿也在抖，掏出块银元来，叫他买糖吃。三姐一边见了，骂道："多大的孩子，一给就是一块钱，刚回来，显着你钱多是不是？天宝，你拿，试试看？"

　　到晚上，三个小的都睡了。小天宝梦里甜甜地喊着爸爸。三姐脱得不能再脱，便往被子里钻。张二胡坐在床沿上发傻，三姐从被窝里爬出半截，说："这傻样子，怎么一点没变。见着了又好气又好笑。喂，你哑了？"

　　张二胡说："我带了钱回来，原想叫娘过几天好日子的。这下好了。"

　　三姐说："什么话，你娘死了，怨我？"

　　张二胡说："我不在家，你们准保又是天天吵。"三姐冷笑说："真正废话，你在家，倒是天天不吵。她要吵，怨我？人老了，她要死，怨我？我又没有倒八辈子穷霉，什么都想怨，凭什么？秦淮河上没盖子，你娘不跳下去，家里有的是绳子，你娘也没有再往梁上挂，是好好地死在床上的，这个账你认不认？"张二胡红着眼睛，不想说，还是说了："那也是，人死了几天，才知道。"

　　三姐听了，红了一会儿脸，想明白似的说："噢，全知道了。和尚庙里秃子多，坟头地里鬼多，这状元境，就他妈的能嘴多。翻起一张臭嘴，真是的，什么屁话说不出。现在好了，总算是在外头混了两年，要起脸来了，因此这会挑眼来了。不错，是死了几天才知道。怎么样？我告诉你，人都臭了，你信不信？赶明天我死了，准保也这个样。自己也不知死到哪里去了，现在怎么了，有了几个钱，就想做孝子，真正不得了，"说着，眼睛一红，"就算我把你娘逼死了，怎么样？要想摆个孝子的模样，只管摆就是了。"

　　张二胡说："反正明天要看娘的坟的，怎么说，也要去。"

　　三姐说："乖乖，总算会说了一句狠话。到底是出门混了几年。去就是了，谁拦你？"张二胡又无话可说，仍然傻傻地坐着，眼睛不看三姐。三姐跳下床来，捞了件衣服披上，坐在马子上，似恨带怨地看着他。看了一会儿，冷笑道："有什么厉害的，使来叫我看看，别这么木桩似的竖在那儿。"她一边慢腾腾地往床上爬，一边说，"居然也学会生气了。那是的，现在有钱了，能不摆些人模样出来吗？怎么，不想睡觉。要是嫌家里的床，睡了腰疼，屁股痛，想坐一夜，也好。"说了，裹紧被子，侧身向里，独自地睡觉。

第二天天宝吵着要一起去上坟，两个更小的也哭着要去。三姐一腔火，满肚子不自在，照天宝就是一记耳光，又踢了老二一脚。第三个吓得先哭，掉头往门里跑，门槛上绊了一跤，哭得更凶。天宝捂着脸，也不哭，执意要和张二胡一起去。雇来领路的人打圆场说："既然少爷要去，一起去就是，反正老爷要叫车子的，道又不远。"三姐白了他一眼，说不要得了几个臭钱，就捧着屁股当脸舔，什么老爷少爷的，这家里从八辈子起，就没有一个爷。张二胡一旁默默地听着，害怕她那张朴刀似的嘴，也不敢惹她，牵了天宝，跟着领路的，又叫了辆车，往聚宝门方向去。天宝头一次坐马车，快活得像开了锁的猴子，一会儿坐，一会儿站，一会儿又跪着，又恨马车跑得慢，不能夺过鞭抽两记。张二胡见天宝脸上还有三姐的指印，又看他那样快活，车行半路，让领路的下车买了糖葫芦。天宝舍不得吃，举在手上左看右转。张二胡想起自己小时候最爱吃驴肉，可惜那时没钱，车到聚宝门，再让领路的下车买了一大包驴肉，几个人一路吃着。

那领路的领着在坟山上转了半天，才在一堆大大小小的荒冢中，找到张二胡娘的坟头。张二胡给了些钱，领路的见赏钱不少，一谢再谢，高高兴兴地下山。张二胡待那人影子没了，回过头来仔细打量他娘的坟，说不出的一种陌生感。

重阳刚过，已经略略有些寒意。又是个没太阳的阴天，满山遍野的青草，都是无精打采的样子。孤零零的一株枫树，站在山坡上，把微黄的叶片迎风招摇。小天宝见他爹傻傻地蹲在地上，也不敢走远，只拣近处最高的坟堆爬上去，居高临下地往下看，手里依然举着那串没吃完的冰糖葫芦。张二胡在地上蹲了一会儿，重新去看墓碑上的字。那碑竖在那里，又小又薄，字还算清楚，写着"先母张李氏之墓"，落款是"孝子张鹏举"。张二胡傻傻地想了一会儿，又傻傻地想了一会儿，才记起他娘的娘家姓李，鹏举是他念书时，老师起的名字。

也不知从哪飞来了一只喜鹊，就栖在那株孤零零的枫树上，翘起尾巴叫着。天宝远远地向它挥舞手上的冰糖葫芦，它也不飞。张二胡抹了抹冰凉的泪水，泪眼朦胧地去看那喜鹊，又看天宝。天宝的憨态让他记起童年的事。他仿佛回到了和天宝一样的年纪，正和年岁相仿的孩子在秦淮河里洗澡，他娘举着小竹棍这边追到那边，威胁着要打他又打不着。他娘又气又恨无可奈何的表情，给他一种说不出的满足。要是他娘能从那个世界回来，重新用竹棍抽他一顿多好。

那喜鹊悄悄地飞了。飞得很远，才哑哑地叫了一声，风吹草低，四处没一点声音。

二

张二胡把他娘先前住过的房子，收拾干净，自己搬进去住。小天宝吵着要和他一起睡。睡了一夜，两个更小的跟着学，也吵着要一起睡。三姐亲爹亲娘地又是一顿海骂，逼着天宝回原来地方睡觉。天宝恨三姐一个洞，当面翻白眼，背地里咬牙，晚上睡觉时，做梦也是三姐生病吃药喊救命。

张二胡晚上总是睡不好，他不停地做梦。就算是做梦，也没有对三姐说过一句狠话。他有一肚子的委屈，这一肚子的委屈又都是因为他自己。

他知道自己不是个孝子。

不过老娘叫老婆逼死了，不吭一声，对不起生他养他的娘，对不起祖宗，更加对不起他张二胡自己。

他知道自己不是个好汉。

不过老婆像张客店里的床，你睡他睡，心里总不是滋味。

他知道自己也不是男人。男人都不像他这个样子。男人不是好东西。他后悔自己为什么不生来是个女人。是女人多好。哪怕是张让人睡来睡去的床也好。世上有能耐的男人，都玩别人的老婆，没能耐的男人的老婆便被别人玩。他恨自己为什么不能和三姐换一个人，如果他是女的，如果她是男的。

夜里睡不着，止不住地要多想。想多了，又一定伤神。这么过了三夜，张二胡掉了一身肉。胃下面有团气，摸上去硬邦邦的，脸上仿佛生了层锈。因此不由得想到久已不拉的二胡，白天里除了去茶馆，闲在家里时，昏天黑地地只管拉。三姐遭了冷落，咬牙切齿骂东骂西，拉住了张二胡说道理。她的歪理一层一层，一套一套，张二胡只觉得脑袋发重，好像注了铅水。一双吃惊的眼睛看着三姐，看着她跳脚，看着她慢吞吞地掰手指数落。知道她在说，不知道她在说什么。

三姐说："我听说如今在茶馆，有头有脸的，都赶着你叫先生，没头没脸的都叫一声张老爷，你也别月亮下面看自家的影子，越看越大。什么老爷先生的，你三姐见得多呢，并不稀罕。既然死在这个家里，就没有让女人守空房的道理。若嫌这家，你走，没人拦你。在家里成天装哑巴，给人脸看，那不行！"

张二胡找了一老一少两个女人回来。老的管家，烧烧洗洗，少的管孩子，干些粗活。三姐已过惯了不用人的日子，挑东嫌西，不是看不入眼别人做事，就是担心多用了男人挣来的钱。张二胡嫌家里不太平，有时饭就在外头吃，三姐拿他也没办法。

这天，张二胡带着天宝去魁光阁吃早餐，临走又叫三姐追着骂了一顿不好听的。魁光阁的烫面饺最为有名，张二胡心里不痛快，吃在嘴里，也没什么味道。天宝吃得喉咙下面都是烫面饺，吵着要去看耍猴的。正看着，有个跑堂的寻来，只说六朝居有几位先生老爷等张老爷说话。张二胡想了想，记起今天有个约会，掏出几个铜子来，让跑堂的送天宝回去。

六朝居里人已聚齐，张二胡姗姗来迟，有的立起来打招呼，有的坐在那里笑着怪罪，也有的装没看见不理不睬。今天幸会的，都是夫子庙一带有头有脸的乡绅。坐上席的是商会会长，有一把年纪，老当益壮的样子。次席的是个穿洋装的年轻人，说着带无锡乡音的上海京话。他新近从美国留学回来，有个很吓唬人的经济学博士头衔，而且又新当选省宪会议士，言谈极为自信。既然是学经济出身，因此极看不起弄政治的文人,看不起玩军事的武人。他看着张二胡在下首坐了,又接着发表他的宏论,一边用手不停地整理卡在脖子上的领带。

"武力统一,武力统一,民国都这么多年了,哪有过真正的统一呢?军事这玩意儿实在是个害人的东西。兄弟这次在会议上和人辩论,说除了实业之外,没有能救国的。如今又在喊什么教育救国,听着都好笑。兄弟在美国,曾和加州的议员麦大坤先生谈过一次话,人家美国,议员可是响的,抵得上我们前清的一个翰林,他怎么说,他说:'你们的中国的问题的,实业实业的。'兄弟提倡实业,实在也是救国根本。诸位都是实业界人士,所谓救国之栋梁。"说着,见有微笑的,有点头的,有捻胡子的,继续说,"兄弟在美国,就有三位一体的设想,这次承蒙督军的恩准,小弟的计划即将如愿。"

张二胡心不在焉地听着。邻座的一桌,几个苏北口音的正在吃花酒,其中一个精瘦萎靡的汉子大约是花钱的好佬,群花围绕之下,已经有了酒意,脸上的笑就跟哭似的,浪声高语不断地传过来。张二胡不住地偷眼看离他最近的一个妓女,那妓女看侧影,活脱是个三姐模样,搔首弄姿地不肯安歇,六朝居里就数她声音最尖、最亮,经济博士的高谈阔论每每要被她的笑声打断。她转过脸,似笑非笑,飞眼一扫,满座的人都以为在看自己。经济博士深知女色的害处,僵着脖子,眼睛只敢看眼前的一小方地盘,一边口角春风地为他的三位一体做注脚。这三位一体说来也简单,就是钱庄、纱厂、面粉厂共同经营。吃穿是根本,钱又是吃穿的根本。有钱庄为后盾,可以低价收进小麦和棉花。小麦磨成粉,棉花纺成纱,一个进口,一个出口,循环一次,利润和大头便成倍。"兄弟在美国,伊莱尔教授曾预言,欧战带来好处最多的是亚洲。因此实业乃实务,实力乃实业,依兄弟的判断,以后几年,中国的棉纱,定有大大出口之势,出口不成,固守国内市场,想来问题不大,退一万步说,就算国内市场被洋货垄断,我等还有最后一个退步,生产出来的纱织成布,全部做面粉厂的口袋。天下再变,人总得吃饭,因此兄弟说自己的计划万无一失,绝非戏言,要不督军大人对兄弟也不会如此器重。诸位说是不是?"众商绅点头称是,商会会长对经济博士颇有羡慕爱才之意,惟有张二胡不置可否，心里总在想，邻座的那个妓女干吗老是眉来眼去，又琢磨这样一位珠光宝气的女人，喝一次酒，得费多少钱。经济博士见他木头木脑，说不出的看不入眼。茶社堂倌执著把太平府大铜壶来冲茶，张二胡慌忙喝几口冷茶，举起茶盅让堂倌冲，那滚烫的开水自三尺多高冲下来，一滴不漏地全在茶盅里，倒吓出他一身冷汗。

从六朝居出来，又由商会会长带头，去寻画舫游秦淮河。画舫又名花船，一群人中有精通此门道的，争着给经济博士介绍有名的姑娘。经济博士新派出身，总觉得中国老派人的狎妓，时间和花费并不经济，好在一来不要他会钞，二来也不便驳众商绅的面子，因此不由将就了两句老话，客就主便，入境随俗。张二胡糊里糊涂地跟到利涉桥下，插不上一句嘴。人多船小，他又不谙冶游，正巧有两人自称有事，不能奉陪，他乘机附和着一同拱手。那群人也不客气，上船便走。岸上的这两人，又不把张二胡看在眼里，也不招呼，掉头扬长而去。张二胡看着那画舫慢慢行远，正欲转身，一条唤作七板子的小船箭似的划过来。这小船也有一个舱儿，破而简陋，船头上吊着两盏玻璃灯，一位姑娘从舱里伸出个脑袋来，用软绵绵的声音唤他上船。张二胡眼睛里只有一团粉脸，一头乌发，摆了摆手，甜滋滋地作别而去。那姑娘忙着拉别的客，竟没有骂他。

回家路上，街头卖唱的，正捧着个盘子要钱。张二胡就手从兜里掏出一把铜子，扔在盘子里，清脆的几声响。接钱的姑娘不出声地道谢，他却不回头，悠悠地往回走。进了状元境，周围邻居的孩子见了喊大爷，年长的知道他如今手头阔绰，小看不得，赔着笑脸和他打招呼。碰巧住在状元境西头的杨矮子，也逛了夫子庙回来，看着张二胡陡然像了尊人物，说不出的不痛快。这杨矮子是状元境有名的无赖，打瞎子，骂聋子，妒人有，笑人无，上馆子赖账，借人钱不还，什么下作做什么。他生来一个五短身材，拳头捏起来像干瘪的茄子，因为自小欺惯了张二胡，全不把他放在眼睛里，撕开一张小嘴，神气活现地说：

"二胡，你他妈现在不得了呢，有钱了，是不是？乖乖，看到了也不理不睬。唉，怎么样，借几个钱用用？"

张二胡依旧不理他，只差几步便可以进家。杨矮子却来了劲，大叫，"站住，这什么礼数，你若嫌我穷，怕不还，明说一声，这么只当作放屁，算什么？就算眼里没老子，也不能这样，不就是该了两个造孽钱吗。"说着，回过头来望望，见四处没人，掏出家伙冲着张二胡家沿街的窗子，哗哗地一泡骚尿。张二胡前脚已经进门，听见声音回过头来，忍不住说道："怎么在这撒尿。"杨矮子冷笑说："不在这儿，还在哪儿，难道你打算请我到你家去，老子的尿可值大价钱。"一边说，一边把最后的一点精华，极轻薄地向张二胡洒过去。

张二胡浑身发抖，说："你也是吃粥饭的，干吗这么不讲道理？"

杨矮子笑道，嘴角略略地有些歪，"谁不讲道理，不让老子撒尿，什么居心，想憋死老子？"

三姐在里头听了，奔出来，破口便骂。杨矮子见围的人多了，故作高声，"小婊子，今天对我怎么这么凶，平时的情分哪里去了，是不是我跟你睡一觉，没你的男人给的票子多？当真就这么认钱？"张二胡再好的性子，也熬不住，开口骂了句什么，杨矮子听了，奔过来，嘴里骂着："反了，你竟敢骂我，敢再骂一声？"张二胡愤愤地说："你难道没骂？"

"骂？什么叫骂？"杨矮子无赖一个，斗嘴最有本事，"譬如我叫你一声王八，也叫骂？不是有什么，说什么吗？大家说，对不对？"

张二胡让一句话噎住，仿佛脑勺上棍子打了一记，一生所受的羞辱变戏法似的涌现在面前。杨矮子只当已把对方镇住，一旁的人都在劝他不要欺人太甚，他看三姐跳手跳脚还在骂，便趾高气扬地说："我们爷们儿在这交涉，你一个臭娘们儿的，折腾个什么劲。你这男人，若是条汉子，敢碰我根毛，我算服他。"话音刚落，张二胡突然发力，猛一推，杨矮子退出了三四步，一个朝天跤仰在地上。他顿时威风扫地，脸唬得发白，侧身爬起来，见有人来拉，做出要拼命的样子。张二胡也不理他，转身往家走，不防备杨矮子突然捡了地上半截砖头，朝他后脑劈过来。张二胡听见人喊"不得了"，脸一侧，半截砖头正好擦到半边右腮，立刻火辣辣地疼。那杨矮子占了便宜便想撒腿，张二胡也不知哪来的勇气，追过去，挥板斧一般舞着两个拳头，把个杨矮子砍得东倒西歪。他越打越勇，一辈子的不称心，一辈子的窝囊，全捏在两个拳头里。杨矮子紧抱脑袋，后颈后背后腰，不知叫张二胡打了多少下。腿一软，已经跪在地上，张二胡弯下腰，仍然是打，打。众人也不拉，三姐叉着腰站一边，大叫"打得好，好！"

三

这天晚上，三姐备了酒，又让小丫头去剁盐水鸭，买回族馆子的牛巴来下酒，让老妈子去买大螃蟹，自己下厨做了几样拿手菜。小天宝吃得最欢，大块搛菜，大口喝酒，两个更小的也闹着要有自己的酒盅。三姐害怕他们喝醉，笑着骂着，劝老少两个佣人一齐喝点酒。老妈子见女主人难得高兴，尽拣好话讲，尽拣好菜下筷子。那小丫头也不示弱，盐水鸭和牛巴都是她亲自买的，一路已偷偷地吃了不少，这刻倒是一心一意喝酒，脸红得像是涂了胭脂。

张二胡觉得出了口恶气。

张二胡头一次打了人。

虽然过了几个小时，他觉得自己的两个拳头仍然在挥舞。筷头上夹着盐水鸭，便想到剁鸭子的伙计小鸡啄米一般的潇洒动作。又想到京戏班的司鼓，仿佛听到了急雨的锣鼓点子。他突然意识到，杨矮子原来是那么矮，脸只有个巴掌大，难怪要打他的脸那样难。

也不知喝了多少盅酒，吃了不少盐水鸭，吃了不少牛巴，炒菜当饭似的往嘴里塞，张二胡又吃了三只雌蟹，都是大的，一肚子黄。三姐满心喜欢，陪着一盅一盅喝酒。酒喝得差不多了，张二胡没有胃口再吃饭，三姐便让老妈子带三个小的先睡觉，又吩咐小丫头烧水沏茶，让张二胡洗脸洗脚。她自己忙前忙后，一会儿帮着递手巾，一会儿爬上爬下地找万金油膏，替张二胡涂脸上的擦伤。张二胡酒酣耳热，洗了脸洗了脚，盘腿坐在床上，叽叽嘎嘎地拉了一阵二胡。他拉惯哀伤的曲子，这会心情不错，拉出来还是如泣如诉。三姐自己洗罢，过来给他铺被子，铺好了，脉脉有情地对视一会儿，掉头回自己房间。他看着她的背影，不说话，二胡声打了个嗝，继续拉。不一会儿听见清脆的脚步声，近了，又去了，又来了。三姐身穿绛色缎面紧身夹袄，胳肢窝边上别了条绸手绢，水红色的，门帘一闪，一阵风似的飘进来。张二胡没提防三姐换了身衣服，眼睛落在她趿着的绣花拖鞋上，拉不成调。只不过一眨眼工夫，那红的旧的绣着梅花的拖鞋，懒懒地散开，成了月夜雪地上两瓣零落的梅花。床板重重地振了一下，张二胡心跳着回头，三姐手上的衣服巨鸟一般地向他飞过来。

半夜里，三姐醒时，逼着张二胡说这几年的遭遇。张二胡支支吾吾地说不清。他不知道小别犹如新婚的说法，况且五年的数字究竟还算不算小别。反正又听到了三姐似曾相识的鼾声，又闻到了似曾相识的湿漉漉的汗味，恍恍惚惚如隔世，死去活来地激动了一夜，三姐的提问，回答起来，有一半前言不搭后语。三姐一会儿睡，一会儿醒，一会儿比他还激动。忽然对他这几天在外面所作所为不放心，质疑问难地说："我要全信了你的鬼话才怪呢。你们整日老爷先生在一道，吃花酒，玩婊子，你会不去？这种事骗得了别人，骗你三姐，想！我说骨头怎么会这么轻的，原来白天里花酒喝多了。"

第二天太阳上去好高，两人还挤在被窝里不肯起来。传来一串子的打门声，又重又急，张二胡只当是一帮新结识的朋友来约他，慌忙穿衣服。老妈子比他更慌忙地蹿进来，又更慌忙地退到门外，嘴里念经似的喊着"不得了，不得了"，说大门口来了一群人，有认识的，有不认识的，全是来打架的。张二胡一时紧张得不知如何是好，裤带束了几次都系不紧。还是三姐果断，三下两下穿好了，奔出去，看见状元境西头的老伍，领着几个泼皮无赖，寻事挑衅来了。老伍便是当年状元境三霸中的老二，现在改行做了菜贩子，比过去更穷，比过去更凶。他和三姐有过一段不太长的交情，虽然比老三的短暂还要短暂，总算没忘一夜夫妻百日恩的惯例，也不和三姐为难，只叫她把张二胡喊出来问话。三姐眼一翻，所有的人都看到了她的眼白，懒洋洋地说："问什么话？早上茶馆了，有人请他呢，你们到那去问他好了。"

老伍说："怎么讲？你们老妈子刚刚还说他在呢。"

三姐冷笑说："你们听她的，还是听我的？不听我的，我进去了，没话跟你说。"

老伍直性子,又知道三姐很少说谎,当了真,回头对跟来的人说:"好的,没想到便宜了这小子,竟是白来了一趟。"三姐说:"有话当面说说清,什么便宜不便宜的。吓死人,不抵命是不是?"老伍的脸一沉,说:"我见着你个猖狂劲,就是一肚子气,找打啊?"跟来的一个人说:"怎么样,老伍,跟你说二胡这狗日的,这年头抖了起来,搞得状元境里就数他似的。"老伍恶狠狠地骂了句脏话,大喊狗屁,说状元境再不出能人,也轮不到他二胡。回过头来,食指笔直地点着三姐的鼻子,一板一眼:"话说清楚了,状元境的人,原不是随便可以打的。回来和你男人说,他算什么东西。别当在外头混了几年,眼眨眨,老母鸡就能变成鸭。今天我老伍打抱不平来了,他不是有钱了吗?那好,昨天他打杨矮子一下,一块大洋,十下,十块。听见没有?"

"发霉,"三姐双手叉腰,"哪来的理,我男人脸倒是吃了他一砖头,这怎么说?"老伍捋了捋袖子,又褪下来,重新卷卷好,仰着脖子,只当没有听见三姐说什么。三姐又说:"竹杠也不是这么敲的,真要是手头紧了,好好开口,看交情,弄几个活络钱用用,也是可以的,这么一大帮子的,打架不像打架,讨饭不像讨饭,算什么?"众人听了发窘,老伍两个大巴掌空中重重地拍了一记,啪的一声,走上前一步,胸挺得极高,"我老伍,站出来,有模有样的一条汉子,能要你一个小钱。当着诸位说清楚了,老伍今天是替杨矮子讨钱来了,少一个子儿,不行。老伍拳头上能站人,胳膊上跑得了马,话要说清楚。"

张二胡躲在里屋,有一句无一句地听着。倒是小天宝胆子大,立在大门槛上,若无其事的样子。听听声音逐渐小了,又听见仿佛全是三姐的声音,张二胡禁不住好奇心,悄悄移步到大门口,刚探出脑袋去,叫老伍的巴掌声吓了一跳,慌得赶紧往里缩,早让人看见,一片声的惊叫,哗然。三姐一时很尴尬,没想到张二胡会从天上掉下来,她已经忘了他的存在,气焰立刻减了三丈。老伍的气焰升了三丈,骂道:"臭婊子,当你是个人,一条肚肠子直到底的,却来赚我。你,明摆的现成人不做,夹着条尾巴,缩着个脑袋,也不怕丢尽天下男人的丑，倒让女人挡在前面。你过来，老子问你话。"张二胡搭讪着往前走，不知道该不该请老伍到屋里坐，听见三姐在一旁嘀咕，"来就来，你还能吃掉他。"不由得把胸脯挺了挺。

老伍看了看自己的拳头，问道："杨矮子是不是你打的？"张二胡想到了昨天的胜利，毫不含糊地点点头。老伍冷笑一声，"果真成了人了，到底士别三日，不能不洗洗眼睛再看，我问你，你打他，凭什么？"

张二胡想了想，不知道自己凭什么。

跟来的人起哄说："二胡，你干的好事，杨矮子这刻已经瘫在家里，准备养他一辈子吧，反正你现在有钱。"张二胡脸有些失色，三姐说："人又不是豆腐做的，听他们胡诌。"又有人起哄，说人怎么不是豆腐做的，譬如你三姐，便是块大家都能吃到的豆腐。众人大笑，三姐跳脚骂道："你妈才是豆腐呢。操你家祖宗八代。有一代，操一代。"老伍说，好大的口气，幸亏她不是个爷，上前一把胸脯，揪住了张二胡，要他当场回话："我老伍便是状元境的黄天霸，路见不平，要拔刀的，你既有能耐了，也照老样子碰碰我试试看。"一把把张二胡搡出去，又对众人说："都哑了，刚刚倒是一个人该了三张嘴，就指望老子出头，你们看？"

张二胡胸口略略有些痛，想这事大约是要结束了，也不吭声，哭丧着脸。三姐过来护着他，说什么黄天霸，什么打抱不平？该了身牛力气，只拣软的捏拉倒。夫子庙邪头多呢，有本事找他们去，别跟上次一样，屁差一点搡出来。老伍骂道："好男不和女斗，你若是个男的，不打出尿来，老伍没脸在状元境里混。二胡，你说今天这事怎么了结，不能光凭着个臭娘们儿挡在前面，就算事。难道杨矮子就叫你白打了，我老伍就算白来了？倒是快开口，这王八脾气，真憋死人。"说着，见张二胡身后有人悄悄地伸出腿，作势要推他。张二胡一惊，仓皇后退，差点绊跌跤。众人笑得嘴歪，老伍喜气洋洋，亮出一口白牙，把拳头捂起来，慢慢地往张二胡脸上放，总以为他会躲闪。没想到张二胡一双无神的大眼睛，木然地瞪他，反挡住他拳头的去路，只好把拳头抵在张二胡脸上。小天宝一直在旁边看，猛然冲过来，在老伍腰眼里实实在在地咬一口，痛得他大叫，抬腿把小天宝踢开。张二胡伸出双手同时去抓老伍,一把脸皮,一把头发,发疯似的硬揪。老伍晕了一会儿,才想起动拳头。偏偏三姐蹿上来,用膝盖撞他屁股。老伍前后都要照应,急得大叫把三姐拉开,额头上,腮巴上,肩膀上,还有胸口,早不知让张二胡打了多少下。一帮跟来起哄的,目的都在看张二胡的好看。张二胡是状元境最差的男人,最蹩脚,最没用。因此一帮人中,有拉偏架的,有趁机吃三姐豆腐的,也有的为了向老伍交账,死抱住小天宝的。

三姐胸前叫重重地抓了一把,痛得哇哇叫,跳手跳脚地海骂,往每一个男人身上吐唾沫,手抓,头撞,脚踢。张二胡被打倒在地上,老伍乘胜不肯歇,拼命地踹。三姐从一帮男人手里逃出来,和老伍厮杀拼命。老伍那地方叫三姐捏了一下,一时出不出气来,脸疼得发黄,两拳头朝三姐乱打。打倒在地上了,抬脚又是乱踢,踢累了,还是不解气,又往她身上啐口水,再看张二胡,躺在地上不动弹,不止一个地方流血,哼不出声来。老伍说不出的得意,懒洋洋地骂了一声,领着一帮人慢吞吞地走了。走出去一段,又回过头来叫道:"这只是小小意思,日后见,还要打的。见一次,打一次,见十次,打十次。"

四

张二胡怀疑自己的肋骨断了一根,尖尖地戳在肺叶上。一吸气,疼;憋住气,还是疼。两个眼圈都是青的,仿佛戴了副黑眼镜,鼻梁也歪了。总以为要在床上躺一辈子,痛了足足三天,第四天才意识到三姐比他伤得更重。三姐说:"你才看见,这算什么。看,这颗牙都断了,你看这。这畜生,哪是个人。都几天了,我下头还流血呢,也不知叫他打在哪儿了,操他家八代祖宗。"

三姐咧开嘴来让他看,果然嘴角边少了颗牙,绛色的牙床肉,张二胡看了心疼,便说:"赶明儿,我给镶颗金牙。"三姐笑着说:"光镶一颗,算什么,我听说如今女人都时兴满嘴的金牙,特地把好好的牙齿拔掉呢。光镶一颗,难看死了。要不这边也拔掉一颗,一边一个,对称着，你说呢？"张二胡说："你高兴，一嘴的金牙也行。"

"狗屁，"三姐故意把牙龇出来，无声地笑着，"满嘴的金牙，才难看呢，再说，要拔一嘴的牙齿，你想痛死我？"张二胡听了，乐呵呵地笑，三姐又说："早两天听你老哼，吓死我了，只当什么内伤。你也是的，充什么好汉，他们那么多人，又是存心的，不该跟他们打。我当时也急了，他们那么多人打你。"张二胡还是傻笑，三姐说："笑什么？我们的天宝也是好样的，发起傻来，和你一样。你别说，真要是打，一对一，他老伍没准不是你的对手。杨矮子那天叫你打成什么样子，说你傻，当真有些傻劲。"

张二胡说："我若是没有打了杨矮子，这次非告他不可。"

"告他个屁。差不多都是叫花子一个，倒想和他去打官司。吃饱了撑着难受是不是？"

"要说，他来寻事，总算是有借口的，我想杨矮子说不定还躺在床上呢，你说会不会？"

"我真不好骂你。总是一味的老实，所以说马善好骑，人善好欺，状元境的这些畜生，欺的就是你老实。你当着没有杨矮子这桩事，就会放过你？这条街的脾气你还不知道，谁老实，谁就惹人欺，还不懂他们为什么要打你？"

张二胡不知道自己为什么要挨打。老实人受欺，倒是听说过，也不新鲜。骑善马，欺好人，这话，他那个死了的妈，不死的时候老要说。一个人背后想想，当真悟出了些道道。一句话，既然大家都说，没理自然有理。他不是个读书人，不知道那些之乎者也的书上，中国的老夫子怎么说，似是而非地记住一句话，就是"人之初，性本善"。人之初者，不外乎是娘胎里出来的意思，性也善。因此马善该被人骑，人善该被人欺。人既然能欺马，自然能欺人。因此，人该派被人欺，又该派欺负人。人不被欺负不是人，不欺负人也不是人。想了一阵，再想一阵，张二胡只觉着脑子里有些乱，好像有人在吵架。总以为想通了，原来还是不通。

又过了几天，三姐的伤也好了，不再流血，身上的肉一块块活出来。张二胡好了伤疤忘了疼，忙得像个新郎倌，去茶馆的次数也少了，买了把考究的宜兴茶壶，屋前屋后捧在手上，说不出的神气，又新添了喝酒的嗜好，一日三餐两次花雕，把个小丫头支使得团团转。小丫头一身的肉，一脸的肉，屁股圆鼓溜秋，他醉眼矇眬，越看越是觉得小丫头胖。三姐弄不清张二胡哪来这么好的精力，背了人悄悄问他，该不是吃了什么药。他想了想，说自己并没有吃药。三姐感叹一声，说自己老了，又问他有没有发现她在变。"变，什么变了？"他刚有些酒意，腿发软，眼发花，血往脸上涌。

"难道我就没老？不觉得这肉，老松了，你摸。喏，还有，是骨头，都摸到了，你摸呢。我告诉你，女人好的时候，身上没有骨头的。女人一有骨头，就不行了。"

张二胡想，没有骨头的女人，到底该是什么样子，想不出来。眉头紧皱着，真正动了脑筋。想半天，想不通。三姐一双利眼，剪刀似的在他身上绞着，嘴角一抿，看透了心思说："你别急，就这腔调，给你养个儿子也行，信不信？"说着，见脸色有些变，变灰，酒意仿佛都从脚底下淌掉了，又笑着说："你傻着脸干什么，若嫌这话不中听，耳朵塞起来。不要你这样子，我要你笑，笑，听见没有？"张二胡拗不过她，只好笑。笑着，又望着三姐笑得很勉强，薄嘴唇里露出两排白的牙齿，少了颗牙的黑洞洞，心里一阵酸。想当年初见三姐，一笑，一动，全不是今天的模样，心里又是一阵酸。三姐说："你这哪是笑？这是用笑在骂人，当我不知道，我不要你笑了，不要笑。"张二胡还是笑。三姐伸出手，在他脸上摸，说："你干吗还要笑，当真不听我话了，是不是？看我打你，"真的在他脸上轻拍了一记，关切地问："我给你揉揉腰，要不要？"张二胡说自家腰不酸，反过来要为三姐揉。三姐骂道，不识好歹的东西，怕你这几天辛苦了，给你揉揉，有福不享，活该，累死了你才好呢。张二胡说："我是盘狗肉，上不了台盘的。"三姐笑得要弯腰，眉毛高高地扬起来，"狗肉，狗肉怎么了，我喜欢吃！"说着，作势要打他，咯咯地笑。

第四章

一

张二胡出门闯荡，结识了个朋友。朋友姓顾，名天辉，是个世家子弟。天辉不高不矮的个子，一脸络腮胡子，因为家道早已中落，倒不嫌张二胡出身寒微，既和他交了朋友，就拿他当朋友看。天辉有个哥哥在军队上干事，不知怎么就到了南京，不知怎么就升了团长。他有心让朋友见见做团长的哥哥，又有心看看阔朋友，一时找不到合适机会。张二胡被老伍打伤的第三天，天辉专程来请他，见他鼻青脸肿地歪在床上，不像能出门的样子，便约好十天半月后再来请。隔了一段日子，张二胡和三姐一同去见天辉哥哥，刚出状元境，迎面碰上老伍，极蛮横地又是一场挑衅。天辉一时性起，捋起袖子要打架。总算被人拉开，见了哥哥，愤愤不平地告状。做团长的哥哥，武人有点书呆子脾气，不相信天下真有这种不平事，吃惊地直摇头。又见张二胡夫妇送了一份厚礼，客气一番收下，吩咐手下沏茶备饭。张二胡见团长面善心慈，客气话一套一套，又仿佛似曾相识，也不拘束，有茶喝茶，有酒喝酒。三姐奇怪团长家怎么没有女眷来陪，团长尽管客气，眼里并没有她，便眉来眼去和天辉说笑。天辉原是个会说话的，一会儿说哥哥打仗如何如何，一会儿说张二胡做生意怎么怎么，说的都是好话，却不让人觉得尽是恭维。团长说："天辉一张嘴，放出好话来是一等的。兄弟我既做了军人，也只能干这杀人的勾当，虽是小有功劳，无味得很，实在不值一提，不比张先生，运筹小楼之中，没有滥杀无辜的罪名，没有丢官弃职的风险，算盘珠子一响，黄的白的，哗哗地就有了。因此，张先生你看，兄弟我虽做了团长，却不让天辉吃军队这碗饭。要说，让天辉弄个连长团副干干，总不难，为什么？唉，也是留条后路的想法。当兵吃粮，到底是提着脑袋的交易。"天辉望着张二胡，笑着说："你听他的，我哥哥才叫有主意的呢，我们这是一军一商，如今这年头，兵多，匪多，军队里没有些势力，能成大生意？老实说，他兵是当成了，没几年，就是团长。是我这做弟弟的不争气，做点生意，全是赔。要是有你张先生的本事，我哥哥准乐死了。哥，你说是不是？"团长笑而不答，喊大家喝酒，吃菜。席间一只大白猫忽然蹿上桌子，张二胡、三姐吓了一跳，三姐酒杯差点洒了，伸手便要打。天辉忙扯了两根鱼骨头喂它，一边喊底下人赶紧为猫咪准备吃的，一边笑着向三姐解释："这猫咪，它若不吃饱，我们谁也别想吃安生。"三姐说："这么大的猫，一天得吃多少鱼呢？"天辉笑着，望望张二胡，还是对三姐说："多少鱼也得吃。你不知道，我这位哥哥，是怎么喜欢猫。这猫咪，哪里是猫，简直就是我哥的老婆。你问他，哪天不睡在他床上的。"张二胡、三姐听了，笑出声来，团长说："别听他瞎讲，不过我这猫——"天辉打断说："上回有个财主，土佬儿一个，看上我哥了，要把千金嫁给我哥，我对那小姐说，我哥这猫可是喝醋长大的，妒得厉害，你嫁给我哥，夜里睡了，真得当心，别让它咬了鼻子。那姐差点吓死。"团长笑着说："还说呢，这桩好事就是让你搅了。"天辉说："我搅的？"掉过脸来，笑嘻嘻地看着三姐，"土佬儿一个，能有什么像模像样的女儿，十来岁的大黄花闺女，不是我损了她，也不是我存心捧你张太太，远没你这人味呢！"三姐脸一红，骂他胡说。天辉说："我哥若为几个臭钱，讨这么个姐，也太不值。响当当的团长，枪一响，黄金万两，愁老婆？"团长正色说："越说越不成话。你们看，我这弟弟，也怪我，都是我宠坏的。"见张二胡面前的酒不动，便站起来劝酒，张二胡过意不去，一口把酒干了。三姐酒喝多了，头有些晕，雾里看花似的打量客厅里的古玩摆设，又对着墙上的一幅字出神。上面的小字都认识，当中一个大字龙飞凤舞，不认识，问天辉，天辉说是草书的"虎"字，乃是北洋极有名的一位大帅的墨宝。三姐久闻大帅英名，恭维团长的人缘和风雅。团长扫了那幅字一眼，说字写得并不怎样，挂在那儿，原是吓吓人的："我若写，也不比它差，起码根基比他老人家厚。"说了，又劝张二胡喝酒。张二胡还要喝，三姐出来阻止，不许再喝。团长大笑，说："太太的话不能不听，这酒，我自干了。请看。"仰头一举杯，再斟满，因为张二胡和三姐夸他的酒量，乘着豪兴，连饮两杯。天辉说："张先生，张太太，今天真是不容易，我哥难得这么高兴，实在是大面子。"三姐说："团长既然这么给面子，应当再喝一杯。"站起来，持袖子要倒酒，天辉大喊不行，说要醉了，他哥懒懒地挥手，说不能抹了张太太的面子，当真把酒喝了，把个空杯子给三姐看，天辉望着桌上的残杯剩羹，突然说："哥，你别尽喝酒，人家张先生还有事求你呢。"张二胡和三姐听了一惊，团长也是一怔，睁着红眼睛，极严肃地望着天辉。天辉说："张先生要和你合伙做生意。"张二胡听了摸不着头脑，正待要问，天辉止住他继续说："你答不答应，哥，要不我不往下说了。"团长说："你说了，才能回答。"天辉又对张二胡说："我哥有心做趟大生意，捞他一笔。你不知道，如今上头发起饷来，天晓得拖到猴年马月，发下来了又不知是猴年马月的，因此，我哥想凭手上的一笔饷，做趟生意。你张先生不会不知道，做这种买卖，本越大，赚头越多。怎么样，我们何不借此机会，拿点钱出来，我哥手上是有枪的，出不了差错，你只管放心。这是大家都有好处的事。哥，你就答应吧！"团长听着，接口说，他倒无所谓，不知道张先生什么意思。张二胡一边点头，一边思考，天辉说："好，这事就这么敲定了，唉，哥，你别急，张先生还有事求你呢，你一起答应了吧。"团长问什么事，让他爽快些说。天辉把张二胡在状元境受欺负的事重述一遍，"为朋友两肋进刀子，哥，张先生的事，就是我天辉的事，也是你的事，能袖手不管？"团长想了想，叹口气，说："那好，你总喜欢多事，张先生既然已和兄弟同舟共济，这样，天辉，明天带几个弟兄，走一趟，可不许太乱来。"

二

　　三姐回家，心里有些不放心，害怕张二胡钱财上吃亏。张二胡说，他已经盘算过，吃不了大亏，少赚些，大不了不赚。三姐放下心，又问他觉不觉得，天辉和做团长的哥哥并不像一母所生，都不好看，却一黑一白，一胖一瘦，而且那团长面熟得很，总好像在哪见过一样。张二胡突然想到团长一脸的白麻子，活脱是当年的何副官，一样的人高马大，一样的会喝酒，会讨女人喜欢，心里不是滋味，不接三姐的话。到晚上，三姐见他没有往日的激情，问他是否担心生意。张二胡说不是，忽然问天辉第二天带人来怎么办。三姐说："怎么办？破费几个，摆一桌，打发他们吃饱喝足，不都完了？"第二天快吃中饭，天辉换了身戎装，腰眼里一支小手枪，果真领了八九个弟兄来。三姐让张二胡陪着，自己火急火燎地忙乱，派小丫头去老正兴叫了酒菜，摆开来。兵大爷们也不客气，狼吞虎咽地吃了一气，由天辉陪着，浩浩荡荡，到状元境西头找老伍。老伍刚吃了饭，坐门口歇着，远远地看见一批丘八来得奇怪，为首的天辉已经到了面前，扬手一记耳光。老伍揪住了天辉要评理。一班兵大爷多日不打仗，又刚刚喝足了酒，跟玩似的把老伍上上下下地捶了一遍。老伍起先还硬气，嘴上不肯讨饶，心里想着日后如何和张二胡算账，打到临了，不仅折了锐气，输了勇气，连人气也不多。兵大爷让他叫什么，便叫什么，叫爷爷，不敢喊祖宗，叫祖宗，不敢喊爷爷。天辉一旁神气活现地指挥，又派两个插不上手的兵大爷，凡是多事上来劝的，一律打。状元境的人都怕打，本来劝的人不多，这一来更没人劝。天辉说："你大爷没别的本事，就这一桩，懂得打人，专知道打哪儿疼，你服不服气？"打了一阵，又想到换花样，逼老伍往张二胡家门口爬。老伍略一迟疑，雨点般的拳头和靴子又落下来，只得慢慢地爬。后面看热闹的追着，有笑着看的，有害怕着看的，也有什么表情都没有的。一群孩子忽前忽后地乱跑。老伍出娘胎没领教过这种羞辱，暗想日后再没脸在状元境住，又第一次觉得状元境这么漫长。张二胡和三姐原是在家听的，听见外头人声响到了天上，就跟死了人一般，憋不住，也出来看。看了，张二胡便上前说情。天辉有心为张二胡撑撑场面，故意毕恭毕敬地向他鞠躬，一改凶神的面目，说只要张先生一句话，立刻就把这狗日的大腿卸下来，腌了吃。张二胡连忙说使不得，状元境的人也跟着求情。天辉说："别给我七嘴八舌的，啰嗦什么，还不抵张先生放个屁呢！"众人冲了一鼻子灰，纷纷要张二胡抬抬手，说说话。张二胡一片声地让天辉关照手下人别打。天辉清了清喉咙，大声说："妈的，都说马善好骑，人善好欺，张先生不过是为人老实厚道一些，你们这些大狗小王八的，便放出胆子来欺负他。今天不杀只鸡，给你们这些猴儿看看，不知道老子厉害。来，再给我来几下。"老伍挨不住打，心里明白残废了是一辈子事。依着众人的指点，向张二胡求饶，又求三姐。三姐两手合抱，啐了他一口，喊："你这会厌了，打死了才好，活该，我看你再神气。"张二胡急了，提高了声音求天辉。天辉叹气说："张先生，你就是心软。怎么办呢，喂，别打了。张先生一句话，团长听了，都说一不二，还不赶快住手。"看热闹的状元境人听了，更知道张二胡的来头大，想老伍活该挨打，居然会去得罪他，真是老虎头上捉虱子，老母猪往杀猪的家里跑，自家讨苦吃，找霉头倒。好多嘴的，便当众数落老伍的不是，当众夸张二胡的为人。天辉骂道："别他妈尽说人听的话，日后谁要再和张先生有麻烦，我这班弟兄来一趟也容易，都给我学乖点才是。"那班兵大爷也累了，一个个拍胸脯说："张先生的事，我们是随喊随到，这样的大好佬，你们竟不把他放在眼里。"看热闹的听了，齐声敷衍。于是三姐又派小丫头去叫桌酒席，菜更丰盛，酒更多，兵大爷吃了，都嫌太客气，说怎么一吃就是两席。张二胡不停地劝酒，致谢，又按着天辉的意思，每人临走，打发些盘缠带着，双方又是一大通客气。一来一去，张二胡得了不少好话，着实花了些钱，免不了有些心疼，心疼之余，更害怕今天这一来，得罪人太深，太多。树大招风，只怕日后在状元境日子没办法过。三姐笑他没用，说他是老母猪耳朵，骨头太软。人有钱图个什么，不就是图个痛快，一味老实有屁用。状元境里谁没有欺负过张二胡？善有所终，恶有恶报，今天有机会出口恶气，高兴都来不及，穷担心干什么，天上掉下树叶来，打不破脑袋。

三

张二胡还是张二胡。张二胡又不是张二胡。状元境里没老爷，张二胡乘机做了状元境的老爷。桥归桥，路归路，都觉得张二胡是张二胡。张老爷是张老爷。都觉得喊起来不顺口，听着不入耳，都这么喊。都觉得他实际上有钱，无形中有势，都看不服他，都怕他。都说他不仅认识个把团长，而且和一个更大的官儿有来往。都说，今非昔比，他与谁谁谁换了帖子，与谁谁谁拜过把子。张二胡一顺百顺，张二胡一通百通，一年后，跟着老爷先生一道，张二胡该学的，都学了；能会的，也会了；只差不敢嫖。嫖不是桩容易事，虽然口袋里有钱，又有一班高朋阔友的教唆、指点，张二胡免不了出洋相。吃花酒，总被那些风尘女人乡巴佬似的取笑。要不是精神一天比一天好，三姐身体一天比一天坏，他绝不会破了平生不二色的纪录。平生不二色也不是桩容易事。张二胡本分人，破了二色以后，仿佛一块白布有了污点，很有些女子初次失节的苦恼，心里暗自后悔，横竖觉得对不起三姐。三姐不再怀孕，他总以为是自己宿娼的罪过，况且每嫖一次，三姐的病就加重一次。三姐的身体越不好，他对她的感情越深。感情越深，越要后悔。越后悔，越管不住自己。开弓没有回头箭，一发则不可收，他受不了贞却失了节，因此明知不对，明知不该，又只好勉强为之。嫖一回，懊恼一回。当时秦淮河一带名妓如云。在清朝末年，南京有三多：驴子多、婊子多、候补道多。到民国惟有婊子久盛不衰，什么九月红、樊宝玉、陈小红，红极一时。偏偏张二胡风流得稀奇古怪，别人猎艳都找身价高的姑娘，他却喜欢下等的野鸡。婊子的名声大了，反吊不起他的胃口。好像妓女的身份越低，越有玩的乐趣。又好像妓女的身份低了，才有些对得住三姐。三姐从不多疑，做梦也不信张二胡会失节，病歪歪的时候，也说让他出去松松。他支支吾吾，一副又紧张又害怕的样子。三姐索性放心得大方，大方得放心，有时也会起一点点疑心，故意想通地说："也没什么，你既是个爷，那地方本是爷们儿的去处，别当着我会吃醋。男人里没一个好东西，当我不知道，又不能找根绳子拴住，什么应酬不应酬的，既是吃了花酒，又和那妖精似的婊子坐在一起，你这家伙，你这家伙能老实？就不信当真只吃素！"又叹气说："我这人，最不知什么是吃醋，你若有心要去，只管去好了。我拦过你没有？没有吧？要拦也拦不住。不过话挑明了最好，我说过了，兔子不吃窝边草，贼不偷邻居家，你别以为这家里放着花钱的老妈子，老的不老，小的不小，就是现成的两个数。我这性子你知道，掺不了沙子，揉不进灰，你试试看！"老妈子背后听了，无端的一番羞辱，恨得冲镜子咬牙，和张二胡白眼来白眼去，眼里冒得出火来。小丫头少一窍，越吃越胖，越觉得老爷是天下最老实的人，不知道老妈子为什么不让她和老爷单独在一起，有心作对，得空便往老爷房里跑。张二胡恨自己不争气，不能整日守在三姐身边，又恰如喜欢逃学的小学生，有机会就往秦淮河奔。奔多了，沾上一身脏病，开始只是周身痒，手伸在棉袍里死命地挠，接下来皮肤上成片的红斑，小的像樱桃，大的像铜板。好歹瞒住了三姐，偷偷地找医生看，又按着报上的广告，胡乱地买药吃。药吃多了，一时好，一时坏，竟不知有效没效。请教有病同苦的，议论不一。有的说看西医最有效，既然病自西方来，吃洋药名正言顺，恰恰符合问病求源的义理。有的说西人之药不足为训，终究病毒藏在中国人身上，因此，对症下药，不仅得看病，更要看人。洋药都是有毒的，譬如鸦片。西洋人野蛮，强壮，服洋药所谓以毒攻毒，一来二去，药到病除。中国人平和，体弱，服洋药难免以毒攻心，三下五下，病入膏肓。张二胡听张三话，吃李四药；听李四话，吃张三药。折腾来，折腾去，总算遇到一位赛爷。赛爷，上海人，真名真姓已不可考，都知道他是个大家子弟，祖父辈名望很响，改名变姓，是不愿辱没祖宗的意思。他的个子极高，精瘦，长手，长脚，长马脸，一头长发，又是个长舌头，特别地会说话，带着甜甜的上海口音，吹起上海三十年来艳迹，头头是道。张二胡最初和他见两次面，听他三次说胡宝玉。胡宝玉，北里烟花领袖。当年上海花丛，又有四大金刚之说。所谓四大金刚：林黛玉、陆兰芬、金小宝、张书玉。赛爷自称和林黛玉来往最密，张二胡既吃了他的药，便有义务陪他一起回顾历史："要说林黛玉，姿色不过中上。现在娼妓中，行浓脂浓眉，其实不晓得，都是学的林黛玉。为啥？这林黛玉刚做皮肉生涯时，名声还不响，只要是嫖客，有求必应，因此得了病。我刚刚看见她，脸上全是疤，眉毛也脱了，虽然治了她的病，这疤痕是去不掉的，眉毛也安不上去的，因此，只好涂浓胭脂，画浓眉毛，懂不懂？"张二胡不知自己是否也会脸上有疤，掉眉毛，小心翼翼地听他的话。听他大谈当年在上海怎样出风头，怎样妓女嫖客盈门，怎样被父亲害怕有辱门风撵出去，怎样游了半个中国，嫖了半个中国，又怎样终于看中了南京这块宝地，在秦淮河边找了地方住下。谈到临了，才是张二胡的病，赛爷说："我不是卖狗皮膏药的，我的药，信不信由你，治不好病，不收钱，我的名声要紧。"张二胡服了赛爷的药，一天两天不见效，三天五天不见效，到了七八天，天天大便出血。他见了鲜红鲜红的血，心里慌，说给赛爷听。赛爷听了也怕，只说他治好的不是一个两个，大便要出血，没听说过。"你若是有别的毛病，治不了的，别好好的坏我名声。俗话说，治得了病，治不了命。我的药，只治一种病，吃死不管的。"张二胡问药是不是还要吃，赛爷说："药当然要吃。你若不相信我的名声，最好到上海访访。林黛玉就是吃的这药。这便出血，我不管。我的药从没吃死人，你吃死了，我不管的。说好治好了病拿钱，治不好，不要钱的。"张二胡不敢再吃药。药一停，病就厉害，汁水淌得到处都是，于是又拼着命吃，这一拼，大便竟不出血，渐渐浑身的疮也收了口，再渐渐病也好了。谁想到老天爷不作美，病在他这里好了，却跑到三姐身上。三姐因此知道张二胡的作为，气得跳上跳下，大闹了几次，又摔了几回碗。张二胡急成热锅上的蚂蚁，知道自己把三姐害苦了，坐也不是，站也不是。仍旧请赛爷为三姐治病，赛爷因为治好了张二胡，神气了十倍，不冷的天，穿着皮袄，兴冲冲地喝酒，又是大谈林黛玉。然后才看病。三姐让他看了一会儿，突然执意不肯看。赛爷说："病不瞒医，我既做了医生，什么东西不让看？别说你，就是林黛玉，又怎样？老话说，隔层布，隔十里路，不让看，药是不能开的。"说了，极不高兴地离去，红着脸，一路唠叨。三姐背后大骂赛爷用心不好，又怪张二胡不该跟他来往。"人脸上没肉，也有四两豆腐，他竟然这样，你再理他，也算不了人。"张二胡犟不过三姐，只好胡乱地给吃别人的药，吃了不少，总是不见效。没办法再去请赛爷，一请再请三请，那赛爷搭足架子来了，远远地不肯走近，长鼻子狗似的嗅了嗅，说："都烂成这样，哪是治病，分明想坏我的名声！"匆匆地开了张方子，匆匆走了。三姐叫病磨得失了威，忙不迭地让老妈子把药煨出来，不等凉便喝。一连喝了十几天药，不见效还是不见效。可怜身上疗疮遍体，脓血淋漓，病得不成人样。到后来刚有些起色，又一味地发起高烧来。人只管瘦下去，皮粘在骨头上，推都推不动。三姐说："我怕是不行了，你看，你做的好事。"说了，凄惨着笑。张二胡恨没地方能买后悔药，又恨为什么自己的病会好，呆呆地坐着，呆呆地看着三姐，不吃，不喝，呆呆地流眼泪。三姐看了，心里不过意，说："看，哭什么，又没怪你。"张二胡说："怎么不怪我，我把你害苦了。"用拳头擦眼睛，心里刀割似的。三姐病得只剩下温柔，裹着棉被坐起来，又让张二胡坐在她背后，让她歪着，两眼默默地注视着前方，注视了一会儿，把头靠在他胸前，轻轻地叹了口气，说："你别太难过，我这辈子，欠你的账太多，就这一桩，还抵不了你的债。"张二胡听了，心里又是一阵刀割，眼泪刷刷地落下来，滴在三姐的颈子上，三姐说："谁不做错一两桩事，况且爷们儿嫖嫖，也是在理上的，只是不该你那样，又不是没钱。我不要你太难过。"正说着，外面三个小的，为争什么东西打起来，最小的哭着进来告状，三姐一边有气无力地喊老妈子照应一下，一边喊天宝："你人大，要听话。"一边流泪说："这辈子，不为你生个儿子，死也不甘的。"张二胡止不住地哆嗦，像打摆子，又怕三姐冻着，弯过手来，连被子一起抱紧三姐，不说话，又仿佛什么话都说了。两人都是说不尽的感激，时间僵住了好一会儿。三姐回过头来，把眼泪擦在张二胡身上，笑了一会儿，才笑出来，说这样大家都累，要他抱床被子垫后面，又示意他紧贴着她身边坐："我冷，靠在我身上好了。"张二胡说："你想吃什么，我给你弄。"三姐说:"我就要这么坐着。人一病,便没了志气。我知道,天宝你是喜欢的,你人心好,不会亏待他们的。你日后总要讨人的,总要有儿子的,女人的心眼都小,听我一句,不要太怕女人,你吃了一辈子怕女人的亏。女人怕了男人,这才好。女人的凶都是假的。不,你别这样,你再讨一个,我不怨你。这比去那种脏地方好,找个干干净净的姑娘,听我一句。"张二胡只觉得死的威胁正向他逼过来,三姐的声音仿佛是另一个世界的声音,遥远得听不清楚,又好像凭空吹过一阵清风,既感觉到了风的存在,又很难描述风的实在性。脑子里一片空白,无数个蜜蜂嗡嗡飞过,一颗心空落落地悬着,过去的事,眼前的事,将来的事,一股脑地涌过来,急雨般地抽打着干枯的沙地,一滴一点,一点一滴,滴滴点点都在他悬着的心上。三姐坐着嫌累,迷迷糊糊地忽然想困,折腾了一会儿刚躺下,又没了一丝丝睡意,见张二胡垂着手傻站着,要他坐,又说:"你拉会二胡我听听,这阵子总听,不听倒难受了。"张二胡问她拉什么曲子,三姐想了一会儿,说随便。

四

三姐说死就死。她死得很突然。大清早的,张二胡醒过来,外面唱着噪耳的喜鹊声,一缕太阳光从东窗的缝里挤进来,十二分的晃眼。正是阳春三月让人骨头发酥的日子,他懒懒地翻过身去还想睡,一摸三姐,人已经冰凉。坐起来怔了好一会儿,才想到叫人,叫了好几声,老妈子慢慢地来了,一摸,放出声来号,号了一阵,见张二胡失魂落魄地还坐在那儿,拖着哭腔说不成声,"老爷,老爷,太,太太太太"地乱喊。张二胡陡然明白三姐真的去了,耳边响着三姐最后的几句闲话。三姐说:人命里注定没有太平日子的,日子一太平,准有事。他不懂为什么该是这几句话,成了三姐临别的箴言。张二胡一生里只求太平。一个求字,包含了多少恩恩怨怨,包含了多少痛苦烦恼和欢乐。求太平,太平求到了,终究还是不太平。太平和不太平一字之别，却如两股道上跑的车，风马牛不相及，又好比用竹竿去够月亮，真不知要差多少多少。张二胡有一种心碎了的感觉，说不清楚自己什么时候也会冰凉地躺在床上。三姐死了许久，他仍然觉得房间里到处都是她的声音，赶都赶不走。是三姐把张二胡注塑成今天的模样，只有他死了，三姐才叫真正的死。天下万物都概括了阴阳，他不免痴痴地想，三姐或许没死，死的只是一半，另一半是他张二胡的。女人的一半是男人。男人的一半不一定是女人。一个人想着想着便入魔，于是拉二胡消遣，叽叽嘎嘎地拉着，说不尽的苍凉。拉过来拉过去，认定了三姐在听。从此天下万事都省了心，又由省心进而收心。家里前前后后都交给老妈子做主。这老妈子毫不含糊，太太死了，便做了不死的太太。小丫头渐渐长大，不懂的事全懂了，看不服老妈子的嚣张，吵着要嫁人。又隔了几年，老妈子的一个外甥女儿长成了人，水水的一双眼睛，白白的一身肉绷得紧紧的，由老妈子做主嫁给了张二胡。外甥女儿老实得像块木头，张二胡免不了把往日对三姐的情分，都移到她身上。然而仍旧要想到三姐，三姐无时不在，无所不在。忘不了三姐，又怕冷了新人的心，张二胡的二胡不停地拉，越拉，越乱，越苍凉。状元境的人越来越穷，惟有张二胡，在这让人受穷的日子里，慢吞吞地，一步一步地，叫人眼红地阔起来。小天宝已经成了地道的少爷，放学回来的路上，一般大的孩子，想打谁，便打谁，想怎么打，便怎么打。又喜欢躲在新盖的凉台上，用弹弓射状元境来往的行人。张二胡知道了，说他几句，总算还肯听。新盖楼房的凉台，在破败的状元境里十分辉煌，坐在高高的凉台上，小小的一条街尽收眼底。张二胡常常坐在这儿，一杯清茶，满腹闲情，悠悠地拉二胡。这二胡声传出去很远，一直传到附近的秦淮河上，拉来拉去，说着不成故事的故事。从秦淮河到状元境，从状元境回秦淮河，多少过客匆匆来去。有的就这么走了，悠悠的步伐，一声不响。有的走走停停，回过头来，去听那二胡的旋律，去寻找那拉二胡的人。

枣树的故事

一

没人知道只是城墙的一个窟窿，粗粗野野一道不规则的裂缝，藏得下这么多人。都想着那不过是道裂缝，隙开着，黑黑的阴影，睡着冬眠的蛇和快饿死的狗。当白脸领着岫云拨开枯草，深伏的黑鸟惊起，蝴蝶乱飞，有着古怪花纹的老鼠嗖嗖游出去，一场围歼匪徒的战斗打响了。

尔勇最担心的，是这该死的城墙窟窿里另有一条通道。他跟踪白脸已经半年多，整整七个月，二百一十一天。

这次该收场了。

结果证明尔勇的担心多余。那鲶鱼嘴似的洞口下面，是个侧卧着的闷葫芦。白脸一生中犯过无数次错误，偏偏这一次要了他的命。鲶鱼的肚皮里是座废弃的军火仓库，虽然要害部位用钢筋水泥加固，一次致命的爆炸，已经使军火库失了原形。选择这样的洞窟作为藏匿逃避之处，尔勇多少年以后回想起来，都觉得曾经辉煌一时的白脸，实在愚不可及。不用说狡猾的狐狸，就是耗子也知道留条退路。

1950年的春天似乎来得早了些。天气像夏天一样干燥。春风拂过，可以听到干枯茅草折断的裂声。岫云身不由己跌进鲶鱼嘴，她的脑袋刚挨着白脸厚实的胸膛，那厚实的胸膛像堵墙倒过来似的猛地把她闪开，噼里啪啦的枪声响成一片，赛过新年的爆竹。

二

　　岫云是人们称为小家碧玉的那种角色，细皮嫩肉，很招人喜欢。她的父亲开过一家水果店。当年秦淮河一带，都知道东关头有个筱老板，筱老板有个独养女儿叫岫云。

　　岫云的祖母堂子里出身，挂牌时虽不曾大红大紫，却碰上了交好运的机会，从良嫁了个阔佬。那阔佬后来做官成了要人，妓女出身的小老婆舍不得丢，便拿出钱来打发小老婆拖油瓶带来的私生子，这私生子就是再后来的筱老板。筱老板十六岁在夫子庙摆摊做生意，生意一时好，一时坏。筱老板不穷也不富。

　　岫云一看就是老实巴交的人，小小的个儿，却不瘦。她自己的妈死得早，因此有个后妈张氏。张氏无儿无女，便指望岫云招个好女婿。她娘家开当铺的，挑三拣四最拿手，不是这位不满意，就是那个不称心，拖来拖去，女儿已经十九岁，慢腾腾地依旧不着急。又过了一年，日本人来了。先是新修的店铺一把火烧了，紧接着税务所的小院里，住了日本兵。

　　那税务所紧挨着筱老板的家。

　　税务所自从住了日本兵，时常有花里胡哨的女人出出进进。日本兵似乎有些兔子不吃窝边草的意思，高兴时也拿出些糖果来，哄那巷子里的小孩玩。和平共处了几个月光景，那些憋不住的日本兵，终于动起周围女人的脑筋。

　　幸好筱老板夫妇防护得紧，岫云足足有几个月没有露过面。那些日本兵先向那些容易捕获的目标下手，跟踪到为他们洗衣服的二嫂家里，像逛妓院一样放肆行乐。他们把糖果分给二嫂的五个儿女吃，并请躺在病榻上的二嫂男人抽日本香烟。一个过路的女孩，从二嫂家门口走过，也许是听见里边哧哧的笑声太响，也许是看见孩子们举着花花绿绿的糖果追出来，只是出于好奇心才探了一下头，便被那些日本兵笑着抱进房间，扔在痴痴呆呆斜躺着的二嫂身边。

巷子里的女孩子赶紧忙不迭地找婆家。筱老板夫妇总算明白自己当年过分挑剔，果然是个不可原谅的错误。男人们突然变得紧俏金贵，甚至一班压根儿没挨过女人边的穷光蛋，也趁火打劫挑肥拣瘦。一时风气大变，女儿多的人家，只要过了十三四岁，有人肯娶便仿佛是天大的恩德。

人都说好运气都是从天上掉下来的。好运气来了，撵都撵不走。好运气也有两条腿，来就是来了，走就是走了。有一天尔汉忽然被领进了岫云家，他跟着李老板，莫名其妙地便坐在人家客厅里吃起茶来。张氏笑容可掬，把个尔汉上上下下辨真假似的看不够，一边看，一边和李老板说笑。李老板曾经是筱老板的伙计，伙计能成老板，手腕上多少有点功夫。张氏看够了尔汉，便是一味地和李老板敷衍。李老板脱离了筱老板自己开店，生意很快做得比筱老板还好，他摆不出财大气粗的派头，嘴里"师娘、师娘"叫个不歇。张氏顿时又年轻了十岁，也顾不上筱老板坐一旁自始至终一声不吭，突然提了声音叫岫云出来见客。岫云应声而出，慢吞吞地看了大家一眼，挨个儿地沏了茶回自己闺房。尔汉只觉得她穿了件葱绿色的印度绸单褂，转身进屋时，那屁股又结实又大。这印象至死都留在他的脑子里。

婚事办得匆忙得不像话，那张氏和李老板几乎是把岫云硬塞到了尔汉手里。明知道是捡了个大便宜，但是直到令人难忘的新婚之夜过去，尔汉心头残存的疑惑还是丢不开。他对岫云的清白确信不疑，清白两字，对尔汉却有一种自惭形秽内疚的折磨。

李老板靠做妓女的生意发的财。秦淮河一带的明妓暗娼，很难说谁没有用过李老板店里的东西。所有的妓女都是店里的熟人，所有的伙计不熟识妓女便做不了生意。尔汉十三岁学做生意，十五岁时就领略了女人是怎么回事。他屁颠颠地往妓院送货物，妓院里男男女女都拿下流话吓唬他。一位可以做他母亲的女人终于把他引上床。那是个奶子大得喂得饱五个孩子的女人，她让尔汉脱得就像娘胎里才出来似的，钻进她的大红缎子面的新棉被。她自己慢吞吞地梳洗，又搬了椅子，坐在小尔汉的枕边和他说话。

尔汉所有的积蓄都花在了妓院，他成了个能在妓女身上打滚的好手。好在没有多少钱，他成不了十足的浪荡子。又因为没有多少钱，娶不了女人的尔汉只能往妓院跑。他是个半吊子的浪荡子，整天处在堕落的边缘，想回头却回不了头。娶了岫云以后，他带着新婚的老婆火烧火燎往老家赶。南京的妓院是个大磁场，离得越远越好。

多少年来，岫云一直觉得当年她和尔汉一起返回乡下，是个最大的错误。这个错误是以后一系列悲剧的序幕，错误的开场导致了连续的错误的结束。他们小夫妻根本就不应该离开南京。尔汉为什么要对老丈人惟命是从呢？这样的问题岫云永远想不通。明摆的事实是，筱老板夫妇已叫日本人的荒淫吓破了胆，他们把女儿硬塞给了一个男人，还逼着这男人把女儿带走拉倒。

岫云一共就读了两年书。就是这短短的两年里，她也几乎是门门功课不及格。筱老板虽然就一个女儿，心疼不用说，却从不肯在女儿身上多花一个钱。据说筱老板交给女婿的那笔钱，还是他母亲做妓女时积下的私房。没人分析得出筱老板的用意何在，这位一年四季差不多打扮的水果店老板，常常有些事让人捉摸不透。按照一般的情理推论，筱老板不可能把大笔的钱财，毫无理由地交给女婿保管。很可能他觉得女儿是个没用的人，交给她迟早也是落在女婿手里。更可能的是，他对徐娘半老的续弦不放心，这样的女人倒贴起来没有底。

尔汉的家乡是土匪出没的地方。一百年前，这里没一家没出过土匪。都说土匪猖狂的年代，过路江船不留下买路钱便是奇迹。尔汉为了保住老丈人托付的钱财，一到家急忙和弟弟尔勇商量。当时白脸正在这一带招兵买马，大有占山为王之势。作为国都的南京已落倭寇虎口，天下大乱，长江中这一片沙滩和望不断的芦苇，很自然成了落草的好场所。乱世必出英雄，依了尔勇的见解，既然有了笔不算少的钱财，买两支枪回来看家第一要紧。

这一带民风剽悍，许多人家私藏武器，舞枪弄棍算不得什么稀罕事。当尔汉兄弟俩拿着新买回来的两支短枪，比试来比试去的时候，岫云只知道她的心跳比平日快得多，仿佛有一只手在急速地拍她的胸脯。也许女人在这方面的直觉，出乎意料地比男人准确，岫云意识中，这两支七八成新的短枪，准保会惹出祸来。因此白脸手下的人翻箱倒柜，从墙缝里搜出钱财和那两支枪时，岫云有一种果真应验的感觉。正像十年以后，她看着白脸把驳壳枪往怀里一塞产生的奇异恐惧感一样，她突然觉得白脸即将大祸临头。

直到尔汉像条野狗似的被人宰了，岫云还以为自己是在做噩梦。她像在梦魇中一样无声地、又自以为声嘶力竭地哭喊。这时候，弟弟尔勇正在一个极远的地方。幸好是在极远的地方，要不然十年后的复仇，便将是另一个场面。不要说尔汉就一个弟弟，在当时的情况下，就是有十个弟弟也活不了。

自从那钱和两支短枪搜出来，尔汉就没有再说过一句话。他诚惶诚恐地坐在地上，两条腿叉开着，脸上是岫云熟悉的那种表情。白脸骑坐在一条长凳上，冷笑着不停地剔手指甲。或许是在等尔汉求饶，或许是故意拖延时间，以便可以有更多的人围上来看。熟悉白脸的人都知道，只要他冷笑着剔手指甲，十次中有九次准得杀人。

尔汉便是那么默默地坐在那儿。围观的人越来越多。无数双眼睛都盯着尔汉看。岫云想象不出，在这无数双眼睛中，她自己的一双眼睛，正闪烁着什么样的光芒。冰凉的眼泪一个劲地在睫毛上打转，打转，喉咙口仿佛有只老鼠想爬出来。没人知道尔汉为什么要这么孩子气地坐在地上。说不定这是他最舒服的姿势，死到临头，他不愿意放弃最后的享受。

很可能是夫妻生活太短的缘故，实际上，在岫云的记忆中，尔汉并没有留下太多太深的印象。尔汉只是她的第一个男人，惟一合法的男人，一个被称为风流寡妇的名义上的已故的丈夫。她印象里最深的是他总喜欢这么叉着腿坐床上。他不是个能说会道的人，除非谈到他的嫖经。他像讲述别人的经历一样，娓娓如诉地说他和那些妓女打的交道。忏悔的心情下说的似乎都不是忏悔的事。他讲他怎样把钱分成三份，因为他从来都是只拿出三分之一的钱上妓院。他精通少花钱多办事的艺术，虽然说得慢条斯理，他的嫖经却栩栩如生。男人那种迫切需要女人的欲望，在不动声色的描述中，具体得仿佛手都能摸得到。在那野猫叫春的日子里，尔汉的老板甚至会赊账拿出钱来，让伙计们去嫖。李老板年纪不大，却算得上是老掉牙的色鬼，他向伙计们免费传授他的下流经验，夸耀他过人的精力，好像能使天下的女人都受孕一样。

岫云红着脸听男人讲他讨厌的过去。即使是死神在她眼前走来走去的时刻，一看到尔汉坐地上那熟悉的姿势，那叉开的两条腿，那种没有表情的表情，岫云便要联想尔汉说过的那些故事。她分不清男人是忏悔，还是无意识的卖弄。尔汉的故事使人不得不有一种疑心，好像不是为了挑逗女人的妒忌，就是为了煽动她的情欲。这些故事让岫云久久不能平静，常有一种置身于大海波浪中颠簸的感觉。故事里的天地像草原一般的广阔，岫云和尔汉置身骏马上飞奔驰骋，夜色如洗，他们放开缰绳，来来往往，一趟一趟，刚刚返回原地便又重新起程。尔汉是个高明的驭手，岫云不可能因此喜欢自己的男人，也不会为过去的陈年旧事真正记恨。尔汉的过去已铸成铁一般的事实，既然是铁一般的事实，原谅本身就变得无关紧要。原谅是一种奢侈品，一种多余的浪费。岫云生来宽宏大量，岫云原谅一切人一切事。很难想象岫云这样柔情似水的女人，会真正仇恨一个男人，她忠心于每一个喜欢她的男人，甚至杀夫仇人的白脸也不例外。有相当一段时间，她恨不能从白脸身上咬下一块肉来。她也挣扎过，哭喊过，不止一次想到用绳子剪刀洗去耻辱。那天晚上，白脸就仿佛回到自己家中一样随便，径直走进她的房间，极闲散地坐在床沿上，用尔汉一般的眼神注视她。这是种因为简单所以复杂的眼神，没有表情并且无从描述的眼神。多少年后，老乔在另一张床沿上这么坐着，薄薄的眼镜片后面，也是这种眼神。

令人难以置信的是，无论在当年，还是在守寡漫长的岁月中，岫云都是真心地喜欢尔汉故事中的那些女人。这些让男人们意识到自己是男人的女人，一次次引起岫云异样的感情，这感情她永远捉摸不透。尔汉所以能把那些隔年陈芝麻的老故事，没完没了反反复复唠唠叨叨，至少也和岫云乐意听下去有关。对于新婚燕尔的小夫妻，这些该死的故事显然的不合适，然而正是在那些近乎猥亵的描述中，岫云知道了小红的逸事。小红的事迹是一串断了线的珠子，零零散散根本连不起一个完整的故事。岫云只知道小红这样的名字成千上万,成千上万的小红中,有一位年纪不大不小的妓女,身上的梅毒已到了第三期。当尔汉讲好了价钱,一件件脱了衣服,正要上床之际,那叫做小红的女人突然良心发现,坐起来把尔汉推向一边。第三期的梅毒传染起来百发百中,尔汉在虎口边上走了一遭,竟然出乎意外地脱了险。

三

尔勇领着人往洞口冲时,惟一的念头,就是活捉白脸。多少年来,他和白脸交替玩着猫捉老鼠的把戏,这一次尔勇稳操胜券。如果不是为了担心岫云,只要很随便地扔几颗手榴弹,便可以早早结束战斗。他手指紧扣着扳机,随时可以旋风一般地射出复仇的子弹。大丈夫报仇,十年不算晚。尔勇替哥哥报仇正好整十年。枪声噼里啪啦又响了一阵,尔勇为自己的形势感到满意。关起门来打狗,瓮中捉鳖,所有的匪徒都将一网打尽,他甚至有一种落水狗不值一打的得意。

固守城墙窟窿的残兵败将,除了白脸被当场击毙,像条死鱼似的躺在离洞口不远的地方,其余经过无效抵抗,都举了手乖乖地走出来。虽然投降已是第二天中午的事,这帮亡命之徒最终免不了兔子一样胆小,他们沿着斜斜的山坡往下走,惊飞的鸟叫声把他们都吓趴在地上,丧魂落魄。

这些残兵败将,有几个是南京本地的地痞,有几个是国民党军队的溃兵,只有三和尚和立信是白脸的老人马。显赫的日子一去不返,白脸很快便到了孤家寡人的地步。第一阵枪声响过,外头"缴枪不杀"的喊声连成一片,三和尚带头高叫,怪罪白脸把人马引了来。"我们临了都会栽在这该死的女人手上,都是什么时候了,你偏要去找这个骚货。"如果不是对白脸还有些残存的畏惧,三和尚很可能一梭子就把岫云撂倒。

三和尚杀人从来不眨眼睛。十年前,三和尚弄死尔汉的时候,他还是个十七岁的毛孩子。虽然嘴上的毛刚长出来，杀人一行显然已经称得上老手。当时围观的人越来越多，白脸骑坐在长板凳上，冷笑着剔手指甲，右脚锃亮的高统皮靴，时而搁地上，时而拎起踩在长凳面上。三和尚拎着把刺刀，从后头悄悄走上去，用刀背在坐地上的尔汉后脑勺，玩似的敲了一记，尔汉如痴如醉，往侧里一歪，倒在地上。

白脸猛地伸手，捞住眼前飞过的一只苍蝇，捏在手心摇了一阵，突然往地上一砸，看苍蝇昏死在地上，笑着说："三和尚，若是没有刀，你难道还弄不死一个人？"三和尚把刺刀向地上一戳，说："别说一个，你要我弄死两个，也不怕。"说着，一把拎起尔汉的衣领，举起来，兜脸一拳，手再就势一推，尔汉滚出几步远。

白脸的手下，有的嘘声叫好，有的唆使尔汉和三和尚对打。三和尚得意万分地站定在那，等尔汉从地上爬起来。尔汉好不容易站稳了，眼梢向四下一扫，急步向人群里钻。人群是一堵活动着的墙，他撞得两眼冒金星，临了依旧被三和尚揪到广场中间。也许是明白了自己必死无疑，死神耗子一般地在他血管里穿来钻去，尔汉的眼里忽然流露出极度的恐惧，眼神里闪现出黑夜深处鬼火一样的光。三和尚拍了拍尔汉的肩膀，笑着示意尔汉站稳站好，他自己嘴角极淘气地撇了一下，猛地跳起来，像豹子扑食似的，一个鱼跃扑在尔汉身上，两只手紧紧卡住他的脖子，不让对手有任何喘气机会。尔汉的腿渐渐弯下去，三和尚居高临下，龇着牙咧着嘴，又是卡又是压。由于用力过度，三和尚的脸几乎和尔汉的贴在一起。仅仅是看表情，简直判断不了两人的情形到底是谁的更糟糕。尔汉奋力抵抗，垂死挣扎地想把三和尚的手腕掰开。

就像三和尚后来把岫云掀翻在城墙洞的草垛上一样肆无忌惮，他无论杀人或者玩弄女性，处处都显得粗野气十足。他总是以那种破坏一切的气势，充分自由地发泄着他身上的那股兽性。他的粗野狂暴，恰恰和白脸在这两方面的潇洒娴熟形成黑白分明的强烈对比。这个由可怜寡妇一手拖大的孤儿，从一懂事开始，就露出生性残忍的种种迹象。还是在四五岁，三和尚一次无缘无故发脾气，便用锅铲柄敲落了他妈的门牙。人们很难理解，为什么一位笃信菩萨的寡妇人家，养得出一个恶魔一般的孽障来。他很显然是魔鬼附了身，等他长到十二三岁，已经没有孩子是他打架的对手。没有孩子敢欺负他，也没有他不欺负的孩子。他能够很轻松地拧断鸡和鸭的颈子。鸭颈子细而且长，三和尚绞麻花似的向一个方向死拧，然后用力向两侧一拉，几声清脆的声响，鸭颈子裂成了几截。

尔汉的生命比鸭子强得多，他跪在地上，力图把大拇指挤进卡他脖子的手环之间。有几次尔汉差不多已经成功，他拼命地后仰，再后仰。终于大拇指取得了进展，钩子似的卡住了三和尚的虎口，所有的力都被分解开。这场无声的搏斗不可能持续太久，但是却以电影手法慢镜头的形式，久久贮存在观众的记忆中。人们被眼前的景象吓得惊慌失措，都知道白脸这样的魔鬼招惹不起，况且他是借破坏抗日的罪名杀鸡儆猴。胆小的人悄悄离开了现场，更多的人依然麻木地在看。

三和尚的同伙开始起哄，接二连三的嘘声使三和尚变得十二分暴躁。他突然咬牙切齿地咒骂对手。从尔汉那张僵化了的痛苦脸上，三和尚看到死神的黑黑的阴影正冲他冷笑。如果不能在最短的时间之内，置尔汉于死地，三和尚便觉得犹如自己被活活掐死一样可耻。这一闪而过的念头，膨胀了三和尚的疯狂，他用全身的重量压向尔汉，嘴里唉呀一声怪叫。

尔汉背朝地和三和尚一块跌地上。三和尚加大了手上的压力，脸上的表情十分狰狞。尔汉因为平躺着地，有了更多的支撑点，对三和尚的反抗卓有成效。呼吸方面的障碍，使尔汉不可能使出最大的劲，不过生命的本能，却宣告了尔汉不会放弃最后的抵抗。两个人都已精疲力竭，明摆的事实是，谁也坚持不了多久。三和尚开始以恶毒的咒骂代替用力，在咒骂的间歇中大声喘气。

尔汉找准了一个机会，竟然鱼跃翻身，把三和尚掀倒在地上。三和尚大失脸面，他孩子气地又骑坐在尔汉身上，又一次被尔汉掀翻在一旁。人群中有了些激动，白脸怪声怪气地叫起好来。两人在场地上辗来滚去，围观的人潮水般地后退，又潮水般地向前涌。

白脸是站在那张长凳上叫好的，他幸灾乐祸地挥着拳头，嘻嘻哈哈。人们清楚地记得，当尔汉被野蛮地杀戮以后，白脸正是冠冕堂皇地站在同一张凳子上，发表了他那通不三不四的所谓演说。从他把杀人当做儿戏的态度上，可以看出他把抗日同样当做儿戏。天下万物都是儿戏，他只知道要钱要枪。枪是立足的本钱，有枪自成王。有了枪，有了人马，天塌下来他管不着。白脸决定杀死尔汉，看起来仿佛只是一时冲动。很显然白脸是奔那两支短枪来的，他不仅知道那枪的型号，而且知道价钱。如果尔汉乖乖地缴出货，很可能会免于一死。白脸最嫉恨性格方面的不爽快，尤其不能容忍他的对手苦着脸不说话。私藏武器不是什么大不了的罪过，备几支枪防防盗匪，早在大家的父亲那一辈就成了习惯，问题的关键在于尔汉私藏武器不肯交出来。白脸自恃一身好功夫，但他更知道枪杆子的厉害。

当时间这匹野马不停蹄向前奔驰一段路程后，人们联系到白脸和岫云的关系，深信不疑地确认是场卑鄙的情杀。虽然真实的情况是白脸连尔汉是否娶亲都不知道，然而岫云毕竟犯了个致命的错误，这个错误足以使她终生蒙上不白之冤。说起来似乎好笑，有那么点喜剧的味道，错误的理由在于岫云哭得太迟。哭这玩意儿本来是可以招之即来，可惜直到白脸领着人马扬长而去，看热闹的人渐渐散了，她才扑到尔汉尸体上放声大哭。很自然她哭得绝对伤心，年纪轻轻守寡绝不是桩儿戏，她的痛苦明摆着的货真价实，可是人们在施舍同情方面忽然十分吝啬。没人理解她失去丈夫的痛苦，谁也不愿意原谅岫云在尔汉备受折磨的时刻，居然能保持一声不吭的态度，即使是害怕也应该有个极限。大家都为自己不能"路见不平，拔刀相助"的行为害羞。在反省的后悔中，甚至懦夫也陡然勇敢起来，没人相信岫云当真会吓得像傻子一样。就算是傻子，在类似的情况下，也不可能保持那样的沉默，那样无动于衷。感情这玩意儿做了奇妙的转移，人们对待尔汉的惨死，从害怕到遗憾惭愧自己不能打抱不平。遗憾和惭愧再向前走一小截路，便只剩下了对岫云的怪罪。

下结论往往非常容易。人人都可能有考据的兴趣，不过多是浅尝辄止。都说当时就是怎么回事，其实根本就没人知道怎么回事。人们根本不会相信，就在三和尚和尔汉扭一起的时候，从东滚到西，又从西滚到东，白脸站在那张又瘦又细又摇晃的长板凳上，脑子里确是闪过饶恕尔汉的念头。不识时务的尔汉又一次错过了生的机会。就和那两支该死的短枪被搜出以后，尔汉知罪地坐地上不求饶、没人肯出来打圆场一样，尔汉的运气再次糟到了极点。也许压根儿就没听见白脸吆喝的"住手"两个字，就算是听见了，尔汉可能也不敢相信自己的耳朵。什么事都太突然。尔汉给人的印象，是处在一种半疯狂的状态，他死死地抓住三和尚的手腕，不肯或者说不敢松手，即使三和尚不再用力的时候也一样。白脸终于一时性起，虽然他和糅在一起的三和尚与尔汉有几丈远，但是人们几乎不敢相信自己的眼睛，没人说得清白脸是怎样从长凳上飞下来，又怎样一个箭步蹿到那两人面前，只见黑色锃亮的皮靴在空中划过一道黑弧线，尔汉的背上已经重重挨了一皮靴。这一脚踢得十分潇洒，尔汉立即全线崩溃，彻底失去抵抗力。三和尚跑出去，拔起先前插在地上的刺刀，回过身，戳棉花胎似的，在尔汉身上乱扎一气。

四

有一位四十年代常在上海小报上发表连载小说的作家，解放后很长一段时间内，闲着无事可干。他落实在一家文化单位工作，拿不算太高的作家薪水，却不写作。虽然他非常怀念自己过去大笔捞稿酬的日子，但是他熟悉的世界和艺术方法，已经远远落后时代的要求。直到有一天，他突然决定以尔勇的素材，写一部电影脚本，创作冲动才像远去的帆船，经过若干年的空白，慢慢地向他漂浮着回来。

这位作家细眉大眼，生得极风流的样子。他翻阅了大量无效的资料，卡片做得像一包包香烟。幸好他是那种称为常有信心的人，主意既定，便不犹豫，火烧火燎地向领导打了报告。又告别了妻儿老小，另置了一副行李铺盖，带着本蓝封面的笔记本，一头扎下去蹲点，和尔勇在一起足足体验了一年的生活。一年三百六十五天，他老婆怨天怨地，人瘦了一圈。

尔勇此时已是镇派出所的所长。和过去的岁月相比，这位曾差一点被日本人捉住，几次被白脸追杀的传奇人物，正悄悄开始发胖，他远不是作家设想中的那副模样。只要翻阅一下解放前的旧报纸，人们就会发现这位作家同志心目中的男子汉，常常高大英俊。他在这方面的趣味，和几十年后中国大多数女人的要求不谋而合。尔勇的身材，显而易见地比一般人矮了些。脸是黑的，额头又方又正，略有些前倾。他不是位喜欢说话的人，作家一开始便碰到困难，对这样的人进行采访，毫无疑问吃力不讨好。

最初的会面是办公室，尔勇对一位声称要在他身边待一年的作家疑虑重重。那本蓝封面的笔记本，爬满了蝌蚪一样的文字，似乎要把尔勇的一言一行，统统记录在案。这样的谈话说不出的别扭，而且充满戒意。办公室设在一间阴暗的北屋里，外面正下着冰凉的雨。一架老式的手摇电话机躺在办公桌上打瞌睡，尔勇无话可说的时候，专心致志地看那手摇的把手，有时干脆伸出手去瞎摇几下。在他身后的墙壁上，钉着好几寸长的钉子，钉子头上用旧报纸缠了缠，挂着尔勇使用的驳壳枪。

作家脑海中酝酿的电影序幕，是从尔勇给哥哥尔汉报仇开始。银幕上最初出现的，应该是那把用来复仇的刀，那刀在月光下闪着寒光。考虑到究竟选择什么造型的刀，作家绞尽脑汁煞费心机。现实生活中，尔勇刺杀白脸，用的就是那种割茅草的镰刀，极平常的样式，长长的木把，不过刀背处略厚一些。这样的镰刀用来杀人多少有点煞风景，尤其是要通过电影银幕，以艺术的形式再现在人的眼前。作家曾有过用菜刀代替镰刀的意思，立即遭到尔勇有力的反对。尔勇说："什么菜刀剪刀的，都是女人用的玩意儿。"虽然作家拐弯抹角，试图以"贺龙两把菜刀闹革命"的故事说服尔勇，尔勇却把作家的故事驳得一钱不值。"革命，拎着脑袋干出来的事，就两把菜刀，你当是玩呀？你们这些写东西的！"

在作家的电影脚本里，尔勇用的是深山老林中砍柴的砍刀。因为电影最终没有拍摄这回事，尔勇也弄不清那把作家视为好看而且实用的砍刀，到底什么模样。月色朦胧，电影上的尔勇默默走在乡间路上。忽然传来潺潺的流水声,尔勇赤着脚从浅溪中走过,蹲在一块大石头边,霍霍地磨起刀来。磨刀声中音乐起,字幕出现。月牙从阴云里露出些面孔,银白色的光射向越磨越亮的砍刀。

早在五十年代,作家就运用了八十年代使观众哗然的现代派技巧,砍刀的闪光中乱跳过一系列蒙太奇镜头。尔勇消失在月色中。黑暗,黑暗,连续的黑暗。黑暗中出现了白脸那张淫邪的脸,丑而且恶。他单独潜进村庄搞女人的细节,已被改作由两个保镖护着,醉醺醺闯进一家地主大院。一个妖冶放荡的女人举着风灯走过来,一扇能看见黑影子的窗户,两个越来越贴近的男女剪影。灯灭了,那种听不清又故意是给人听的下流声音。

作家曾翻过当年缉捕白脸的档案。没人知道白脸的正式来历,种种传说都未必靠得住。有人说白脸本来就是土匪出身,一度招过安,本性难移,便又逃到这一带来重操旧业。有人则说白脸是大户人家的子弟,正规军人,只是吃了败仗,无颜回去重见江东父老,才流落在这儿来做草头王。大家一致能肯定的,不过他是北方人,说话极动听,有一身好功夫,而且人长得漂亮。他是靠打抗日旗号起家的,在这之前,他只是凭他那身耍起来好看的武功,为镇上的一家米号做保镖。

档案对白脸的性格作了较多描述,其中特别强调的有两点,这就是凶残和好色。白脸杀人无数,糟蹋女人也无数。和作家最初设想大相径庭的地方,是白脸很有一套勾引女人的办法。他和他的手下不一样,从来不会无论见着什么样的女人,都公狗似的翘起尾巴。白脸糟蹋起女人来也保持着绅士风度。他搞女人的目的,不仅为了肉体的占有,而且包括了心灵的征服。在他横行乡里的日子里,他是一方的皇帝,尽管没有三宫六院的形式,却实在有三宫六院的内容。

确切说,那是个月白风清之夜。白脸去会的那个女人,当年还不能算妖冶放荡。白脸看中的女人肯定不会难看这点毋庸置疑,是白脸使这个良家闺女变成人们眼里的坏女人。这个家境颇宽裕的小家碧玉,所有的美好梦想都在一个瞬间,让白脸的无耻下作扯得粉碎。就像岫云和其他女人有过的经历一样,这姑娘在把自己的美梦重新编织在白脸身上之前,也想到过寻死觅活。"如果不是为了我那可怜的爸爸妈妈，我早就跳了长江。"她不止一次这么对人说，对毫不相干的人说，甚至在后来和白脸打得火热的日子里，也一样唠唠叨叨。她爸爸妈妈人前人后感到脸红，他们只好说："好好的闺女，落到白脸那号乌龟王八蛋手里，就成了这种下流种子，你又有什么办法？"两位老人对白脸深恶痛绝，渐渐对独养女儿也少了些感情。

这姑娘对于白脸，从害怕到盼望他来，又从盼望发展到想做压寨夫人。有那么不长的一段时间，就算白脸这种风月场上的老手，也确实让她搞得神魂颠倒。如果尔勇砍的第一刀再偏左一些，姑娘准保当场送命。锋利的镰刀把姑娘高耸的右乳房，从顶端向心窝斜拉了一下，像剖橘子似的一分为二，并且当场斩断了根肋骨。白脸死到临头，才突然意识到大门洞开，是个多了不得的冒险。当尔勇发现自己袭击错了，举刀重新向白脸砍过去时，白脸往里侧一滚，就势站在床板上。尔勇一刀扑空，紧接着横扫一记，就听见一声惨叫，刀锋剁进白脸的大腿。尔勇的镰刀还没有拔下来，白脸已经抓住了镰刀柄。两人僵持了一会儿，都想把那惟一的兵器抢在手上。

尔勇有一身蛮力气，加上报仇心切，势在置白脸于死地。白脸见夺不下刀来，猛地一松手，尔勇向后面跌去，他自己侧身一跃，那床哗啦一声坍了。白脸和姑娘一起滚在地上。黑暗中光听见姑娘痛苦的呻吟，尔勇举刀摸索过去，不提防白脸捞起衣服，接二连三地乱扔过来，其中一件衣服突然和刀绞在一起。尔勇用左手去扯那件衣服，白脸趁机夺门而出，后背上轻轻擦了一镰刀。值得一提的是，慌乱中白脸竟没有忘了抢条裤子在手上，虽然这是姑娘的裤衩，白脸却用它在尔勇脸上狠狠抽了一下。尔勇顿时眼冒金星，白的雾飘来飘去，分不清东西南北。月光下，白脸赤裸着身体，无心恋战，白色幽灵一般落荒而逃。

那姑娘在尔勇一镰刀之下，活送了半条命，白脸从此和她一刀两分开，断了往来。姑娘后半世的命运，实在说不上一点点好。没人敢娶跟白脸好过的女人，她在只有人恨、没有人爱的环境中又活了十几年。在白脸又和别的什么女人好上的日子里，也许只有这姑娘一个人，真心地吃醋和痛苦。当白脸恶贯满盈，一排子弹拦腰扫过，像堵墙似的坍倒在山坡上的消息传来，小小的江心岛屿无不欢欣鼓舞。孩子们奔走相告，爆竹声一阵又一阵。只有姑娘独自一个表情悲伤，关起房门来尽情哭泣，总算她收起了去南京收尸的念头。人们看见在很长一段时间内，她头上都戴着白花。女人傻起来常常没有底，即使大家眼里的坏女人也一样。

作家采访尔勇的那一年，姑娘坟上的青草勉强遮住黄土。她是一年前的春天死的，就葬在她母亲的坟旁边。尔勇带作家去拜访姑娘的老父亲，而且在那间尔勇和白脸厮打过的房间里喝了茶。门前是一排杂七杂八的树，其中那株柳树最大，风拂着柳丝，树枝中有鸟儿在叫。尔勇喝了一气茶，笑着对作家说，他和白脸之间的较量，总是不肯轻易结束。"多少次了，不是我差一点弄死他，就是他差一点弄死我。我们多少次，真是差一点。实说了，当年他死了，真死了，我就这么站在他尸首旁边，都有些不放心，真不相信他就算死了。死有时好难，有时又太容易。"

花一年的时间体验所谓生活，对于作家这位机灵的人来说，不仅绰绰有余，而且简直有些奢侈。体验生活对于五十年代的文人，是个含糊不得的字眼。事实上，我们这位作家常常闲着无事可做。在一个与世颇隔膜的江心小岛屿上，作家品尝到了做仙人的寂寞。小镇上虽有个刷了绿漆的邮筒，但是作家已有半年收不到妻子的来信。派出所的工作算不上繁忙，偶尔有些什么事情，也用不到作家插手。那本蓝封面的笔记本似乎再没什么可记，作家就在上面打电影脚本的底稿。小镇上有所极小的小学，作家和小学的女教师总算还谈得来。可惜女教师的男人太喜欢吃醋，动不动就瞪眼睛，常弄得作家十分尴尬。

一年之内，惟一有所改变，是尔勇和作家的关系。尔勇平时乐意住在派出所，很少回家过夜，两位有老婆的单身汉渐渐话多起来。这一带有一种土酿的酒，用大碗喝，就着价钱极贱的荸荠红水菱，很有种雅俗共赏的味道。尔勇与电影脚本里的主人公，相去越来越远，有时听作家谈构思，一会儿无动于衷，一会儿入了迷，好歹和自己毫无关系。尔勇自己真实的经历，已经让七荤八素的艺术处理，折腾得稀里糊涂。时间不顾一切地向前走着，尔勇不免有真假难辨的疑惑。

尔勇家在小镇的另一头，依然是那栋冷清的老房子。有四个孩子，都是一惹就哇哇叫的小千金。那年头计划生育自然谈不上。作家觉得尔勇不乐意住回去，和害怕凑满五朵金花大大有关。既然尔勇的老婆晋芳五六年能养四个女儿，没有任何理由相信第五个就一定是小子。作家曾经有意无意地，似笑非笑向尔勇暗示避孕套这个标志现代文明的玩意儿，但是尔勇笑而不语，显然羞于把它当桩事。

到了中秋之夜，作家第一次去尔勇家喝酒赏月。前一天晋芳就亲自来请，第二天又差大女儿娟娟来喊。尔勇说："既是叫我们回去，就去，如果不是你在这儿，这什么倒头的节，我是不想过的。"

菜并没有做多少，有自己制的月饼。那土酿的米酒不觉喝了小半坛。作家解放前在上海小报上写小说，素以健笔与善饮著称，一时有连载小说中李白之誉。这一次棋逢对手，作家尝到了土造酒后劲的厉害。醉眼蒙眬之际，作家听尔勇侃侃而谈往事。

"我哥，那时候，就死在这儿。当年那血，从这儿，直流到那枣树底下，就是那——你真不知道，那兔崽子，那杂种捅了我哥多少刀，你根本想不出来。"尔勇取了块月饼，示意作家自己动手，掰了一小块，塞在嘴里慢慢嚼。他小时候，哥哥尔汉弄了两棵小枣树苗来，种好了天天浇水，哄尔勇说这枣树也是弟兄俩。那其中的一棵枣树当年就死了，剩下的一棵已经高大成材，只是水土不服，结的枣子总甜不了。

夜凉如水，枣树坚硬枝干的阴影，重重投在门前发白的空地上。尔勇又说起他哥哥死了以后的种种事。当嫂嫂岫云如何如何痛苦的话题刚刚展开，晋芳便发起脾气。岫云无疑是晋芳不愿听到的人，如果不是尔勇一连串的呵斥，晋芳难听的话可以像小河一样流出来，好好的中秋佳节大有被糟蹋的可能。晋芳赌气而去，四个千金中有两个被打得哇哇直叫。作家因为喝了酒，也不觉着这场面尴尬，朦朦胧胧地觉得这团圆的日子，能叫老婆恶恶地骂一顿也好。他太太是那种小资情调极重的人，看的都是浪漫派的小说，作家无端地有些不放心，后悔不该弄什么电影脚本。晋芳又赌着气走出来，人跛得似乎更厉害，嘴里只是说："凭什么，我一提到她，你就急？"尔勇笑着叹气，说给作家听："明明是我一提，她就跳起来，你说这女人是不是倒打一耙？"

大家听了，都笑，尔勇笑着又说："为了这家，县公安局几次调我，我都没去，你和她有什么道理可讲。"晋芳说，"要去县里，你去好了，我不拦你。"尔勇叹气说："你何苦，她好歹也是我们嫂子，这么不容她干什么？"

"干什么？"晋芳双手叉腰，冷笑说，"她是你嫂子。我们可不敢有这种下流的嫂子。"

作家回到住处便大吐一场。然后倒头睡觉，半夜里又起来吐了几场，搞得一房间臭味。他告辞时，尔勇曾提出和他一起回去，作家那时候已有些站不稳，满脸堆笑，嘴里却说："这是什么话，什么话？一年里有几个中秋节，我老婆不在这儿，那是没办法！"一路东倒西歪，拖着自己的影子，过了两次极窄的木板桥，竟没有掉到河沟里去。

这天晚上，作家没有梦到老婆。他梦见那株枣树，坚硬的树枝把他从酣梦中戳醒。

五

尔勇几次想和作家谈谈岫云的事。

作家对这个话题，始终不是太用心。

作家后来和岫云见过几次面，都是偶然的原因。

有一件事，尔勇从未对人提起过。这段往事实在窝囊，想到就难受。那一年，他刺杀白脸功亏一篑，多少算报了些仇，连夜带着寡嫂岫云奔南京。他们搭了条江船，溯水而上，一路仍摆脱不了惊慌。船上干活的伙计，都当这两人是夫妻，让他们住在一个舱里，江上时不时遇上日本人的巡逻艇。好不容易快到南京，那船叫日本宪兵扣住了不许开，又活活地耽搁了一天一夜。

不过是一年多的工夫，变化巨大，岫云简直是有隔世之感。尔勇初到南京，第一次领略都市的繁华，痴痴地跟着痴痴的岫云，眼睛不时向四下匆匆乱扫。眼前都是陌生人，没人注意到他们从哪儿来，更没人理会他们往哪儿去。岫云已是极虚弱的人，拖着两条注了铅水的腿，走得失了信心。幸好途中遇到了黄包车，岫云上前要下来，还了价，直奔东关头。

没想到岫云的父亲筱老板半年前就死了。继母张氏无处报丧，从兄弟那儿过继了个儿子，一个半傻不傻、见人不是笑就是瞪眼睛的小伙子。尔勇没见过筱老板的模样，看着寡嫂痛失慈父，心头跟着发酸。他因为避着白脸的缘故，一时不便回乡，原计划在南京躲藏一阵，现在这家里没有个像样的男人，倒有些进退为难。他曾经听嫂子说过这位张氏的厉害。

没想到张氏极爽快地留下他们。筱老板很可能没留下什么钱来，那张氏总是不知不觉地哭穷。岫云好歹也是又惯又宠长大的，本不是那种有心机的人，如今父亲死了，张氏肯收留已是天大的面子。嫁出去的女儿泼出去的水，更何况还领了不相干的小叔子来。岫云极识相地拿出钱来贴补家用，张氏口是心非地得了钱，却不会见好就收，从此哭穷更急，连个喘气的节奏都舍不得给。

尔勇第一次有了寄人篱下的感觉。他深悔没有一举成功砍死白脸，反落得自己失了退路，有家不能回。打掉了牙往肚里咽，人穷有时只得乖乖志短，他由岫云陪着，去找尔汉当年的老板李老板。李老板这一年生意兴旺，财大气粗，两只牛眼珠子在岫云胸前滚来滚去，满口地答应。尔勇在李老板那干了不到半个月，那李老板借机来看了岫云七八次。岫云的后母是过来人，肚子里点了一千瓦的大灯泡，早已见惯了这类把戏，找机会当着众人的面，什么话都挑明了说："筱老板生前也没什么对你不到的地方，你那贼肚子里装着什么坏水，当我不知道？"李老板忙不迭赔笑脸，嘴里师娘长师娘短叫个不歇，又说了东家当年的种种好处，但是他那师娘依然竖着脸，不等李老板唠叨完，破口骂道："你个贼杂种，你的娘我们担当不起，少来灌你娘的迷魂汤。当年吃我耳光的日子忘了？实说了，这家里放着老少两代寡妇，你少来。若是你这家伙想换换口味，先回去把你那黄脸婆离了，再来明媒正娶，若论想占便宜吃点什么，你试试看！"

李老板好大没趣走了，第二天便找尔勇碴子。尔勇正憋着一团火，三句话没说完，操起拳头就往下砸，揍得李老板鼻血喷涌而出，流得一下巴一胸口。店里其他的伙计捂着嘴一旁看笑话，待尔勇住了手，才一个个上前假装拉架。李老板不比年轻时的气势，嘴里还不服软，骂尔勇是杀人犯，没必要在这抖威风，杀头掉脑袋的日子在后头呢。尔勇也懒得和他斗嘴，取了衣物，和管账的算了工钱，扬长而去。途中经过一家酒店，那女招待用极好看的眼睛勾他进去，尔勇有心赌气进去喝一通酒，立在门口犹豫了再三，又径自去了。

尔勇回家满心不痛快，岫云深悔推荐他去李老板那儿做事。本想借说李老板几句，给尔勇消消气，没料到反惹起尔勇一团火，跺着脚骂道："我哥当年怎么会跟这样的畜生做事，依着我，早揍得他屎出来，亏你还有性子和他来往。"岫云有口难辩，又不知道怎样安慰尔勇，只得呆呆地陪小叔子傻坐。她明知道李老板和后母张氏有一手，那筱老板生前也有所察觉，她让尔勇去李老板处谋事，多多少少，有意无意的是想利用这种关系，没想到背了石臼做戏，吃力不讨好，偏偏弄巧成拙，几头都得罪了人。岫云又抱定了家丑不外扬的宗旨，事情的原委不便细说，因此除了陪坐叹气，还是陪坐叹气。

依着岫云的劝说，尔勇将半个月的工钱，如数缴给了张氏。张氏客气了一通，让尔勇看了三天的好脸色。第四天刚刚到，那脸色又和先前的一样，硬邦邦地直竖在那里，叫人都不忍心看。尔勇真心真意地想搬出去住，一来找不到房子，二来即使暂时找到了，也付不起定钱。咬着牙一日三次地出去找工作做，找来找去，有几次还是岫云陪着，没活干仍旧没活干。不得已日日去外秦淮河码头背米，那是桩吃苦的差事，尔勇虽然庄稼人出身，有一股子牛力气，常常也累得半死。回到家中，一身的臭汗都不想靠近人。

尔勇想搬出去住的一个重要原因，实在是住的地方别扭。他和岫云几乎是睡在一间屋子里，中间虽隔了一道极薄的夹墙，那门洞虚设却没有门。拉了半截布做门帘，里外都看得见人的脚走来走去。两边的声音听着清清楚楚。尔勇常常被岫云夜里起来用马桶的声音弄醒，岫云则时时听见外间竹榻叽叽嘎嘎，知道尔勇翻来覆去睡不着。

事实果然如预料的一样，张氏安排他们这么住别有用心。按理说，尔勇完全可以住到她过继的儿子房间。那小伙子近二十岁模样，一副受虐待的苦脸相，除了见他为张氏捶腿捶腰，总不见他做过一桩什么正经事。他住的是厢房，算不了大，再放一张床绰绰有余。尔勇几次三番地想向张氏提出来，搬到她那过继的儿子房间去住，话到嘴边，终究说不出。俗话说，身正不怕影子歪，好藕不怕沾泥，张氏既然觉得安排他们这么住没关系，他提出异议反倒坐实了心虚。何况客随主便，他寄寓人荫下，有个落脚点就不错，哪来的挑三拣四的道理。再说这事也应该由岫云提起来合适，不管怎么说她管张氏叫妈，尔勇如果贸然说了，张氏说不定会疑心岫云对他多情。自己清白了，害得岫云无辜受累，这种事尔勇不能做。

  尔勇一门心思地想搬出去住。世上的事偏偏不让人称心，他越是想搬出去，越搬不出去。背米的工钱本来微乎其微，他因为一日三餐吃在外面，加上重体力消耗把个胃弄成无底洞，吃多少都不嫌饱，剩下的钱缴给张氏，连买个笑脸都不够。岫云的那点私房早已贴干净，尔勇拼死拼活的血汗钱，用张氏的话来说，单单岫云一个人吃饭也不够。话难听时，啰里啰嗦地说米贵柴贵，又说如今的房子什么价，若是租给人住，不知要得多少多少钱。

  岫云的日子也不好过，她一个小鸟依人的性情，小时有筱老板宠着，嫁了人总以为丈夫是靠山。丈夫横死，回娘家是不得已的事，明摆着后母张氏一日更比一日不容她，岫云有机会和尔勇说心里话，言谈中大有如果不是为了躲白脸的报复，真不如回乡下好。她的意思，是尔勇继续留在南京，她独自回去，嘴上这么说了几次，想到当真一人回去，无论是在路上，还是住乡下家里，心里都有些怕。

  张氏有打麻将牌的嗜好，向来是在邻居任家雀战，输赢不大，日日晚上要过几圈瘾。自从任家新娶了媳妇，张氏便把牌桌移到自家来，就放在尔勇睡觉的地方。时常三缺一，岫云只好作陪。她难得打，手是生的，脑筋迟钝，又不好意思太顶真，因此只见输，不见赢。尔勇白天里背米差不多散了骨架，到晚上又不能早早睡，硬头皮到张氏那过继的儿子处串门，先还受欢迎，让他翻翻陈年旧月的报纸，渐渐地不客气了，把他晾在一边，小伙子自己倒头睡觉，呼噜声吵得人心烦。

尔勇一生的不得意，一生的窝囊，一生的晦气和别扭，都集中在这不长的一小段时间。他有时想想，真不如索性回到乡下，和白脸拼个你死我活来得痛快。月有阴晴圆缺，尔勇坐在小天井里，头顶上一块极小的天，听着屋内哗啦啦的麻将声，女人之间有一句无一句的闲扯，他心头不由动起了各色各样的念头，其中一个最重要最干脆的想法，就是寻死不如闯祸，索性豁出去，天下之大，总有容人处。

那天注定有事。千年难得轮到岫云赢了些钱，偏偏输家是张氏。张氏原不是有牌品的人，桌面上就横怪竖怨，说岫云存心不给她牌吃，散了伙嘴里还是没完没了。岫云只好当没听见，打完牌，照例是嗑了一地的瓜子壳，她一边极麻利地扫着地，一边随口说道："今天总算赢了个瓜子钱。"没想到张氏突然变脸，冷笑说："我听出姑娘话里头的意思了，该不是嫌我总吃了你的瓜子吧。幸好还有好几张嘴一起动呢，要不然我们担当不起！"岫云连忙赔笑说："娘也真会多心，别人家都是一颗心，偏娘多生了一个。女儿买些瓜子孝敬你老人家嘛，也是应该的。"

张氏说："少变着法子骂人，我原是两颗心的，你当心才是。"

岫云做出受委屈的样子，似笑非笑说："娘，你看，叫你不多心，还是多心。"说了，扫帚又在扫过的地上，做掸的动作。张氏看在眼里，嘴角抿着，越发的不高兴。

岫云又说："譬如今天一分钱也没赢，我全买了瓜子来吃，怎么样？"

张氏脸上极难看地冷笑着，不说话。岫云一时窘在那儿，下不了台，硬头皮十分亲热地又叫了声娘，没想到硬僵僵地得了这么一句："哟，好姑娘，你那娘，我们做不起，饶了我们吧！"岫云听了，红着脸说："娘怎么这样说话？"

"什么这样说话那样说话，"张氏看着尔勇板着脸走进来，知道所有的话已经都落在他耳朵里，不示弱地瞪了他一眼，"我在自己家里，想怎么说话还不行？"

尔勇一肚子火憋在心里，赌气对岫云说："赶明天别打牌，输也不是，赢也不是，这倒头的麻将牌，有什么好打的。"张氏一听这话，双手把定了腰，眼睛使劲斜着，只见白不见黑，说："乖乖，好大的口气，是嫌我占了你的房间搓了几圈麻将，心里不痛快是不是。我告诉你，这没办法，我又没请你住这儿！"尔勇热血直往脸上冲，也硬僵僵地还了一句："你呀别凶，我一找到房子就搬，当我想赖在你这儿不成？"张氏冷笑说："阿弥陀佛，早走早好，我烧着香求你快找房子呢！"

岫云在一旁急得没主意，一边替尔勇赔不是，一边暗暗拉扯尔勇，让他别做声。张氏又看在眼里，就跟得了什么把柄似的，胸有成竹地暗暗窃笑。尔勇早看不惯张氏的嚣张，自言自语嘀咕道："别见着我嫂子人老实，就尽拣软的捏。"

张氏立即声高起来，指着岫云对尔勇说："唉哟，我还不晓得呢，你这位嫂子老实在什么地方，说给我们听听。说呀——"她这一声高，惊动了四下乡邻，有推门出来，立在小院里听的，也有直接过来劝架的，那张氏却更来了劲，声音更高，措辞更刻薄。尔勇说，有理不在声高。张氏偏大声叫喊："我凭什么不声高，我又没做什么见不得人的事。"

尔勇恶声说："你把话说说清楚，谁做了见不得人的事了？"

张氏说："我哪敢，哪敢说你，说你们，水牛吃了萤火虫，肚子里雪亮，谁做了什么事，还不自己明白。我说你们杀了人啦？我说你们小叔子偷嫂子，嫂子偷小叔子啦？乖乖，幸好没说，说了还不知怎么不得了呢！"

岫云气得乱打摆子，抽泣着想说什么，却没有词，依然是拉着尔勇，不让他冲到张氏面前去。张氏别有用心地向观战的人使眼色，嘴角也是那种别有用心的微笑。尔勇忍耐到了极限，撒起乡下人的粗野来，嘴里恶声骂着，一把推开岫云，捞起张小板凳便向张氏扔过去。劝架的见动了真格，赶快把张氏拉走。张氏脸吓白了一阵，回到自己房里，嘴皮子又厉害十倍，话自然更难听。那些邻居听得有味不肯走，附和着说，笑。对尔勇和岫云的关系，人们本来就有些疑心，加上张氏一贯人前背后有意渲染，早存着不过就是那么回事的想法。秦淮河边的人家，向来对男女之事看得穿，想得开。岫云是那种有姿色的女人，既然委屈做了寡妇，人们想象中她就不应该太安分。而且小叔子死赖在寡嫂家里，瓜田李下，多少有些罪过。黄泥巴掉到裤裆里，不是屎也是屎。

这一夜，没人知道他们什么时候睡觉。张氏出了口恶气，极容易地进了梦乡。外面月朗星稀，小窗户往外面看，只觉得十分的亮。尔勇和岫云都睡不着。没有声响，除了里间和外间的人，在床上尽量轻轻碾过的索索声。没有梦的世界，都在等天亮，都在想这地方不能再待了，都有种解脱的感觉。

六

白脸的报复，来得缓慢而凶猛。这中间隔着很长时间。很长的时间内，又有过一个白脸和尔勇携手合作的很短时间。报复既在命中注定，就有避免不开的意味。从一开始，尔勇就知道他和白脸之间，只能是你死我活。你死我活是惟一结局，迟早而已。

很显然，白脸的疯狂报复，和尔汉当年的被杀毫无关系。事实上白脸杀人如麻，根本不把杀个把人当回事。对于他来说，不知道什么叫陈年旧账，杀了就是杀了，没有后果可言，人一死，所谓一了百了。甚至尔勇当年刺死他，他也是至死不曾明白过。他这人的脾气，竟是懒得去想究竟谁想谋害他。他觉得他谁都可以杀，因此，谁都可以反过来杀掉他。当年他拎着女人的花裤衩落荒而逃，说不出的狼狈。正因为威风扫地，所以很少乐意重温这种旧事。大难不死，本是桩感激不尽的买卖，白脸一辈子出生入死，也就不当回事。

那群如狼似虎的人向尔勇家扑过来时，已经入了共产党的尔勇早就得到消息躲开。那一段时间，白色恐怖甚嚣尘上，尔勇肯定不会耽在家里。这一点也恰恰是白脸的预料，他领着手下，气势汹汹，就像当年他高擎抗日旗号一样。这次的招牌是清乡剿共，他从来没把尔勇放在眼里过，捉不捉住尔勇他无所谓，他只不过要向人们证实，即使是日本人来了，他白脸仍然是白脸，仍然是这江心小岛的主人。他靠抗日起家，随着日本人势力的增长，又极识相地变不抗日来保本。

那时候，尔勇在共产党队伍里干了已两年。自从尔汉惨死，尔勇没有一天真正意义上的忘却报仇。虽然他和白脸一度处于同一战壕，共同的抗日主张化敌为友，但是尔勇从来不忘你死我活的惟一结局。尔勇最大的过错，仍然是他的运气还不够好。机会像手指缝里的水一样流过去，死里逃生，在尔勇和白脸漫长的较量中，早有了特殊默契的含义。往后的岁月，短暂而漫长，最终的结局到来之前，他们彼此不止一次死里逃生。

晋芳强敌面前，表现得英勇过人。也许觉得尔勇并不在危险之中，也许根本就没想到危险，她大喊大叫，不停地跳脚。好男难与女敌，白脸的手下一时有些手足无措。转眼间，尔勇家翻箱倒柜，鸡犬不宁。凡是能打碎的东西都砸了，三和尚扛起晋芳陪嫁时带来的一面大方镜，跑到外间，当着众人的面，死劲地摔下去，碎镜片顿时飞了一地。随着那"哐啷"一声巨响，晋芳连续几个碎步，跑到了三和尚身边，拉着他的衣服要拼命。三和尚连打带踢，偏偏晋芳死扯住了不放。白脸的手下便笑着说："三和尚，这女人看上你了，瞧她，对你多有那个感情！"说完，极放肆地哈哈大笑。笑声刺激了三和尚，加上他脸上又叫晋芳狠抓了一把，一时性起，把晋芳掀倒在地上，抓起她一只左脚，绞麻花似的转，又乱踏晋芳的下身，嘴里歇斯底里地叫着："我让你凶，让你再凶！"晋芳硬是不讨饶，手乱动，嘴上还是骂，人已经滚了一身泥。

晋芳的一条腿，就是这一次让打瘸的。她痛得满地滚，骂不绝口。她的不屈不挠的抵抗，早让三和尚火冒三丈。不过像三和尚这样的悍匪，手刃晋芳这样手无寸铁的弱女子，同伙面前有失身份。白脸的队伍正在壮大，三和尚已充当了小头目这类的角色。晋芳忽然一声惨叫，三和尚触电一般地撒了手。经过短暂的沉寂，晋芳号啕大哭，侧躺在地上，翻不了身。三和尚一边往回走，一边嬉笑着说："碰到这样的女人最丧气，缠着你不放，竟一点办法都没有。"同伙中有一个跟着说笑："这还不算麻烦，你若是在床上碰到这么一位，嗨，那才叫糟呢。"

晋芳大哭了一阵，转成了抽泣。她家里原养头小母狗，禁不起这帮土匪强盗乱打，早跑到一边去了，这会又来到晋芳身边，东闻闻西嗅嗅。白脸在一旁看着，慢腾腾地摸出手枪来，上了膛，走近了，指着小母狗的脑袋，一扣扳机，小母狗向前一蹿，瘫在地上变成了一团死肉。晋芳着实受了些惊吓，睁大了眼睛看白脸，人往后缩。白脸重新瞄了瞄准星，举起来对着晋芳，又笑着把枪收了，懒洋洋地说："你男人回来，这就是下场。"脚伸出去，踩在僵硬的木棍一般的狗腿上，辗了辗。

和尔汉的被杀大不一样，这一次几乎没什么看客。太平镇上的人似乎对太平失了信心。有杀人的，自然有被杀的人。人既然处在杀或被杀之外，本能地躲得极远，从窗洞里，从不为人知的墙角处，从细细窄窄的门缝，有几双眼睛匆匆扫了几下，一切都归于太平，寂静得恰如什么事也不曾发生。

如果岫云知道白脸那帮人正在说笑什么，她吃了豹子胆，也不会去照应晋芳。显而易见，她的莽撞行动愚蠢之极。那边早有人找了锅来，重新架在灶上，点火煮水。擅长杀狗之徒，在枣树上插上匕首，把狗挂上去，双手十分麻利地剥起皮，就听见"哗哗"的声音，转眼间那瘦骨嶙峋的鲜红色的身体，脱了皮袄，全然暴露在人面前。晋芳躺在地上，十分惊恐地望着眼前的一切，那一双手在狗身上熟练地忙乱，血污撒尿似的往下滴，忽快忽慢。一股又腥又臊的臭味，迅速蔓延开，像一阵浓雾直逼过来，压得人喘不过气。

晋芳的腿一定断了，要不便是骨头上有道很深的裂纹。她试着向前爬，刚一启动，慌忙惨叫一声，叫声引起白脸一伙的哈哈大笑。三和尚笑着对那正用刀剖开狗肚，把肚肠子拉出来抖在地上的同伙说："你小子老喊不碰女人，今儿这不是现成的吗？喏，头儿在这，我算替他答应了，怎么样？就算今儿为弟兄们忙得辛苦，慰劳慰劳。"那杀狗的当真停下手来，看什么似的对晋芳上下打量一番，回转过脑袋，笑着对三和尚说："你小子一肚子坏水，我的事，用不着你忙。你又不是没那玩意儿，说得倒好听，你替头儿答应了，乖乖隆里咚，好大的口气！我们干脆以后都听三和尚的算了。"说完，正待进一步去折腾那狗，眼珠子突然定在那儿，直了。

岫云就在这不合时宜的情况下，很不识相地出现。她根本没有预测到自身将会有的危险，她根本顾不上什么危险。一刹那间，她觉得前面躺的就是她那血肉模糊的丈夫，身上全是窟窿全是眼儿全是洞。那个被称作勇气的东西，一旦贸然来到岫云这样怯弱的女人身上，所有的问题便变得更麻烦，更不可收拾。她眼前只有晋芳这个人，这个躺在地上折了腿的，一向对她充满敌意和戒备心的女人，她冲她缓慢地走过去，心头洋溢一种她不明白而人们誉之为崇高的情绪。

所有的眼神都射向岫云，甚至那条倒挂在树上剥了皮的狗眼睛，也痴痴地盯着岫云看。时间突然之间静止，岫云上上下下叫那些男人的眼珠子射得千疮百孔。她身上的衣服已在幻觉中消逝，赤裸裸地按照男人们的想法，活生生地出现在男人们面前。白脸以他在鉴赏女人方面的挑剔，一眼就看到了岫云的过人之处。他还没来得及喘气，没来得及眨眼，便叫眼前的尤物迷住了。

晋芳正好和岫云形成了鲜明对比。一个女人的粗糙，更有力地衬出了另一个女人的细腻。乡下女人典型的黝黑皮肤，让那些乡巴佬出身的土匪强盗，第一次领悟到城市女人的种种好处。晋芳依旧一摊泥似的瘫在地上。岫云缓慢坚定地走了过去，从那死狗身上散发出来的腥臊臭味，陡然无踪无影。白脸侧过脸去，打听岫云的来由。岫云小心翼翼，庄严地走到晋芳身边，竭尽全力想把她扶起来，但是扶不动。白脸示意两个人过去帮忙，立刻有两个人屁颠颠站起来，屁颠颠地走到站着和躺着的两个女人身旁，迟疑了一下，弯下腰，在晋芳的惨叫声中，把晋芳抬起来，送回家放在零乱的床板上。岫云默默跟着，脚步发颤，仿佛走在云里雾里。

这以后，岫云足足忙了一整天。先是帮晋芳擦洗，洗完了，再收拾房间。屋里糟蹋得不成个样子。马桶被砸向墙壁，里面的污秽淌了一地。墙上的一张年画，绝大部分已在地上，剩下的一小块，猪耳朵似的竖在那里。外间狗肉煮熟的气味，和着房间里的恶臭，熏得岫云一阵一阵想吐。房间收拾完，一切安排妥当，外头白脸领着人大呼小叫去了，剩下些狗骨头和汤在锅里。

这一夜，岫云就住晋芳屋里。晋芳一夜呻吟，使得妯娌之间的隔阂，短时间的消失殆尽。岫云很晚才在晋芳脚头睡下，迷迷糊糊记得自家大门都没关。她太累，懒附带有些怕，合上眼睛想休息一下，不料竟睡着了。第二天抽空回去，那大门已经虚掩上了，她因此怀疑起自己的记性，进屋拿了些东西，又去照顾晋芳。那晋芳腿还是疼，还是动不了，到晚上又有留岫云的意思。岫云一口答应，借口回去收拾收拾，让晋芳先睡。

就算岫云知道白脸正在她房间等候她，她依然逃脱不了白脸的手心。白脸只有看不上的女人，却没有弄不上手的女人。妯娌之间暂时的和好，岫云心头十分愉快，她暗暗哼着一首未出嫁时常唱的歌，极轻松地推开房门，老地方摸到了煤油灯，划着火柴。她并不知道自己回来干什么，只是觉得应该回来一下。

白脸正坐在床沿上冲她笑，摇曳的灯光增添了他脸上光彩。疑惑比吃惊更先来到岫云心头，她先怀疑，然后才是害怕。白脸的笑那么平静，岫云一开始都吃不透他的用意，她只是出于本能地向门口跑去，但是白脸比她快了半步。门外一片黑暗，白脸倚在大门口，仍然先前那样的笑，岫云房间的那盏煤油灯还点在那儿，看得见墙上的黑影跳动。

岫云立刻全线崩溃，她的脚仿佛陷进了泥沼，并且越陷越深。白脸突然背过脸去，大步走过门前的空地，到了那株枣树下面，掏出家伙撒尿。岫云只看到一道白色的曲线，源源不断地浇向树根。尔汉当年也常在同一个地方做同一件事。白脸又慢慢走过来，脸上还是那种漫不经心的笑，就像回自己家一样。

七

多少年以后，尔勇对在南京做保姆的岫云拜访的时候，实际上她已经和老乔那个上了。老乔叫乔发品，人都叫他老乔。用人们常说的话，他们早勾搭上了。尔勇看在眼里，心中不愿意这么想。

尔勇去，正是岫云坐床上，穿着城里人的短裤，哄老乔女儿睡觉的时间。很可能当时岫云也迷迷糊糊地睡着，隐隐听见门外有人敲门，爬起来，开了门，尔勇已站在小院子里。

尔勇来南京参加一个治安方面的会议。通过公安局的熟人，尔勇很轻易就找到了岫云的地址。像岫云这样的女人，只有公安局才能找得到。听尔勇说他想去见见她，公安局的熟人不免吃惊，总觉得去见一个在局里挂了号的女人，多多少少有些冒昧，起码也是不合适。尔勇说："她好歹还是我嫂子，按礼上说，我也该看看她。就不知道那家人家怎么样？"公安局的熟人说："我们具体也不太清楚，反正夫妻俩都是干部，那女的好像一直不在家，这女人——你嫂子在那儿，主要是带小孩。"

恰好是梅雨季节，出门时，公安局的熟人让尔勇穿他的雨衣，尔勇嫌闷热，取了把旧纸伞，没料到有一阵无一阵的雨忽然大起来，那纸伞上不止一处破洞，半边身体都淋湿了。地方不算难找，要寻的那条街道，问了几次便在眼前，只是门牌上的号码有些绕人。敲了半天门，没人应，尔勇索性一推，人进了院子。

岫云几年不见，人似乎又胖了些，那两条极白的大腿匆匆在眼前晃过，忙不迭地找裤子穿。尔勇十分自然地看着岫云，岁月磨炼了人的意志，他已由当年过度的腼腆，变得恰到好处的成熟。等岫云慌乱套上长裤，又草草地把头发掸了掸，尔勇才正式开始说话。他一直觉得自己不善言辞，这是典型的乡巴佬的遗憾，因此，他轻易不说什么话，简单的敷衍之后，便望着岫云微笑。

这几年是个空白。岫云不由得两颊发热，羞愧地低下头来，就像那年白脸被打死后，她随着那些举了手的匪徒，从尔勇面前走过时一样，岫云想自己实在无脸面对尔勇。她觉得自己不可饶恕，罪在不赦，而尔勇流露出来的那种善意的微笑，自然而然地显得过分宽容。对于岫云来说，那熟悉的善意宽容的微笑，同时又是十分残忍，它勾起她难以忘怀并且最不想回忆起的旧事。

尔勇自己捡了一张椅子坐下。在岫云眼里，人胖了些总是好事，她对尔勇的腰身注视了一会儿,又重复那句:"真想不到你会来。"

尔勇笑着说:"几次想来看嫂子,你的地方不好找,要不然,要不然早来了。"

岫云想问,尔勇又是怎么会问到这个地方来的,话到嘴边,又没问。她知道尔勇在公安局做事,一起做保姆的人常说,像她这样身份不明白的人,躲到天边去也瞒不了公安局。她因为自己和白脸的关系,真想一辈子也不要再见到尔勇。

"嫂子这一向还好吧,"尔勇抓了抓叫雨淋湿的头发,继续笑着说,"看看气色,也还不错,听说这家一家——"

岫云突然脸一红,低着头说:"你别叫我嫂子了。"她想说"我没脸做,我——不配",心里一阵绞疼,眼睛已经酸了,连忙极做作地笑出来。

尔勇怔了一怔,有些吃不透:"嫂子这话什么意思?"又说:"我是一直没把自家嫂子当外人,除非嫂——子",一抬头,看见岫云眼泪刷刷流下来,话到嘴边说不下去。

岫云流了一会儿眼泪,心里头倒痛快了许多,她看着尔勇不言语地坐在那里,嘴里忍不住又说了声:"真想不到你会来!"尔勇不由笑着说:"嫂子老说这句话,该不是不欢迎我来吧。"岫云听了,情不自禁地说:"不要说你亲自来,只要你还能想到一点嫂子,我就感激死了。"说了,破涕为笑,转身去拿脸盆毛巾,让尔勇擦把热水脸,又叫他把半湿的衣服脱了,连声问他凉不凉。这情景仿佛又回到了当年在南京的避难,岫云找了个大白搪瓷缸,放了些白糖,冲开水给尔勇喝。

两人显然都想把中间有过的不愉快事回避掉,因此都只谈眼前的事。岫云与过去相比,老了许多,已是个十足的妇道人家。虽然脸上也会一闪而过那种羞答答的神情,但是那种少女时代的余韵,犹如人临死之前的回光返照,更容易引出人的一段辛酸来。尔勇喝着白糖甜水,心里是另一种滋味。哥哥尔汉死得太惨太早,他做弟弟的,却没能保护好寡嫂。

老乔的女儿,在床上翻了个身,说着梦话又睡。这是个三岁左右的孩子,看上去十分白皙。岫云笑着跑过去,坐在床沿上,一边拍哄早已不做声的小孩,一边回过头来,说:"这孩子,人不大,睡着了老做梦。"

尔勇的原意,是看看岫云就走。治安会议已经结束,他打算明后天回太平镇。没想到临了留下吃了饭,还住了一夜。男主人老乔是个极好客的热心肠,见了尔勇,倒像是认识了许多年一样。他在一个机关工作,是个科长之类的干部。人十分潇洒,除了眼睛略小一些,算得上是个美男子。尔勇第一次发现,男人里头,也有皮肤和女人一样细腻的人。老乔比尔勇高出了一个头,因此说起话来,总有些居高临下。他是个话多的人,一说了,就没有完。

岫云做了两样拿手菜,又上街剁了盐水鸭和三毛钱的猪头肉。老乔新开了瓶白酒,取了两个极小的酒盅,嘴里十分热闹地要尔勇不客气。尔勇不客气地坐了,心里暗笑那酒盅半只鸡蛋壳似的太小,太精致。岫云哄孩子吃饭,嘴里哄着,耳朵里听两个男人说话。老乔口若悬河,说到有趣处,岫云便抿嘴一笑。这笑里面有种种含义,尔勇没法不往心上去。

老乔的女儿,本来是送幼儿园的,偏偏老要生病。她母亲一年半载地在外头工作,官做得比男人都大,已经是副县长。岫云来了以后,小女儿身体渐渐好了,和医院绝了缘,老乔因此逢人必夸岫云。夸完了岫云,老乔又和尔勇讲他解放前怎样参加地下工作,讲得十分惊险,尔勇听了,又信又不信。

"我们这些人参加革命,老实说,老实说和你们不一样,"老乔喝了两盅酒,示意自己酒量已到了极限,又示意尔勇尽情喝,"喝,这酒,能喝掉,我最高兴。你知道,为什么说我们不一样呢?你想,你们是苦大仇深,为了自身的解放,才投身于革命工作的。我们呢,我们不一样,你想,你只要想想我们是什么出身。像我和我爱人,都出身于剥削家庭,我们参加革命,那是背叛家庭。为了人类的解放,我们背叛了家庭。"

老乔的女儿似懂非懂地听着,一个极小的孩子脸上已有了些大人的表情,尔勇觉得非常有趣。岫云总是在偷偷地注意他,他不得不做出十分认真听讲的样子。老乔说:"像我这样的家庭,那还算不了什么，你知道我爱人，我是说我爱人她家，当年有半个县城都是她家的。半个县！"

"半个县？"尔勇吃一惊，想象不出半个县有多大。

"可不是半个县，"老乔拎起酒瓶，给尔勇斟满了，喊着，"来，你能喝，看得出的，一口一杯，喝完，干掉！"尔勇生性贪杯，喝酒是爽快脾气，艺高人胆大，一气喝了大半瓶。老乔说，留一点没意思，于是喝个精光。

那老乔最佩服能喝酒的人，佩服之余，又嫉妒尔勇当真喝了这么多酒。尔勇脸微红，话也多了几句。趁尔勇去上厕所，老乔便向岫云说他已经醉了。岫云连忙留心，果真觉得尔勇走路似乎摇晃，而且多多少少有一些垂头丧气。外面又下起大雨来，尔勇要告辞，老乔和岫云执意不让他走。

尔勇也奇怪自己竟然会住下来。老乔和岫云都以为他醉了，他也不愿意强辩，索性由他们说去。两个人背着他做了几次眼色，只当他酒后糊涂，不知道他一肚子算盘珠，心里全有数。岫云倒了水，伺候他和老乔洗了脸，又洗了脚，又说了会话，大家睡觉。岫云和小孩睡一间屋，哄睡着了小孩，又从床上下来，听见老乔还在那边大声说笑，一眼瞥见尔勇的衣服孤单单地挂在那儿，情不自禁上前摸了摸，还是湿的。尔勇和老乔睡一张床，听了大半夜话。他有些后悔不该来看什么嫂子，他已经没有嫂子了，心头有的只是一种厌恶和疲倦。究竟厌恶谁他说不清。天亮时他才迷迷糊糊睡着，在梦中，他第一次梦到了早死的谢司令。

八

谢司令是无锡人，家乡口音极重。尔勇最初给他当警卫员时，常常为听岔了音，闹出笑话来。司令部的警卫员，平时闲着开玩笑，便是模拟谢司令的腔调。谢司令十十足足一副书生模样，原先是县中学的校长,地下党,抗战爆发,领了一群人在这一带打游击,队伍发展得很快。尔勇投身革命,最想不通的一件事,就是收编白脸的人马。多少年过去了,尔勇仍然觉得谢司令当年棋错一着。

自从刺杀白脸不成,尔勇第一次和白脸见面,是白脸接受改编后一个月。那时候日本人已经注意到了这个孤立的岛屿,几次和白脸发生冲突。那白脸手下一帮乌合之众,先不把日本兵放在眼里,仗着地头熟,小打小敲斗了几次。等到正式接触,叫机关枪压住了一扫,一个个顿时傻了眼,溃不成军。幸好谢司令带了人马赶来接应,白脸才在绝境中,有了条活路。

白脸因此躲着不敢见人,谢司令派人和他谈判,谈妥了,封白脸为第四小队队长。当谢司令领着尔勇到白脸那里视察时,白脸已经恢复了元气,乌合之众依然凑拢起来。

谢司令自然要用共产党的一套,对白脸的队伍进行改造。但是大敌当前,许多事情事实上也顾不过来。谢司令约法三章,白脸一口答应,高声说谢司令既是他白脸的救命恩人,不要说约法三章,就是成百上千条意见,也不敢说个"不"字。

白脸在谢司令面前装足了孙子,尔勇再次眼睁睁地失去送白脸归天的机会。他和谢司令在白脸的大本营住了三天,干掉白脸可说是唾手可得。那天晚上,白脸和谢司令谈了许久,临走,谢司令嘱咐尔勇送他一程。

这是尔勇和白脸之间,惟一的一次正面交往。他们俩你死我活,追过来,杀过去,实际上的面对面并不多。这次机会失之太可惜。虽然尔勇只是个普通警卫员,白脸却放下小队长的架子对他百般敷衍。那是个星光之夜,细细的月牙儿尖刀一般地戳在天上。微风吹过,庄稼沙沙响。青蛙叫着,仿佛在叫"报仇,报仇"。乡间小路忽宽忽窄,白脸一会儿和他并排,一会儿又走在他前面。第一次刺杀白脸失误的阴影重现在尔勇心头,他发誓这一次务必要干得出色些。头一枪当然是打脑袋,然后可以从容地打完其他子弹。或许以匕首更好,不声不响从后面扑上去,干净利落,也捅他个千疮百孔。天下之大,何处不可以抗日,只是,只是这样做有些对不起谢司令。犹豫这玩意儿一出现,尔勇到手的机会便没了踪影。

白脸的手下突然从路边冒出来。他们和尔勇打着招呼，然后拥着白脸扬长而去。

多少年后，时过境迁，轮到尔勇领着人缉拿白脸。白脸已经穷途末日，丧家之犬似的到处乱奔。如果不是为了一网打尽，尔勇早把白脸抓获归案。大约有半个月，白脸的一举一动，始终处在尔勇的严密监视之下。这是猫和耗子一起玩的游戏，甚至尔勇也觉得这结局，太可笑太可悲。恶有恶报，白脸杀了他的哥哥，奸了他的嫂子，又打断了他老婆的一条腿，当三和尚被押回原籍公审时，整个太平镇的人，都为不能亲眼看见枪毙白脸感到遗憾。三和尚剃光了脑袋壳，让开花子弹打成一摊稀泥，血浆喷出去多远。相比之下，白脸的死实在有些太便宜。

谢司令直到临死，才认清白脸的真面目。死到临头，一切都变得太晚，太无济于事。谢司令生前威名远扬，死后又树碑立传，但是他的遇害太惨，太不明不白，太叫人心碎。想不到英雄一世，日本人听到名字就头疼和胆寒，却毫不值得地死于白脸的暗算。那时候长江南岸的新四军，或是挥师西撤，或是渡江北上。日本人为了疏通长江下游的航运，调集了重兵围打这孤立无援的岛屿。

已经有情报证明，白脸和日本人进行了接触。如果谢司令当机立断，运用优势兵力，在日本人大举进攻之前，迅速解决白脸，历史便明摆着是另外一个面貌。可是谢司令又轻犯了英雄脾气，他领着尔勇直闯到白脸那里，找到了白脸儿子一般地教训。谢司令的轻率吓得白脸手足无措，对于送上门的肥肉却不敢下手，他小心翼翼地向谢司令赌咒发誓，又把日本人恶骂一通。白脸过分的表演并不高明，尔勇第一眼就看穿了他的把戏。当时已是剑拔弩张，白脸的手下都把手按在枪柄上，千钧一发，十万火急，但是谢司令依然大声叫喊，全不把这帮土匪放在眼里。

谢司令从白脸那里回来，立即着手准备和日本人的决战。他决定诱敌深入，来一个反包围。他万万没有想到，既然白脸已经决心背叛，他的决战方案便失去了意义。在最后关键的一刹那间，谢司令表现得书生气十足。他为了换取白脸的信任，不是把他调去打头阵，而是让他作为预备队。

当白脸领着手下从背后扑过来，谢司令的人马全垮了。暗箭难防，这种偷袭太出乎意外，司令部十多个人几乎如数活捉。日本人坐山观虎斗，事后凭一张空头委任状，极轻松地拿下了梦寐以求的地盘。这场交易也注定了日后白脸对日本人的背叛。在抗战结束前夕，用的差不多是一样的偷袭手段，白脸的手下把捉住的日本人杀得一个不剩。

谢司令的队伍，因为群龙无首，相约到苏北和主力部队会师。做了阶下囚的谢司令，依然不失英雄本色，对白脸骂不绝口，又鼓动白的手下奋起抗日。白脸说："谢司令，我这么做，也是不得已。你是我救命的恩人，我哪敢背信弃义。谁若是敢碰你一根毛，我先揭了他的皮，你信不信？"谢司令只是蔑视地冷笑，不愿和白脸对话。白脸又说："若论为人，谢司令，我要是不佩服你，我就是这地上的砖头。有人劝我把你交给日本人，真是太看轻我白脸了。谢司令什么人？我能这么做……胡说八道。我白脸就是白脸，不是黑脸。这几位弟兄，我留下了。你谢司令，我派弟兄送你走。你放心，我白脸也还数得上条汉子，你的性命安全，包在兄弟我身上。"说完了，冷笑着看自己的手指甲，剔了一下，又剔了一下。

尔勇过后才知道谢司令怎么死的，不过大家早就意识到了他必死无疑。谢司令昂首挺胸离开的时候，任何人都可以从他脸上，看到异常的光芒，那光芒叫人激动，更叫人害怕。白脸毕恭毕敬目送谢司令离去，然后懒洋洋地回过头来，懒洋洋地看着剩下的几个人，懒洋洋地想着，又懒洋洋说："你们怎么办？不比人家谢司令，对我大恩大德，你们呢？"没人回答，尔勇想到了死，感觉中死近得仿佛一抬手就可以触摸到。

"我不为难你们，想回家的，滚他妈蛋，回家抱老婆养儿子去，不想回家的，跟老子干，老子正他妈缺人呢，我亏不了你们的，跟我干，比跟着谢司令有味，不信你们问他们。"白脸手点出去，顿时有人笑着答："我们这儿可没什么规矩，你若干好了，见着漂亮的娘们儿，扑上去就是了，没人管。"白脸听了，笑着骂："放你娘的狗屁。"

谢司令让两个匪徒押上一条小船，小船向江心驶去。江水滔滔，风很大，谢司令想立在船头上，两匪徒不允许，非要他坐在船中间。忽然，站在谢司令身后的一个匪徒，举起事先准备好的麻袋，猛地往谢司令身上一套，另一个匪徒急忙捆住谢司令的手和脚，又绑上两块大石头。绑好之后，大石头往江心一扔，就势轻轻一拨，一代英豪谢司令便永远沉入江底。那麻袋很快就浮了上来，两匪徒静对着毫无动静的江水看了一会儿，摇船而去。

九

解放后，追捕白脸，起先由县公安分局负责，紧接着上升到省局直接部署，尔勇自始至终处在第一线。事实上，早在大军渡江前夕，白脸便没了踪影。他手下的队伍，让尔勇领的挺进支队，打得落花流水。多少年来，自从尔勇从白脸手里脱身之后，自从他又回到太平镇一带为谢司令报仇，白脸一直处在追杀尔勇的位置上，这个位置的颠倒显然来之不易。尔勇不止一次陷入绝境，又不止一次死里逃生。多少次，尔勇被迫离岛远去。但是他总是重整旗鼓，不屈不挠，一有可能，就再次回到老地方和白脸较量，即使在极短的时间内又告失败。

追捕白脸，一开始就断了线索。有人说他已经逃往浙西，有人却说他在安徽大别山。没人相信白脸会赖在太平镇上不肯走，更没人想到他就藏在尔勇身边，躲在他嫂子岫云的房间里。虽然这日子极短，却是尔勇和白脸生死搏斗，最末了一次死里逃生。当南京市局发现了白脸的线索，尔勇火急火燎赶到南京，从隐匿的地方，看着白脸和岫云同出同进，尔勇如同五雷轰顶，根本都不敢相信自己的眼睛。

白脸成了太平镇的主人以后，他和岫云的关系早已不是什么瞒人的秘密。寡妇风流已是桩不可饶恕的罪过，何况她勾搭的是杀夫仇人。除了尔勇有自己的看法之外，岫云处在万人唾骂的地位。没人相信岫云曾有过的强烈反抗，甚至白脸的手下也为她的顺从感到生气。多少年以后，白脸像条狗似的死在离城墙洞不远的地方，三和尚拎包袱一般把岫云扔在草垛上，一边动手撕她的衣服，一边恶骂她给男人带来的不幸。外面枪声吵得让人心乱，尔勇正领着人在喊缴枪不杀。三和尚处在那种绝对的疯狂之中，他光着下身在城墙洞里跑来跑去，手里提着枪管冒热气的驳壳枪，不时地俯在洞口，朝外头没目标地乱打一气。

岫云左边脸颊上有几颗痣，看相的都说不是吉相。筱老板就一个爱女，心肝宝贝地疼着，家里一有灾难，忍不住要看女儿脸上的痣。那痣是黑的，排成一个三角形。痣的黑，衬出了皮肤的白。皮肤的白，更显得那痣的黑颜色黑得瘆人。岫云三岁死了妈，岫云自小就多病，岫云注定了要吃苦，注定了要遭罪，注定了一生的恩恩怨怨。

当年看着岫云从那城墙洞里衣衫不整走出来的人，都记得她那种淡漠的表情，那是一种不成表情的表情。头发是乱的，眼圈发黑，目中无人没有知觉向前走，甚至对站在显要位置的尔勇都没看一眼。尔勇注视着她默默从眼前走过，先是看她的正面，然后是侧影，最后是越来越远的背影。

那只是具行尸走肉。被称作为生命的那个玩意儿，对岫云来说，已经失去全部意义。自从白脸留下的那个罪恶之夜，岫云便算彻底完了蛋。那天晚上，岫云的一去不返，使得刚刚和缓的妯娌关系又恢复水火。白脸留下一场永远做不完的噩梦。晋芳躺在床上，对岫云痛苦无望的呼唤，渐渐只能在岫云的想象中才能听见。没人知道晋芳腿断了最初的几天是怎么熬过来的。

想象中的岫云早死过许多次。没人能够理解她心灵经过的不平凡历程。她从来没有死心塌地地爱过白脸，她所做的不过是对命运的一个顺从。很难想象，像她这样的懦弱女子，凭一把绣花用的剪刀，就能置白脸这样的悍匪于死地。也许老天爷压根儿不愿意成全她，也许老天爷压根儿不赞成那些本来不大可能的可能性，反正在岫云胸揣剪刀，心敲鼓一般乱跳的一周里，白脸连影子也没有出现过。除了让人送来一小箱女人用品之外，白脸似乎对岫云并没有多大兴趣。他向来不把已经到手的女人当回事,即使是岫云这样看来很不错的女人。他是寻花问柳的高手,在岫云鼓足了勇气,准备用剪刀对付他的同时,他早又在动别的女人的脑筋。

白脸在这个孤单单的岛屿上的霸业,有一段时期仿佛很牢固,日、蒋、汪三方面的人都和他有来往。他一改土匪习气,把司令部扎在太平镇上,正正经经地摆出统治者的模样来。他甚至扮演过清官这样的角色,凡是被抢劫过的老百姓,被强奸过的妇女,只要有胆量告状,白脸便要严惩一二以树威信。为了解决弟兄们的那个问题,白脸亲自到扬州去挑了几个妓女回来。太平镇第一次有了妓院和露天的唱戏舞台,良家妇女的安全似乎有了些保障,戏班子零零落落来了几次,看的人真不少。

这太平镇说大不大,说小又不小。它形状如蜘蛛,中间极密集的一团,有好几条腿延伸出去。南北两条细腿上,各住着一位美人。南美人青春年少,只有十六七岁,正做着押寨夫人的美梦。北美人是白脸一个手下的婆娘,三十岁光景,一身肉摸不到骨头。一段时间内,白脸把爱情平均地用在这两位女人身上。常常可以看到白脸携着南美人从街上招摇走过,那北美人只好在床上暗下功夫,弄得白脸神魂颠倒,然后再找尽偏心一类的字眼,向白脸发嗲撒娇。北美人收拾起男人来另有一种门道。她丈夫相貌堂堂,活像《水浒》中的打虎英雄武松,难得他有一身力气,却一贯不吃醋。知道内情的人都晓得他怕的不是白脸,而是怕他那妖精一般的媳妇。

白脸迷上岫云明显是在日本人完蛋之后。虽然还都的南京政府没与他过分顶真,但是做过汉奸的罪名并非轻易就可以抹掉。如果不是共产党势力一天天增大,老蒋苦于打内战,他这支半兵半匪的队伍,早让人家开了刀。时过境迁,南美人怀了胎坐月子,难了一回产,从此花容失色。北美人又毕竟是人家的老婆,相好归相好,天下没有不散的筵席。白脸已经走下坡路,走下坡路的白脸又一次看上岫云。

那天自然是偶然相逢,冤家路窄这种旧小说中迂腐的套话用不上,人都处在太平镇上,碰碰面从来不稀罕。偏偏这次相遇非同一般。对于岫云来说,时间的流逝,甚至仇恨也变得模糊。她记得是这个人让她成了寡妇，又是这个人毁了她的贞节，她知道自己最应该恨的无疑就是这个人。但是，就连岫云自己也不曾意识到，她最恨的，是白脸根本不把她当回事。白脸的风流韵事一直是太平镇上公开的笑话，人们背后没完没了地说南美人北美人。世上或许没有什么比玩弄女人又不把女人放在眼里，更伤女人的心。白脸那种无动于衷，仿佛根本不乐意认识她的态度，在岫云胸中引起莫名怒火，这怒火熊熊燃烧，使她不仅仇恨白脸，同时也仇恨什么南美人北美人。

大约岫云狠狠瞪了一眼，反正白脸突然停步，目不转睛看岫云，脸上是想不通的表情。也许他一时想不起面前的女人是谁，也许正因为想起这个女人是谁，白脸好像做错事的孩子一样尴尬起来。岫云已从他身边擦肩而过，这个不可一世的土匪头子，正在走下坡路的魔王，看着岫云离去的背影发怔。岫云走着，忍不住地想回头，背后却有双眼睛知道白脸准盯着她看，脚步一阵乱，人已经拐了弯。

白脸和岫云的下流关系，第一个知道者是晋芳，没几天就闹得太平镇风风雨雨。大家对这种关系的前因后果毫无兴趣，岫云的声誉顿时跌落千丈。北美人调唆南美人大闹一场，这位因为憔悴而不再美丽的失宠姑娘，披头散发有失体统地赶了来，当众扇了岫云两耳光，又揪住了胸口要拼命。作为更不幸的女人，岫云一次又一次出尽洋相。她越来越糟糕，无可救药。没人想得通到底怎么一回事，甚至她自己也百思不解。以一个床上的男人来说，白脸丝毫不比尔汉出色，这种比较常让岫云充满负罪之感。但是也许正因为有了负罪感的缘故，白脸的邪恶反显得和她般配。是白脸把她毁了，因此惟有在一种毁灭的状态中，岫云才能得到心灵深处的满足。岫云很快喜欢上了白脸温文尔雅的粗话，喜欢他那种把人不当人，或是把她当做下流女人的态度。女人的一切弱点，仿佛都体现在她一个人身上。她无疑成了那号嫁鸡随鸡，嫁狗随狗，嫁了石头抱着走的女人。作为女人，尤其处境不好的女人，她需要男人的保护，哪怕是坏男人也一样。她已经被钉在耻辱架上，除了自暴自弃，别无出路，没人知道路遇的戏剧场面，没人去管那么多闲事，谁也不知道多少年前，还有岫云受辱这一幕。

天才知道白脸怔在那里想什么。岫云从他身边走过的时候，简直就感受到大地在颤抖。事实上,当岫云拐弯之际,白脸就向前极机械地追了两步,又突然停下来,继续怔在那里看岫云的背影。看起来仅仅是凭直觉,岫云便知道白脸一定会来,她似乎早晚都要落入白脸的手心,一回家慌忙把门闩了,又徒劳无益地搬了张八仙桌把门顶住。那天晚上天仿佛黑得迟了些,周围的猫无缘无故一起乱叫。没有月亮,也没有云,只有满天星星毫不相干瞎眨眼睛。岫云微弱的反抗有点滑稽而且多余,门闩和八仙桌也只能是摆摆样子。白脸说得理直气壮,"是我让你做了寡妇,就应该还是我让你不守寡。"他既然能够落草做土匪,破门入民宅便明摆着的轻而易举。

十

我深感自己这篇小说写不完的恐惧。事实上添油加醋,已经使我大为不安。我怀疑自己这样编故事,于己于人都将无益,自己绞尽脑汁吃力不讨好,别人还可能无情地戳穿西洋景。现成的故事已让我糟蹋得面目全非。当我拿着以上篇幅去见岫云的时候,我突然产生了瞒着她的念头,虽然我答应要把她的一生编成小说,并因为这样的许诺骗得她一次次说真话。我和岫云非亲非故。为了给自己的创作不得不做些理直气壮的广告,我只能说我和岫云这个人关系非同一般。我和她死去的儿子同年同月生,也许就凭这一点,她对我就有种特殊的感情。一旦提到那些难以启齿的事,她总是重复着这句话:"你和我儿子一样,我什么都告诉你。"

我的确骗取了她相当的感情。那时候,我和她一起在一个街道办的小厂做工人,她徐娘已老,孤身一人,住在夫子庙一带的矮房子里。她属于那种有暴露狂的女人,你只要耐心地和她坐一起,等她抽完了两支香烟,眨着干巴巴的嘴唇,你便可以源源不断听到关于她自己的故事,她的故事在街道小厂里算不了什么机密。实际上,她的为人和我以上的描写,有着明显的格格不入。她在自己叙述的故事里再造了一个人，而这个人又被我自讨苦吃加工一番。润色这玩意儿有时是桩好事，并且必不可少，有时却比坏事还要糟。只要一桩小事，便可以说明她性格中我故意漏写的一面。一次，几个男女学徒坐在电扇旁边，听她讲日本人在南京时的旧事。刘师傅突然进来，极轻薄地说了几句什么，小眼睛眯成一条缝，岫云脸一板，大喊："小姑娘们你们出去，小伙子，你们给我守着门！"正当几个女学徒红着脸往外走的时候，她又喊，人已经站了起来，叉着腰，"来呀，姓刘的，谁含糊了不是人！"

自从我有了做作家的痴想以后，她对我便刮目相待。有一段时间之内，我是她那间简陋小屋里惟一的客人。当时她已经退休，闲着无事，在繁华地带照看停放的自行车。我陪着她在成排的自行车旁边坐过好几天，一次又一次套她的话，一遍一遍核对细节，并想从她那证实我自以为是的种种猜想。我们的关系特殊到了快给人以非议的地步，我甚至陪她回到那个孤单的江心小岛，见到了我小说中所写到的还活着的人。

很难说清我最初打算写这么一篇小说的动因是什么。我打着写小说的幌子，自我感觉良好，探听到了许多常人不易打听到的隐私。毫无疑问，我掌握了一沓根本没有办法写进小说的细节。我最深刻的体会就是，如果想按期把什么小说写完，惟一的办法是忘记眼前的活人。但是要想忘记岫云这样一个已经老了的女人，忘掉她叙述往事时的音容相貌，又怎么可能是桩容易事。

岫云在谈到她勾引老乔的时候，总是十二分从容。勾引这个词绝非我的杜撰，她不止一次向我说道："我就不信把他勾引不过来。"她在老乔家做了将近六年的保姆，六年之中，有五年他们常常像夫妻一样在一张床上睡觉。"刚开始，刚开始都是他来找我，黑黑地就摸了来了，后来因为老要把小孩弄醒，我就去找他。"她说到这类事情，最让人吃惊的是她的坦率，木匠推刨子，直来直去，"有个小孩要添不少麻烦。老乔那女儿，胆小得不知道像什么，醒过来只要一个人，就死哭。"

按照她的说法，老乔事实上绝对的正派人。捉弄这样的老实人，岫云常常感到后悔。她的意思似乎是，自己反正是个堕落的人，拉着老乔一起往下流的坑里跳，实在有些不应该。"要怪也该怪他那个女人，那女人，成年整月地不回家，真是一点也不为男人想想。你反正也是结过婚的人了，你知道有老婆，偏让他一个人的滋味。"她的叙述中没有老乔的一句坏话。如果借用旁人的眼睛，老乔抵赖不掉地是那种忘恩负义的家伙，但是，但是她总小心翼翼地避开这个意思。她故事中的老乔永远是个老实巴交惟命是从的男人。

堕落这玩意儿最大的坏处，或者说一个不太小的好处，就是给下一次堕落提供信心上的借口，也许这就是我们说的破罐子破摔的意思。老年岫云的暴露癖是否和她一生的屈辱有关。令人费解的是，她只乐于暴露那些一般人难于说出口的东西。在她冷冰冰不动声色的叙述中，说故事的和听故事的之间，仿佛隔了层薄薄的窗纸。幸好这层窗纸掩盖了人的羞耻之心，然而有时候依然使人坐立不安。记忆中有这么一天，好像也下着雨，人有一种到处都是湿润的感觉，我去那间简陋的小屋核对白脸死后的时间问题。街面上有男人女人在吵架，我第一次知道有老红这么一个女人。老红是岫云做保姆时期的朋友，在一个办药厂的资本家家中做事。解放前干过私娼，想来总是叫小红吧，解放后经过一番改造，进一家手工业社做工，不久又当了保姆。岫云曾给我看过一张她们俩合拍的照片，那是一张发黄的历史文献一样的照片，照片上的老红显然不如岫云漂亮，小眼睛，嘴又厚又大，是副傻样。照片的左下角印有公私合营的照相馆落款，字有些模糊，很可能当时就没有印好。

"那个什么资本家，还是什么红色资本家呢。红色，其实狗屁，老红叫不检举他，要不然，坐牢都够的。"我从岫云那儿知道了老红和老板的淫乱关系，她说起这类事来多少有点津津有味，"那资本家老婆，可怜哪是什么太太，男人眼里狗屎一堆，叫治得服服帖帖，活是一团面泥，想怎么捏，就怎么捏。哪敢对男人说一个'不'字。"岫云不止一次说到老红常当着女主人的面，和资本家上床做夫妻。"那男人不要看吃这药，吃那药，他那是毛病，不这样，就不行。你懂不懂，就不行。"

依我的傻想法，岫云的叙述中夹了一大堆不实之词。也许她只是为了引人注意，才有意说一些她自以为男人们喜欢听的故事。人们往往喜欢掩盖见不得人的东西,一旦这种东西掩盖不住,便索性把丑玩意儿都兜底抖出来。我甚至怀疑老红的作为,就是岫云自己的事。如果仅仅就凭一张发黄的照片,我竟然相信一个女人说另一个女人的事全是真话,那我一定傻得没有药能治。虽然我的人生经验还到不了什么了不得的程度,还辨不出什么真假,然而我起码懂得了什么叫怀疑。每当我从岫云那狭小的房间走出来,一走上熙熙攘攘的夫子庙大街,看着毫不相干的人热热闹闹地说笑,我便想到岫云一个人可能会有的孤独。按说人老了万念俱灰,凡事都会收了心,人们只要看到今日之岫云的不肯安分,自然而然地会想到她当年勾引老乔时的魅力。

我想象中老乔最吃不消的,很可能就是岫云一次又一次冷冰冰地谈她的屈辱。她不止一次提到老乔深深同情她的遭遇,"他起先只是同情我,他可怜我,老说我这人怎么怎么不幸。"看来他们的缘分,最早不过是同情和被同情。凡有暴露狂的人,往往都是为了获得人之同情那玩意儿,虽然弄不好效果适得其反。而喜欢同情别人的人,却很容易借了同情的名目,大意失荆州,无意中干了和同情丝毫不相干的事。"他一次又一次地要我讲我经过的那些事,"这话同时还可以理解成岫云存心这么做,因为她紧接着便说,"我知道他要听什么,是呀,我什么事都不瞒他。不瞒,既然他想知道,我就把什么都告诉了他。"

在最初的一段日子里,他们各自似乎都有自己永恒不变的谈话主题。老乔总是谈他当年怎样从事学生运动,岫云则几次三番地描述那些和她发生过关系的男人。不过,三和尚这个人从来不曾向老乔提起过。她告诉我,出于一种莫名其妙的目的,她甚至编了个和小叔子通奸的故事。这个谎言一度让她问心有愧,"我给老乔造成了一个印象,什么样的男人我都拒绝不了。我喜欢看他那副发急的腔调,红着脸,红着眼睛,一只脚在地上划来划去,然后突然抬起头来,偷偷地盯着你看,就这样。"

我对老乔的印象始终好不了。坦白说,我真不乐意在我的蹩脚小说中,描述岫云那种自以为是的胜利者心情。令人难以理解之处,在于她仿佛根本就不知道仇恨这回事。对于她来说,对于那些和她发生联系的男人,不提到或者干脆不想他们,就算作是惩罚。

终于有一天,常见的谈话快结束时,老乔要岫云等一会儿到他房间里去一趟。"我知道,一去准会发生那种事,整整一天,他都跟丢了魂一样。"岫云好不容易把小丫头哄睡着,去洗了脸,洗了脚,大约还抹了点雪花膏,然后信心百倍地去见老乔。"他吓了我一跳,他吓了我一跳,"她反复说着,眼睛里闪着狡黠的笑,"我们说了一会儿话,他就吓了我一跳。"这一次老乔十分狼狈,没想到岫云毫不含糊地拒绝了他。作为一个偷鸡摸狗的男人,老乔最初的表现最多是小学生水平。他用的是中世纪的方法,错把岫云当做贵妇人一样来求欢做爱。一刹那间,岫云不知所措,老乔方寸全乱,僵了几分钟,岫云突然落荒而去。

岫云以十分欢快的心情和我一起进入回忆。虽然过了许多许多年,老乔的大出洋相,仍然足以引得她大笑不止。"第二天他一本正经把我找去认错,就跟干了坏事的小孩子一样。他支支吾吾,舌头抽了筋似的,什么话都说不清楚。"我忘不了岫云说这话时,露出了粉红色的牙床,不知什么原因让她卸掉了镶着的假牙,牙齿间过大的缝隙使她有几个音发得非常怪,我仿佛听见是另一个人在说话。"他一有机会就认错,那几天,那几天他天天是一张闯了祸的脸。他像骂别人似的拼命骂自己。"岫云说隔了没几天正好老乔夫人回来。副县长回省城开会,匆匆几天过去,依然风尘仆仆的样子。"那女人哪会把男人放在眼里。成天也不知怎么个忙法,老乔屁颠颠地跟出跟进,老是那张认罪和真心悔过的脸。真的,我就担心老乔那人会向老婆认错,他那人做得出来。吃饭时候,他老可怜巴巴看看我,又可怜巴巴地看看她。那几天,那女人身上正好来女人的那东西,我真想不通,她拣这样的日子回家,到底有什么意思。真是的。"

十一

岫云的儿子和我同年同月,她总是随口说道:"你就和我儿子一样。"令人猜不透的,是她很少向我说关于她儿子的事。"我家勇勇如果不死，不也是正像你这么大吗？"她反反复复这几句话。我见到勇勇最清楚的一张照片，是在太平镇，那是个七八岁的小男孩，腰里束着帆布制的儿童腰带，别一支玩具手枪，傻傻地冲看照片的人笑。

另一张照片是抱在晋芳手上，仍然是七八岁的模样，脸紧贴着晋芳，似乎对拍照有些紧张，又仿佛有些不耐烦。这张焦距不准又皱又黄的照片，要附带着许多说明才能弄清楚。

晋芳向我说起这张照片的来龙去脉是后来的事。她最初给我的印象，是对勇勇的毫无兴趣。她喋喋不休说她的一个女婿，一个邻近村子里土生土长做生意发了财的小伙子。当知道我的月薪还不如她女婿一天赚的钱，晋芳带着可怜而又可笑的表情看着我，叹了叹气，好半天才说一句话：

"念大学，啊作孽！"

她的女婿在县城里炒瓜子，极便宜地买进来，炒熟了，并非太贵地卖出去，不当回事地就发了财。晋芳无疑地已是个老太太形象，白白的脸黑的皱纹，却不像岫云说的那般难看。她的跛脚迫使她慢吞吞地走路，路走得慢，反而有了沉着的感觉。很快我意识到她存心避开谈勇勇，因为事实上一谈到勇勇，她便不可能不是滔滔不绝。

"真是的，我真是只缺个肚子装装他了。勇勇自到了我手里，到了我手里，唉，自己亲生的儿子又怎么样了，真是只缺个肚子——"

晋芳没完没了地大谈勇勇，证实了岫云所说的晋芳抢走了她儿子绝非虚言。那种被岫云一再提到的晋芳强烈的妒忌心，突然活生生地出现在我面前。"她觉得我想抢走她男人，便拼命地抢我儿子。"在晋芳叙述的勇勇的故事里，我对岫云所描绘的晋芳有了新的认识。真的东西和假的玩意儿有机地纠缠在一起，真是一片绿茵茵的草地，假是草地上那几朵美丽的黄花。我第一次产生了这么个不雅的担心，如果世界上当真没有假的玩意儿，该是一桩多么煞风景的事。

据岫云说，当年所以要把两岁的勇勇送到乡下，实在出于无奈。无奈在晋芳嘴里却成了借口，她毫不客气地攻击岫云："什么没办法，不知道又遇上了什么相好的了，她熬得住？可怜两岁不到的娃儿，瘦得哪像个人样，我说了你也不会相信，那娃儿要不是我来带，真，早死了。"

那时候晋芳正怀着第五个女儿,岫云捧着勇勇跪在她面前,垂着脑袋不肯起来。晋芳听见岫云说:"他婶子,你只当抱了个儿子,儿子归你,我月月寄钱回来,——我给你磕头,求你了。"勇勇忽然大哭,晋芳只觉得肚子里猛地一动,慌忙说:"磕头这玩意儿,我们消受不了的,娃儿留不留,总得问问我家男人,你怎么不去问他?你去求他呀!"

晋芳承认自己当初收下勇勇,是盼着自己能够借光生个儿子。她生第四个女儿时,婴儿哇哇地哭着,就意识到自己下一胎还得是千金。勇勇给她带来了希望。她信心十足地抚摸着肚子,那种越来越滚圆的感觉,改善了她和勇勇的关系。"那娃儿,命里注定是我的儿子,"晋芳抽出一块又皱又脏的手绢,在眼角处揉着说,"我自己那五个娃儿,哪个不喜欢他。她们自己打来吵去,一天到晚不肯安生的,就是都护着他,都护着他。他那时候,你知道,人已经多大的了,常说,常说就是二妈妈好,我不到南京去,我不要南京妈妈,就是要和二妈妈在一起嘛。"晋芳突然一噎,喊了声"我的娃儿呀",把我撂在一旁,独自哭开了,哭了一会儿,向我摆摆手,表示她不想再说下去。

勇勇第一次回南京,是开始要念小学。晋芳似乎没有理由继续拖住他不放。当岫云兴冲冲来领儿子时,晋芳正正经经大病一场。电动玩具汽车在地上嘟嘟开着,勇勇哭着闹着不肯走,人走了多远哭声闹声依然传回来。母子间的陌生感是岫云终生的遗憾,她千方百计地讨好儿子,但是为时已晚,儿子的心永远给了第二个妈妈。有时候勇勇一个人坐在那发怔,任岫云千呼万唤不开口,问急了,只说:"我想二妈妈。"半年后,晋芳收到一封勇勇几个月前写的信,就那么歪歪倒倒的几个字,读了叫人心碎:

我想二妈妈,要回家,二妈妈,快来。

勇勇人瘦了许多,眼睛更大更黑,在学校里念书成绩差得不像话,邻里街坊的又一味欺负他,三天两头被打得鼻青脸肿。岫云已经整个地失去信心,接二连三地和邻居吵架,把心境弄得十二分的坏,换回了个母老虎的声名,儿子却还是不即不离。晋芳没花太大的气力就把勇勇接走。看着儿子大喜望外扑向晋芳,看着儿子小鸟依人一般地随晋芳而去,岫云忍不住咬牙切齿,挤出了一句恨透的话:"既然死去了,你再也不要回来好了!"

我虽然只在太平镇住了两天。短短的两天,足以使我想象出勇勇是个什么样的角色。这个和我同岁却又早逝的青年人,这个束着帆布皮带别着玩具手枪的孩子,已经部分地改变了晋芳在我小说中的形象。人们总是自以为是,自以为这样,自以为那样。我发现晋芳完全游离于我构思的小说框架之外,她根本不进入我设想的情节的圈套。当我再一次回到她身边,琢磨着就勇勇这个小插曲,说些劝慰之类的废话,晋芳依然在和我谈勇勇的地方垂泪。我敢说她是真正的伤心。那块又脏又皱的手绢,抹去了我脑海中试图涌现出的每一个词。在这种场合里,什么样的话都是装腔作势。晋芳自顾自地哭泣着,根本无视其他人的存在。我默默地陪她站了好半天,直到外面岫云叫我,才趁机应声跑出去。

晚饭不是预料中的那般丰盛,尔勇的酒量还是那么豪爽。我看不出他和别的派出所所长有什么区别,尽管事实上我并不熟悉什么派出所所长,而尔勇也离休多年。他总是冷眼看着你,让人家十分尴尬。我吃不准自己是陪他喝酒好,还是不喝酒好。晚上看电视时,大家坐在黑地里,屏幕上乒乒乓乓在打枪;我脑子一热,忽然想到关于尔勇的电影脚本。也许我的提问不合时宜,也许他压根儿就讨厌我知道得太多,冷了好半天场,尔勇才说:"我们那时候,哪是这样,真笑话!"

晚饭期间,晋芳那位万元户的女婿来转了转。他果然有了发财的气派,从口袋里掏出"三五"牌香烟,请我和他的老丈人抽。临走,回过头来,从口袋里掏出另一包"三五"烟,连同原先的那半包,都留在茶几上,笑着出门。

我被安排在勇勇过去住的小厢房里,睡的床和床头的小桌据说也是勇勇的遗物。有一段时间内,我简直就不知道岫云躲到哪里去了。我和晋芳坐在床沿上,没完没了地说着话。当然,总是她在说,我在听。晋芳告诉我,如果勇勇不死,便没有那位能寻钱的女婿。"什么事命中注定了，真叫一点点办法都没有。我们家小五子，和勇勇那娃儿，用你们城里人的话，青梅竹马，真叫是，唉！"

小五子是位很漂亮的乡下姑娘。仅仅是凭照片，我发现自己就有爱上她的可能性。当小厢房只剩下我一个人时，灯色昏黄，我久久注视着墙上挂的六寸小镜框，心头有一种说不出的滋味。小五子圆圆的脸，圆圆的眼睛，又粗又短两条辫子。幸福也许就是那么回事，近时一抬手便摸得到，远了，就好比气枪打飞机，不知道差多少多少。我望着镜框中的小五子笑，她正对着我笑，笑了一会儿，掀开被子坐在床上。后背一靠结实，那种称为疲倦感的玩意儿，毫不客气地向我直扑过来。我的结结实实的梦，不止一次叫江面上的汽笛声撞破，那凄凉的呜呜声，不能不让人联想到沙漠上的狼嚎。我从未见过真正的沙漠，动物园里见到的狼又太像狗一样，狼和狗一样总有些讨厌。我想象中的狼应该是江轮一般大，钢一般的牙，那嚎叫铿锵有力，绝不输于汽笛。它极孤独地来来去去，漂亮而且潇洒。月光下的江面波光闪闪，江轮一般大有着钢一般牙的灰狼在梦中轻轻走过，又轻轻走回来。

十二

勇勇直到十五岁，才开始做城里人的梦。城里人的梦五光十色。乡下人勇勇忽然开了窍，觉得当年死活要赖在乡下，大错特错。高中他是上不了的，初中生的字写得比小学生还要糟糕。一年里总有几封信写给岫云，内容都是催她快把他的户口调上去。岫云也不知道儿子调不回来的关键是什么。居委会不肯开证明，派出所也不相信她有这么个亲生儿子。所有的人都是对私生子的父亲更有兴趣。既然岫云在这方面守口如瓶，任何具有考古癖的人便有理由将她拒之门外。

勇勇死的时候是二十二岁，再过三天就是他的生日，说起来真有些可惜。调回南京已经接近事实。勇勇做好了一切走的准备，他对未婚妻小五子信誓旦旦，又许诺日后一定把晋芳接到南京去住。万事俱备，只欠一纸调令。

太平镇虽然是镇，毕竟有残存的田园风格。稀稀落落的树木，白墙黑瓦的矮房子，三五缕炊烟，鸡鸭，牛羊，猫和狗，滚了一身泥的猪，都在街上走。出了镇，满眼大块小块的农田，一道小溪绕来绕去。秋雨过后，江风徐徐吹来，麦苗青青。等调令的日子让人心烦意乱，等调令的日子长得像失恋之夜无尽的懊恼和相思。勇勇一干活就觉得没劲，一日的农忙下来，带着小五子走在田野上。夕阳残照，勇勇领着未婚妻，田埂上一前一后。红红的太阳血一般的热烈，血一般热烈的红太阳点缀了勇勇的城里人的梦。

勇勇迎着太阳撒尿，哗哗地洒出去。小五子离他远远的，背朝着他。紫红色的酱油汤一般的尿滴在翠绿的麦田里，勇勇有一种湿漉漉凉飕飕的感觉。红红的太阳一动不动，勇勇站在那一动不动。小五子笑着迟疑着朝他走过来，走过来。

医生的诊断是必须手术摘除一个腰子。这诊断有些莫名其妙，而且蛮不讲理。那血始终滴滴答答和尿一起淌出来，勇勇在县医院输了血，风尘仆仆赶南京，火烧火燎找医院。手术并不是想象中那么长，一位年轻医生捧着个饭盆走出来，用镊子钳起摘除下来的血淋淋的肾脏，给等在门外的亲属看。小五子冲上去，又急忙退下来，在一旁呕开了，岫云和晋芳一肚子话，想问却不敢开口，可怜兮兮地看着年轻医生，看着白底上印着小红字的大口罩，看着大口罩上那双没表情的眼睛。隔了半天，那大口罩里咕哝出轻描淡写的四个字："手术不错"。

三个人轮流侍候勇勇。小五子年轻，日日夜里陪。大病房的病友很快相互熟悉，照例出主意的出主意，提建议的提建议，热心的还用自己的公费医疗证，领了药给勇勇吃。感谢的话不知说了多少，终于到出院的日子。借来了一辆三轮货车，搁一张躺椅，把勇勇拉回岫云那间简陋的小屋。勇勇躺在吱吱嘎嘎的小铁床上，瞪着眼看三个女人忙来忙去，都围着他转，心头免不了极难受。难受也不愿意挂在脸上，那表情让人捉摸不透。只有小五子一个人敢当着他面哭，默默坐床沿上，捏住了未婚夫的手，泪珠一滴一滴往下落。小床正冲着两扇对开的玻璃窗，窗外是个没有树的小院子。转眼已是三九严寒，天阴了好几天，悄悄地下起雪。雪大大小小，小小大大，积了厚厚一层。雪后初晴，强烈的阳光折射进来，小屋子里亮得刺眼。门前的炉子上煎着药，热气噬噬向上冒，岫云和晋芳一前一后走进来，一个弯腰去揭那药罐的盖，一个就那么站在那儿，对着小五子和勇勇出神。小五子擦了擦眼角，打开床头的收音机，却是现代器乐伴奏的黄梅戏《天仙配》。

病中的日子特别长。太阳升起来，屋檐上的冰凌慢吞吞地滴水，天天就这么滴着，慢条斯理的，一滴一滴，仿佛永远也滴不完。勇勇有时也想，人如果老是这么生病，老是这么让人侍候着，又有多好。他的尿中总是有那种红红的血丝，去问医生，都说手术过后这样，也不能算不正常。

岫云忽然决定去找老乔，她的决定令人欢欣鼓舞。春天的气息立刻降临，甚至沉闷的小房间也有了笑声回荡。事过境迁，老乔的官已做得有几分大。他惟一的女儿在一家不大不小的医院当干部，年轻而且有为。多少年来，岫云第一次向人提起老乔这个人。她让别人吃了一惊，自己也吓了一跳。她的一生实在乱七八糟，乱七八糟的一生中，又究竟有几桩是清晰的，连她自己也弄不清楚。

岫云到老乔的单位去找他。坐在大的皮沙发里，秘书极不当回事地送了茶，又极不当回事地去了，她一时无话可说。一张大得放得下两张世界地图的办公桌，仿佛把她和老乔隔得更远。老乔忽然笑着走过来，那熟悉的手势扬了扬，请她喝茶。她喝着茶，心定了定，把准备要说的话都说了。没有人进来打扰。老乔脸上总是十二分尴尬的笑，他不愿意让岫云觉得他很为难，不声不响地听着，听完了吧嗒吧嗒地抽烟，又把半截香烟在烟灰缸里戳来戳去。

最后，最后他答应去看看勇勇。

老乔在勇勇房间里坐了一会儿。勇勇觉得那时间短得就像蚊子叮了一下。小五子忙不迭地烧开水，水开了，用一把勺子搅拌了一下，将三个鲜鸡蛋磕入旋转的水中，鸡蛋浮起来后，细心地撇去浮沫，盛在碗里加上糖，端来给老乔吃。老乔笑着客气了一下，站起来告辞。他极留恋地对小屋打量一番，对勇勇点点头，让他好好养病。

出了院子门，老乔回过头来，只有岫云一个人送他。他叹了口气，说："勇勇都这么大了。"从兜里摸出四百块钱，交给岫云，说是给勇勇随便买些什么。老乔的太太年轻时从来不理家政，渐入老境，反而养成了锱铢必较的脾气。这四百块钱来之不易，老乔想了几句话，安慰着岫云，说有机会可以再拿些钱来。他的遗憾是医疗方面无能为力，他女儿的那个医院没什么名气，甚至泌尿科都没有，他自己看病，向来是干部门诊，跑了去就能看。岫云说不出的失望，看着老乔为难和苦恼的模样，不忍心逼他，跟在他后面走走停停，忽然想到似的说："勇勇顶替，基本上就算定下来，在我们厂，炊事员，烧烧饭。花了好多力气。"老乔一怔，说："噢，蛮好，蛮好。"

勇勇的病好好坏坏，一直起不了床。大家的情绪都围着那痰盂罐子转。一时尿清了，便喜形于色，于是有了说笑。一时尿里见了红色，都愁眉苦脸，说什么话皆小心翼翼。时间拖拖沓沓过去了，勇勇的病情终于严重起来。吃辛吃苦地去医院看，医生一脸的不高兴，埋怨勇勇不该这不该那，又怪罪家属麻痹大意，不及时将病人送医院。医院的病人不知怎么的会那么多，勇勇的病小医院治不了，大医院住不进。

这一年的春天也是来得特别早，时髦的女人争先恐后穿了裙。那小五子耐不了小屋的寂寞，换了洗干净的出客衣服，梳了头，在附近找电影院看电影。虽不是第一次来南京，对外边世界上任何一桩事却都有兴趣。她担心勇勇久卧着太无聊，把马路上的新闻说给他听，又极认真地讲电影里的故事。影片里的情节往往相似，讲着讲着，这部故事就和那部故事串在一块。勇勇似懂非懂地听，有时候兴致非常好，有时候也发脾气。有时候，听着听着，人睡着了。

晋芳和小五子轮番劝岫云去找老乔。明知道未必有作用，都当作最后的希望。妯娌间又有了口角之争，老乔也成了挨骂的攻击对象。有一天，因为没有第三个人在旁边，勇勇说："就不能再去找找他，妈，他那么大的官，"说了，挤出一句话，"妈，你就我这么一个儿子，我——"

岫云第二次也是最后一次找老乔。正下着春天的细雨，空气湿漉漉沉甸甸，挤得出水，压得人心烦。仍然还是过去的门牌号码，远远地望过去，一切都旧了些。她没有贸然敲门，却远远站在那儿，举着伞，十分犹豫。一切就像预料中那样精确。老乔和夫人果然打着伞迎面过来，步伐悠闲，节拍合标准的慢。很显然，老乔已经看见岫云。当那伞与伞擦边而过，当那伞下的人本能地重心向外移，岫云的心口突然抽紧起来。她觉得老乔一定会停下步，扬起熟悉的手势。等老乔走过去了，又无望地觉得他可能会回过头来。那黑的雨伞忠实地保护着主人，钢丝骨架铿铿发亮，黑伞下老乔夫妇挨得更近更紧。眼见着到了门口，老乔让夫人照应伞，掏出钥匙来，门不重不轻地关上了。雨依然自顾自地下，岫云举伞的手有些酸。她想象中的自己已经跟进院子，登堂入室，名正言顺。多少年前，白脸被击毙在荒凉的山坡上，四脚朝天躺着，岫云衣衫不整地从城墙洞里走出来。她当年确实就是这么走的，每走一步，人便有飘然欲仙的感觉。白脸死了，岫云最实在的感觉，是他依然拖着她东躲西藏，永远的东躲西藏。儿子是她最后的骄傲，如今这最后的骄傲也将烟消云散。老乔的家就在眼前。岫云步履蹒跚，走向那熟悉的碰上和漆了漆的木门。她像读一本书似的，注视着木门的漆纹，注视着门牌上的阿拉伯数字，无形的手指戳向门铃的红揿钮。她知道自己很快就要转过身去，毫无知觉地往回走，无论哪条都是回那破旧简陋的小屋。儿子勇勇还躺在小床上，小铁床一翻身吱吱嘎嘎直叫。等候在门口的一定是小五子，穿着出客的衣服，新洗了脸，抹了零拷的凤凰珍珠霜，远远地迎过来，迎过来。

1987年12月

陈小民的目光

陈小民呆呆地看着法官，目光黯然。这是一次走过场的开庭，庄严的法庭上空荡荡的，没有一个旁听者。先前还有一个绿头大苍蝇在半空中邀游，飞累了，便大大咧咧地歇在法官的头顶上，引得一脸严肃的法官不得不挥手去轰赶。苍蝇突然向陈小民飞过来，法官也突然站了起来，他示意仍在走神的陈小民跟着站起来，很庄严地作出了判决。法官宣布支持闫连姣的离婚申请，宣布自即日起，陈小民与闫连姣的婚姻关系不复存在。这位法官口音中带着浓重的方言味道，有几个词的咬字十分滑稽，多少有点破坏法庭的严肃性。陈小民自始至终保持沉默，他不停地东张西望，完全像个旁观者。法官宣读完判决，看着陈小民，他表情呆滞，好像还不明白。他确实有几个字没听明白，不过，这已经不重要。

从法院出来，闫连姣满脸歉意地对陈小民说，他们本来可以不上法庭，但是他也太固执了，非要逼着她这么做。这年头，闹离婚上法庭，已经显得有些愚蠢和多余。对于现代人来说，离婚应该是件非常简单的事情，他们既没有财产分割的问题，在女儿的抚养权上也没什么争议，根本用不着到法庭上来丢人现眼。他们已经分居了许多年头，在一起早已形同路人。

闫连姣说："我知道你不愿意离婚，可是我觉得，我觉得我们已经没办法再做夫妻了。"

陈小民呆呆地看着她。

闫连姣说:"早就不是夫妻了。"

陈小民还是呆呆地看着她。

闫连姣说:"我们事实上已跟离婚差不多了,不是吗?"

陈小民发呆的眼珠子终于转了起来,他很认真地看着闫连姣,说:"差不多,干吗还要到这儿来呢?"

陈小民回到家还要忍受母亲何萃芬的唠叨。陈小民的父亲陈功当了二十年的市委组织部长,自己没什么官架子,然而老婆却成了一个十足的官太太。官太太的最大特征,就是什么都自以为是。早在陈小民与闫连姣谈恋爱的时候,何萃芬就持坚决的反对态度。她反对的理由,不是嫌闫连姣个子太矮,太瘦,而是看不上人家的资本家出身。那时候,"文化大革命"结束已经快十年了,何萃芬的脑筋还是转不过来,她不愿意小儿子与一个出身于剥削阶级家庭的人结婚。何萃芬的印象中,那些做生意的资本家,没一个是好东西。

陈小民对此很不服气,他的哥哥姐姐,还有嫂子和姐夫,还有熟悉的童年伙伴,差不多都开始陆续下海做生意,而且都赚了钱,有的还赚了大钱。八十年代是干部子弟们先富起来的年代,陈家除了陈小民,个个都成了暴发户。在何萃芬眼里,她的孩子当公司的经理总经理,与旧社会的小老板完全两回事,因为经理总经理仍然属于国家干部。她讨厌自己的子女在一起成天谈论生意,对全民经商的风气非常反感。关于这一点,闫连姣的想法与何萃芬有惊人的相似,大约吃够了家庭出身不好的苦头,闫连姣与陈小民结婚以后,对陈小民哥哥姐姐的发财并不眼红,她最大的理想,就是能在官场上混出些名堂,她觉得自己是块很好的女干部材料。

然而何萃芬对闫连姣根本看不入眼,她气鼓鼓地说:

"她小闫有什么了不起的,不就是一个小得不能再小的中层干部,还是靠了你爸老陈的招牌,要不然,谁会选中她!"

这话已经说过无数遍,接下来就是唠叨无商不奸,何萃芬相信闫连姣与陈小民结婚,说到底只是商人的一次投资,她始终认定她不是想做陈小民的老婆,而是为了要当陈小民他爹的儿媳妇。何萃芬对几个儿媳都有敌意,最不喜欢的就是这个小媳妇。闫连姣与陈小民结婚没多久就闹离婚，她的理由是陈小民太没出息，不上进，像个家庭保姆。陈家众多的子女中，谁最没有出息，谁就应该责无旁贷地照顾父母。闫连姣觉得自己在陈家太压抑，谁都用一种异样的目光看她。陈小民是陈家的骆驼祥子，家里的重活杂活，换煤气，日常买菜买杂物，购彩电修冰箱，修门铃换电灯泡，大大小小的事情都是他一个人承包。陈小民家务活干得越多，上上下下越不把他当回事。通常情况下，对父母的照顾越多，意味着沾父母的光也越多，随着父母的年龄越来越大，陈小民越来越没法摆脱照顾二老的责任。离婚是一场漫长的拉锯战，陈小民黏黏糊糊的，始终不肯离婚，他并不觉得闫连姣这个老婆好得不得了，也不是舍不得幼小的女儿，只是觉得自己好不容易结婚独立，在外面好歹有一个属于自己的家，一旦离婚，他又要不得不回到父母身边来。除了父母身边，陈小民无处可去，这是他感到最窝心的地方。

何萃芬愤愤不平地说："你们又不是什么电影明星，闹什么离婚。要我说，当初就不该结婚，既然结了，就不要离。我们陈家这么多人，哪出过什么离婚的，真是丢脸，我们陈家的脸，都让你们丢光了。她为什么要离婚，为什么，还不是你爸离休了，人老了不值钱了。资本家的女儿就这样势利眼，她知道你爸退了，老头子退了，这一退，没权没势了，人家也就不买账了。当初我要反对你们，你不肯听，就是不肯听话，结果自己吃苦头了。好，怎么样，结果离婚，搞得像电影明星一样。"

何萃芬在吃饭桌上不停地唠叨。陈小民的三姐和三姐夫碰巧也回来吃饭，大家习惯了何萃芬的没完没了，由她去唠叨。她总是越说越来劲，陈小民忍不住嘀咕了一句，说现在离婚不是什么电影明星的专利，普通老百姓离婚的要多少有多少。

"她小闫有今天，还不是全靠你爸的招牌，你说说看，她又有什么本事，要是不从工厂调到防疫站，早下岗了。小民，我跟你说，一点也不要舍不得她，这种女人啦，不值得你去喜欢。你想想看，她有什么好的，生活作风还有问题……"

一直不吭声的老干部陈功示意何萃芬不要往下说了，虽然这几乎是公开的秘密，有些隐私还是不让保姆知道为好。何萃芬觉得儿子已经离婚，再也犯不着为闫连姣保全面子。陈功在家一向没什么说话的机会，他本来就沉默寡语，这是长年当组织部长养成的习惯，离休回家以后，他差不多就是个哑巴，每天说的话通常不超过三句半。何萃芬继续发泄着对闫连姣的不满，这个家里现在到处都是她的声音，她的话颠来倒去无非那么几句，无非是陈家的人从来没离过婚，陈家的人从来不犯生活错误，闫连姣她不应该让陈小民戴绿帽子。

　　陈小民生于一九六二年底，他的出生完全是个意外。陈家当时已经有了三男三女，无论是陈功，还是何萃芬，都不准备再要孩子。孩子多已成为很严重的家庭负担，正是三年困难时期最困难的年头，陈功虽然当上了组织部长，因为何萃芬没有正式工作，全靠一个人的薪水养活一大家人。那年头，不仅普通的老百姓挨饿，就连陈功这样的市委干部，也常觉得吃不饱。春节期间，外国一支著名的芭蕾舞剧团来这个城市演出《天鹅湖》，虽然大家还饿着肚子，一个个面如菜色，但是想观看芭蕾舞艺术的激情不减，都去排很长的队购票。市委拿到了一大堆招待票，分配给那些够级别的领导，看完演出回去，何萃芬问陈功戏演得怎么样，他怔了半天，没头没脑地憋出了一句话：

　　"都跟没穿裤子一样。"

　　幸好带回去了演出的说明书，何萃芬仔细研究那印得不是很清晰的图片，一边研究，一边发表议论。没穿裤子一样显然与没穿裤子不一样，那年头，大家还都很保守，免不了少见多怪。与陈功出身农村不同，何萃芬是在城市里长大的，不过她的记忆中，也只是在解放前才有过这样的表演，她不明白的是，在共产党的天下，竟然也会出现这种纯粹资产阶级的东西，而且是表演给党的领导干部看，她因此有些愤愤不平，不断地提出质疑。陈功是个闷葫芦，何萃芬嘀咕了半天，他死活不接茬儿，最后，何萃芬气鼓鼓地说：

　　"老陈，你总不能让我老是自言自语，像个神经病一样。我就算是对着一堵墙说话，说呀说呀，也会有些回声。我就算是对一条狗说话，这么一句一句，狗也会汪汪叫两声。难道你老陈除了一句'就跟没穿裤子一样'，就什么话都没有了，就什么下文也没有了。难道一晚上就这么一句话。喂,不要咧着嘴傻笑,要笑也给我笑出声来。我知道你的心思,没穿裤子才好呢,没穿裤子不是正合适吗,什么受党的教育多年,你们这些出身农村的土老帽儿,最容易让资产阶级的糖衣炮弹击中,就恨不得开开洋荤,就恨不得人家不穿裤子。我说老陈,你应该知道我的脾气,我这人最受不了你这种三棍子打不出一个闷屁来的不说话,我求求你,你说句话,老陈你倒是给我说句话呀。"

陈功只会偷偷地乐,他有一种能耐,就是无论何萃芬怎么唠叨,他都可以坚决不生气,坚决不说话。何萃芬一直唠叨到上床,肚子饿得咕咕叫,陈功却来了劲儿。何萃芬说,我是饿得一点精神都没有了。陈功这时候也饿,但是精神饱满,饱满得就像容器里的过量液体一样要溢出来,饱满得就像气球充足了气,打气筒还在上下忙乱。何萃芬老大的不情愿,说你真是个癞蛤蟆,才看了《天鹅湖》,就想吃天鹅肉了。陈功一声不吭,不由分说地爬到了她身上。何萃芬说,我又不是那些不穿裤子的天鹅,你这么急猴猴地干什么。他们已经很长时间没有过夫妻生活了,忙中出错,光顾着图省事,忽略了避孕,于是便有了陈小民这个直接后果。何萃芬只记得自己当时真是一点情绪都没有,事情草草地结束了,她叹着气,说老陈我跟你说老实话,我真的饿得不得了。

出生在困难时期里的陈小民,注定了先天不足,陈家的子女中,个个人高马大,就数他最矮最瘦小。惟一能够胜过哥哥姐姐的,是一双明亮的眸子,陈小民有一双水汪汪的眼睛,清澈透亮炯炯有神,他看人的样子十分特别,很专注地盯着你看,好像一定是要把你的心思看明白似的。从七十年代到八十年代,女孩子谈恋爱选对象,经历过几个时髦阶段,最初喜欢当兵的,然后是国营大工厂,最后才是大学生。有一段时候,尤其讲究身高,像陈小民这种不到一米七的小伙子被戏称为三等残废,闫连姣的两个姐姐谈起陈小民,对他的家庭出身羡慕不已,此外,就只能夸奖他那双美丽的眼睛。闫家一共四姐妹,闫连姣是老三,老四姣月在广告公司做事,她不止一次说,陈小民有了那双漂亮的眼睛,不去拍广告真可惜了。

陈小民的哥哥姐姐都有学历,大哥是学物理的,大姐是中专生,其他的几个，清一色的工农兵大学生。偏偏他最没有出息，干部子女的种种好处，到了陈小民这里，基本上结束了。陈小民高中毕业那年，高考已经恢复了，他的成绩考大学不行，于是只好开后门去当兵。当了三年炮兵，复员回来，陈功刚从组织部长的位置上退下来，余威还在，由何萃芬亲自出面，将他分配进一家军工厂当工人。陈小民当工人的时候，认识了闫连姣。他那时还改不了干部子弟的习气，动不动就说我爸怎么样怎么样，谁谁谁是我爸提拔的，谁谁谁一听到我爸的名字，连大气都不敢出一声。有能耐的人正纷纷从工人阶级的队伍中分化出去，国营军工厂是老牌的铁饭碗，但是效益不好的苗头已经暴露出来。闫连姣和陈小民在一个车间，渐渐地熟悉了，她受不了他开口闭口"我爸"，调侃说：

"陈小民，别老是'我爸我爸'地挂在嘴上，你一说'我爸'，别人就会不自在，就会想起自己的父亲，我们的父亲可都不怎么样，不像你爸，是高干，是高干又怎么了，也不用老挂在嘴上。"

从谈恋爱开始，闫连姣就努力想离开工厂。恋爱不久结婚，结婚后经历了两件困难的事情。一是难产，折腾了三天三夜，才把女儿青青生下来。那三天里她痛得鬼哭狼嚎，仿佛处于地狱之中，到后来把嗓子完全喊哑了。守候在产房外的陈小民吓得够呛，为此何萃芬一直犯嘀咕，说她当年生陈小民的时候，只是感到好像要大便，稍稍用了点力，就将他生下来了。闫连姣经历的另一件困难是工作调动，早在谈恋爱时，陈小民就吹牛这种事易如反掌，可是直到女儿青青都快一岁了，调动的事仍然没有着落。闫连姣同样也有爱吹牛卖弄的毛病，不止一次放出风去，说她马上就要调动成功，甚至和同事连告别酒都喝过了。从预产期开始，她就再也没去工厂上过班，用她的话来说，是自己实在没脸去上班了。大家都把她当做已经调走的人，她现在宁愿失业，也不愿意回工厂当工人。闫连姣的工作调动成了陈家的一块心病，她十分固执地赖在家里，一天调动不成功，陈家的上上下下就都觉得欠她一份人情债。

何萃芬气鼓鼓地对陈小民说："小闫本来就是个工人，怎么再回去上班，就变得好像是我们对不起她一样。我就不懂了，她凭什么就不能再当工人，工人阶级领导一切，这工人有什么不好？"

陈小民无可奈何地说："妈，这话你跟小闫说。"

何萃芬说："我说就我说，你媳妇难道还能吃了我不成。"

何萃芬最终也没敢对闫连姣说。闫连姣想调到事业单位，何萃芬也觉得不是个什么大问题。她只是生气，生气媳妇认死理，不达目的誓不休，生气陈功不当市委组织部长了，办点事情竟然会那么困难。瘦死的骆驼比马大，陈功毕竟还没有咽气，何萃芬生气归生气，临了还是把她弄到区防疫站。在何萃芬眼里，一个小小的区防疫站算不上好单位，防疫站的站长是陈小民大哥国民的中学同学，见了何萃芬，一口一声阿姨叫得十分亲切。何萃芬不免想起当年的荣耀，感叹说现在办事太难，你陈伯伯退下来了，人一老，就不值钱了。

站长说："何阿姨你真会开玩笑，陈伯伯若要跺跺脚，市委大院里还不跟擂鼓一样，谁敢不理睬。"

这话说到了何萃芬心里，她这一辈子，就喜欢这样的虚荣。何萃芬最受不了的，就是人家不把她丈夫陈功当回事，她立刻故作谦虚地说：

"唉，落水凤凰不如鸡，都离休了，谁还会买他的账呀。"

陈小民陪着何萃芬一起去了防疫站，从头到尾，他瞪着一双大眼睛，一句话都没说。在这种场合里，陈小民插不上嘴。陈家的许多事情，最后都是何萃芬站出来摆平。除了在居委会管过一些零零碎碎的琐事，何萃芬一辈子也就是个家庭妇女，家庭妇女和官太太的双重身份，让她干起什么事来，多少都有那么一点点有恃无恐。

区防疫站长叫李国民，与陈小民的大哥陈国民只是姓不同。这家伙是个好色的小人，闫连姣去上班没几天，就发现他是个无孔不入的家伙。李国民觊觎着防疫站所有的女性，好像一条好色的公狗，见了女人就想试试运气，不放过任何一次可以调情的机会。男人能像李国民这么公开的好色也是一种奇迹。更荒唐的是，李国民的老婆潘护芳就在防疫站工作，这夫妻俩天生的一对，一个注重进攻，一个注重防守，于是共同创造了防疫站内部的一道奇特风景线。李国民拼命接近讨好女人，潘护芳拼命嫉妒排挤女人。

李国民对闫连姣调情的时候，永远重复那句单调的话：

"前组织部长的媳妇，我们怎么敢碰！"

这话听多了，让人心里极不舒服。问题在于李国民怎么也想不出第二句话来，两个人单独的时候，他这么说，当着别的女人的面，也还是这么说。潘护芳永远像防贼一样，用一种虎视眈眈的目光看着闫连姣。闫连姣回去对陈小民抱怨，说原来以为事业单位的人都是知识分子，都有文化，素质会高尚一些，思想品德应该像雷锋，事实上却和工厂的大老粗一样，甚至比工人更没有品格。陈小民说，好端端的工人不当，现在后悔了吧。闫连姣说她才不后悔，她从来不吃后悔药，不过是觉得好笑，觉得李国民没品位：

"吊膀子就吊膀子，也用不着这么酸溜溜的，好像吊膀子还要吊出点文化才好。"

闫连姣对防疫站很失望，她开始积极向上，打报告要求入党，上夜校读干部班，学法律，学行政管理。防疫站有一个年轻的副站长叫张坤，很看不惯李国民急猴猴的腔调，常常在背后说他的不是，说他腐败，说他道德水准太低，说他根本就没有什么业务能力。张坤在大学里是学医的，应该算是科班出身。他对闫连姣的积极向上大加赞赏，说防疫站的风气太不正常，又说自己如果提升为站长，将如何如何改革。防疫站是个很肥的单位，李国民把最肥的一个差事交给自己老婆分管。潘护芳手上捏着一枚公章，辖区内任何一家餐馆开业，不经过她这道关就是非法经营。

在张坤的策划下，防疫站掀起了颇有声势的"倒李运动"。上级部门接到了不止一封的匿名告状信，李国民在上面也有人，知道是张坤捣鬼，撕破了脸与他公开较量。李国民说，你张坤还是我培养的，现如今竟然翻脸不认人，想跑到我头上拉屎撒尿，也不掂掇自己的分量，称称自己是几斤几两。尽管大多数人对李国民不满，然而在权力斗争的较量中，只要局势还没有最后明朗，就没有几个人敢公开地站出来。张坤于是明显地处于劣势，他突然想到闫连姣的老公公是前市委组织部长，因此决定打这张牌，希望她能够见义勇为，利用老公公的人际关系，置李国民于死地。

闫连姣在吃饭桌上,傻乎乎地把这个意思说出来,何萃芬立刻有些不高兴,她板着脸教训闫连姣说:

"要是没有人家李国民,你也进不了防疫站。人不能忘恩,你到那儿才几天,就胳膊朝外拐,人家好歹是小民大哥的同学,你怎么能帮着别人整他呢!"

婆媳俩心头都不痛快,何萃芬私下里警告陈小民,说你媳妇与那个副站长是什么关系,怎么会这样不知轻重,我看是关系不太正常,你千万要多个心眼。闫连姣悻悻地对陈小民说,什么你大哥的同学,这样的色鬼同学,叫我说,还是没有的好。陈小民无话可说。闫连姣说,你爸按说也是老革命,可是在你妈的控制下,一点正义感都没有了。闫连姣说,为什么现在会腐败,因为太多的人都是对腐败现象,采取了放纵的态度,无论多么不合理的事情,都能睁只眼闭只眼。

防疫站的权力斗争越来越白热化,张坤不屈不挠,闫连姣因为帮不上忙,多少有些内疚。张坤情绪低落的时候,极其悲壮地说,大不了这个副站长不当了,这么一个区防疫站的副站长,芝麻绿豆官,当不当无所谓。他越是这么说,闫连姣越是觉得对不起他。防疫站的人都相信闫连姣在上面有关系,都相信她有很厉害的后台,她自己也这么认为,觉得张坤肯定会怪罪她不肯帮忙。不久,闫连姣被提升为一个部门的负责人,也就是个小小的副科级干部,为什么会被提升,她也莫名其妙。同事们更相信她有来头,而张坤则认定她与李国民沆瀣一气,认定这提升显然与李国民有关系。李国民是单位的第一把手,提谁不提谁,当然是一手遮天的他说了算。闫连姣觉得自己是跳到黄河里也洗不清,她越想证明自己清白,别人就越觉得她心里有鬼。张坤看到她只当做不认识,和别人谈笑风生,但是眼光从她脸上扫过的时候,仿佛看到陌生人一样毫无表情。这让闫连姣感到很沮丧很伤感,她自认与张坤是一个战壕里的战友,现在却被人看成了叛徒,心里乱七八糟不是滋味。

闫连姣采取了一个最愚蠢最极端的办法来证明自己无辜。张坤的老婆是他的大学同学,工作了若干年以后,也是因为在单位里不顺心,又考上了研究生。张坤因此在办公室牢骚满腹,说自己当个副站长没什么意思，还不如去读书更好。闫连姣在一旁插嘴说："考上研究生好哇，你应该请客。"

张坤当着一大堆人的面，说："有没有搞错，是我老婆考上研究生，又不是我考上。"

闫连姣说："还不是一样，出了这样的喜事，当然应该请客。"

张坤说："要请客，也不能这样不择手段。"

闫连姣说："我就是不择手段。"

张坤不近人情地说："请客也不会请你。"

闫连姣有些下不了台，红着脸说："你不请我，我自己去。"

张坤冷笑了一声，说："怎么说都没用，你想让我请客，我还想让你请客呢。"

一旁的人附和说，对对，要请客，应该让闫连姣请客，她好歹是提升了一个副科级。闫连姣趁机下台，爽快地说，请客就请客，说请就请，今天在场的人都别走，我们就近找个馆子。于是中午在附近找了个馆子，胡乱地点了些菜。张坤不肯参加，大家又是拉又是劝，他也不好意思硬拒绝。吃到一半，张坤无意中说了一句，怎么没有把李国民喊来，他知道了，肯定要不高兴的。大家都不做声，闫连姣不在乎地说，不就是随随便便吃顿便餐，有什么高兴不高兴的。

一起吃饭的人当中，有李国民的心腹，大家好像突然想到餐桌上的每一句话，都可能传到他耳朵里，不免有些拘谨起来。事后不久，李国民果然半开玩笑地问闫连姣，说你请客怎么也不招呼我一声。闫连姣笑着说，我是想喊你的，可是找不着人呀。李国民于是说，下次千万不要把我落下了，我可不想脱离群众。闫连姣把这番话，原封不动地告诉了张坤，张坤心领神会，与闫连姣的关系，立刻又恢复到原来差不多的状态。

到这一年的秋天，有一天，闫连姣与张坤一起在市防疫站开会，回来的途中路过张坤家。闫连姣说，听说你家的装潢非常不错，我们也要装潢了，去你家参观参观。因为是闫连姣主动提出来的，张坤也就没有拒绝，两人爬上七楼，是顶楼，闫连姣气喘吁吁，说住这么高，都用不着再锻炼了。进了房间，也没什么特别可以参观的，房子不算大，最普通的那种装潢，闫连姣装着很有兴趣的样子，到处看了看，最后对着墙上的照片说："你老婆挺漂亮，尤其是那双眼睛。"

张坤客气地说："照片嘛，当然要比本人漂亮。"

"怎么可以这样说自己老婆！"

"这也是实事求是。"

闫连姣后来见过张坤的老婆，确实像他说的那样，要比照片上逊色不少。两人找不到什么别的话可以说，就谈张坤在外地读研究生的老婆，闫连姣对她十分羡慕，她越是羡慕，张坤就越做出不以为然的样子。当时，那一带的高房子还不算多，他们从七楼的窗户里看出去，已差不多有极目远望的意思。在他们窗户下，是成片的矮房子，熙熙攘攘有些人声。说着说着，闫连姣感慨起来，说你有了一个那么好的老婆，也不知道爱惜，男人都是这样的。

张坤说，谁说我不知道爱惜，我爱惜得很呢。

闫连姣做出不相信的表情。

张坤于是一伸手，将闫连姣搂住了。因为没有什么前奏，闫连姣吓了一大跳。在防疫站，李国民是个众所周知的好色之徒，而张坤却是个十足的正人君子。李国民是护校毕业的中专生，张坤是名牌大学的毕业生。会咬人的狗从来不叫，张坤只不过用了一招，就将闫连姣完全制服了。

陈小民的二哥为民分配了一套新房，原来的旧房给了陈小民。为民是陈家混得最阔气的人，他的那个公司可以称为高干子弟连锁公司，八十年代改革开放，这样的公司最神通广大，市场上缺什么，公司就倒卖什么。有了自己的房子，陈小民夫妇如愿以偿搬出去单独住，结婚之后，陈小民和闫连姣一直生活在老人身边，对于小夫妻来说，这是很别扭的一件事情。何萃芬的唠唠叨叨，早就让闫连姣感到不耐烦。

没拿到房子之前，闫连姣借了一大堆装潢的书籍，准备大张旗鼓折腾一番。临了却只是最简单地收拾了一下，就匆匆搬进去住。陈小民发现闫连姣的精神面貌有了很大变化，她变得有些喜怒无常，常常无端地大发脾气。陈小民是个性格极好的男人，他并没有去细想她为什么会发生这样的变化。陈小民离开父母不久,何萃芬洗澡不小心摔了一跤,把大腿骨活生生摔成了骨裂,疼得天天在床上叫唤,到晚上没办法睡觉。她早就开始发胖了,加上个子本来就高,生得矮小的保姆根本搬不动她,只能让陈小民陪夜。何萃芬每天晚上要翻无数次身,陈小民因此睡不踏实,两个星期下来,人整整瘦了一圈。

陈小民这一陪夜,就是一个月。一个月以后,为民和二嫂王颖回来看母亲,何萃芬说,今天晚上应该让为民值班,小民已经辛苦了一个月,他媳妇背后肯定在抱怨,要怨我让她守活寡了。在何萃芬眼里,小儿子陈小民是个怕老婆没出息的男人,而闫连姣则是四个儿媳妇中间,出身和教养最差劲的一个。何萃芬从来没有明说过必须与干部子女联姻,但是她确实看不上闫连姣这种小家子气的出身,始终认为陈小民是自毁前程。

陈小民吃了晚饭,看了一会儿电视,教为民一些基本的护理方法,然后兴冲冲回自己的小巢。为了让闫连姣吃一惊,陈小民事先并没有打电话给她。他沿着黑漆漆的楼道往上摸,一边爬楼,一边哼着当时最流行的一首歌曲。摸出钥匙开门,因为一直是在黑暗中摸索,眼前出现的光线显得十分明亮。卧室的灯大开着,闫连姣赤条条四脚朝天,正全力以赴与一个男人在做那种事,正做在兴头上。他们不到两岁的女儿已经睡着了,就睡在一旁的大沙发上,对正在发生的事情全然不知。

陈小民做梦也不会想到这样的场景。他记忆中,闫连姣是个矜持的女人,即使和自己丈夫做那种事,也不愿意脱得一丝不挂。那个陌生的男人自然就是张坤了,陈小民曾听闫连姣无数遍说过这名字,今天第一次相见,竟然以这种独特的方式。接下来的一幕难以用笔墨描述,时间一下子静止了,大家都怔在那里,谁也不知道该做出什么样的反应,谁都在等待别人做出反应。陈小民冲了上去,他没有直接去碰那两个裸体的男女,而是以最快的速度,抱起散落在地上的衣服,跑到窗前,像天女散花一样全部扔到了楼底下。愤怒的陈小民回过身来,拿起床头柜上的台灯,朝那对狗男女扔过去,闫连姣惊叫着跑进厕所,啪的一声将门锁上了,张坤抢了一个枕头,扭身就走。陈小民追在后面，朝他屁股上踢了一脚，张坤跌跌撞撞往大门那边跑过去，他回过身来，将枕头扔向陈小民，然后随手拉开大门，沿着黑漆漆的楼道逃之夭夭。陈小民听见他在楼道上摔倒的声音，听见邻居惊讶的声音，隐约还能看见那白乎乎的身影，陈小民想操件家伙追下去，张坤已经在跌倒的地方爬起来，消失在陈小民的视线之外。

闫连姣在厕所里像小孩子一样抽泣着。陈小民走到窗前，他看着楼下，看见张坤在地上胡乱捡了一件衣服，一边手忙脚乱地往身上套，一边抬头对楼上看，然后往黑暗深处走去。怒不可遏的陈小民对着厕所门猛捶，门并没有被捶开。厕所里的闫连姣停止了抽泣，经过一小段的寂静，她带着哭腔说："陈小民，我对不起你。"

陈小民说："什么对不起，你太对得起我了！"

"陈小民，我不想伤害你。"

"你没有伤害我，你一点也没有，你他妈是给我脸上增光，我觉得我现在实在是太光荣了。"

"我真的不想伤害你。"

"你真的没有伤害我，一点也没有，我明天就到厂里面去乱喊，我要大声宣布，我一点也没有被伤害，我好端端的，好得不能再好。我要在厂里面大声宣布，我陈小民的老婆偷人了，我老婆给我戴了顶绿帽子，她给我戴了一顶伟大光荣的绿帽子，我光荣得不得了，因为戴绿帽子是世界上最光荣的事情，我是全世界最幸福的人。"

闫连姣知道陈小民痛苦得不行，可是她还是不敢将厕所门打开，怕他冲进来暴打自己。

陈小民说："闫连姣，我他妈真会杀了你，你信不信？"

闫连姣不吭声了。

"我杀了你，再去找那个男的算账。"

闫连姣又哭起来，她说：

"陈小民，我是个坏女人，你不值得为我这样。"

陈小民明澈的目光开始变得黯然起来。给他带来巨大烦恼的，不仅是闫连姣的失贞，而且还包括她坦然地向公公婆婆交代了自己的丑事。陈小民觉得在短短的时间内，被又一次伤害了，如果说闫连姣与张坤的私通，是用小刀子在陈小民的心口捅了一刀，母亲何萃芬的喋喋不休，就仿佛往刀口上撒盐。陈小民从母亲的眼光里，看到了那种发自内心深处的鄙视，闫连姣的所作所为，正好证实了何萃芬平时对她的判断。从此何萃芬一提到闫连姣，嘴角边就更加要流露出不屑。

闫连姣和张坤的关系很快画上了句号。当然不是因为内疚，闫连姣发现张坤与李国民其实是一路货色。在权力的斗争中，具有年龄优势的张坤终于占了上风，取代了李国民原先的位置，很体面地让李退居二线。两人化干戈为玉帛，和平共处互不侵犯。说这两个人就此狼狈为奸有些过分，然而闫连姣绝对相信，张坤会把这事作为卖弄的资本告诉李国民，会有意无意地出卖自己，会说是她主动找他的。男人在这方面都很坏，男人在这方面都他妈的不是东西。现在，陷入权力斗争旋涡的是闫连姣与张坤。老的矛盾关系已不复存在，代替的是刚提升为副站长的闫连姣向张坤的挑战。自从进了防疫站之后，闫连姣一直官运亨通，从副科升为正科，又迫不及待升为副处，虽然区里的处级干部，行政级别按例应该要低半级，但是闫连姣一朝权力在手，羽翼已丰满，大有尾大不掉的意思。闫连姣与张坤终于从同一个战壕里的战友，演变成你死我活的对手，闫连姣现在看张坤不顺眼，就像张坤当年看李国民不顺眼一样。张坤扶正以后表现出来的腐败，与前任相比有过之无不及。他在玩弄女性方面，也比李国民更有水平更见功夫。李国民通常还只是口头腐化，成功率并不高，不像张坤，仗着年轻帅气，仗着深知女人的弱点，攻城拔寨，攻无不克战无不胜。

自从闫连姣坦然认错以后，陈小民在父母面前总有一种抬不起头的感觉。何萃芬谈到闫连姣，动不动就搬出这件事。闫连姣的本意是想表示歉意，然而有时候的认错，往往代表着认了就认了，错了就错了，如果陈小民还要计较，就好像反而是他的不对。闫连姣的认错理直气壮，她觉得陈小民如果不能原谅她，那么就离婚好了。偏偏陈小民既不能原谅她，又不想离婚。

闫连姣说："陈小民，我是真的对不起你。"

闫连姣说："我们离婚算了。"

在一开始，闫连姣也不想离婚。她只是这么说说而已，仿佛是孩子犯了错误，自己挑了一种受惩罚的方式。渐渐地就真的想离婚，她忍受不了陈小民的沉默，忍受不了何萃芬的唠叨。何萃芬说，你当然要离婚了，水往低处流，人往高处走，当年你看中我们陈家的势头，这才委屈自己嫁给了小民，现在陈家不行了，你当然要另择高枝。你是凤凰，陈家的树枝已经栖不下你了。你是个骚货，小民那种老实本分的孩子，怎么能满足你的欲望。我们陈家什么时候出过这种不要脸的事情，我们陈家的脸早让你给丢光。你是狐狸精，你是江青，是江青又怎么样，迟早都有粉碎"四人帮"的一天。

闫连姣发誓再也不要见到何萃芬。她确实对不起自己的丈夫陈小民，但是并没有什么对不起何萃芬，轮不到她一次次跳出来指桑骂槐。打人不打脸，骂人不揭短，闫连姣千错万错，老是这么念经一样地唠叨，天大的罪名也抵消得差不多了。况且这件事与何萃芬本来没有多大关系，就是有那么点牵连，也不能老是这么死抓着不放。要允许别人犯错误，更要允许别人改正错误。何萃芬不就是一个自以为是的家庭妇女吗，过去大户人家的官太太，多少还有些教养，知道掌握分寸，不像何萃芬这样穷凶极恶，得理不饶人，非要把人置于死地，非要把人打进了十八层地狱，才会心满意足、善罢甘休。

陈小民明亮的充满活力的眼珠子，失去了往日的光泽。他的目光变得茫然、迟疑、犹豫不决。陈小民仍然改不了喜欢盯着别人看的习惯，他的眼睛还是那么大，还是那么专注，从别人的游移不定的眼神里，他不止一次看到了暧昧。在工厂上班，同事之间谈天说地，性永远是一个津津乐道的话题，而戴绿帽子则代表着一种最大的羞辱。男人是可忍，孰不可忍。由于闫连姣原先也是这个厂的，总有些人忍不住会问起她的情况，工厂的状况越来越不好，经济效益越来越差，别人谈起闫连姣，免不了流露出羡慕的神情，都说她走得好，走得对。有人听说闫连姣已经升了官，热情过度地想上门做客，陈小民的脸色因此很不好看。

同事说："我们到你们家，是去看闫连姣，你板什么脸？"

同事又说："闫连姣升了官，搭点什么架子倒也罢了，你陈小民脸上这么难看干什么？"

工人阶级领导一切的黄金时代已经一去不返。早在陈小民刚开始决定要当工人的时候，工人阶级的境遇已经开始走下坡路。从部队转业时，二哥为民就觉得选择去工厂的想法有些愚蠢。为民说，什么军工厂，什么全民所有制，说到底，不就是生产鞋吗？陈小民说，人家生产的是军用球鞋，全国差不多有一半的军用球鞋，都是这个厂生产的。为民说，跟你说不清楚，你这是受妈的老观念影响，我告诉你，有些老观念会过时的。在一旁忍着没吭声的何萃芬不乐意了，气鼓鼓地说，天塌下来，当工人也不会错到什么地方去，你爹在市委当干部，"文化大革命"中还不是照样受工宣队的管。为民知道与母亲更辩不清楚，背地里对陈小民说，我把话先撂在这，你要去当工人，保证后悔也来不及，你以为还是"文化大革命"吗？

陈小民刚当工人的那几年，工人的经济状况差不多是有史以来最好的。除了工资之外，每个月都有奖金，加班费与过去相比也翻了倍，动不动就分东西，一会儿分箱柑子，一会儿分箱苹果。一家人聚在一起吃饭，谈到各自收入，二嫂王颖眼红地说，还是小民夫妻好，当个普通工人，比我们大学毕业的人拿的钱还多。二姐乔红和三姐文红都有大学文凭，也是一肚子牢骚，感叹说现在一点也不重视知识，研究导弹的还不如倒卖鸡蛋的。当时闫连姣拼命想离开工厂，除了二哥为民，都觉得她的想法很怪，好端端的国营大工厂的工人又有什么不好。然而事实却证明她的选择太英明了，闫连姣离开不久，形势便发生了激烈变化，陈家的子女除了当工人的陈小民，个个都是时来运转，做生意发大财，不做生意的移居去国外，二姐去了加拿大，三姐去了日本，三哥全民去了美国。

当工人的开始遭遇下岗，果然如为民预料的那样，什么军工单位，什么全民企业，说不景气，立刻不景气。何萃芬不相信自己的儿子会下岗，几十年了，还从未听说过铁饭碗也会打碎，她找到儿子工厂的袁厂长兴师问罪，说你这个厂长怎么当的，竟然弄得手底下的工人要没饭吃。袁厂长被她不可一世的官太太脾气镇住了，连忙解释说工厂败落到这一步，实在是迫不得已。袁厂长诉说了自己当领导干部的种种难处和苦衷，说着说着，眼泪都快流出来，何萃芬因此也有些感动。陈小民所在的车间，是全厂最不景气的一个车间，袁厂长多少有些忌惮何萃芬的威胁，在采取果断措施之前，先将陈小民调到了厂工会。

陈小民从一名生产第一线的工人，摇身一变，成了坐办公室的机关科室人员。他先前的同事，百分之九十五下了岗，几乎是一刀切，没下岗的都是最重要的技术骨干，或者是他这样有些来头的。大家都说，陈小民运气实在是好，毕竟是上面有人，老婆闫连姣先一步调走了，自己又在关键时刻去了工会。工会本来就是厂里的摆设，那些已经下岗的工人，对陈小民没有任何不服气，都觉得像他那样出身的人，仍然当工人本来就有些委屈。事实上，在第一线当工人的，稍稍有些能耐的早离开工厂。对于那些不得不当工人的人来说，下岗是没办法的事情，下了岗就只好认命。当然也有不认命的，觉得陈小民既然已经到工会，就要为工人说几句话。

对原来在工会的那些人，大家都没有信任感，认定他们只不过是厂长手里的棋子，是没有灵魂的傀儡，上班除了喝茶和看报纸，心目中不可能有工人的利益。到过年前夕，厂里对下岗的人没有任何表示，本来就有一股怨气的下岗工人，聚集起来请愿，跑到工会办公室去掀桌子。正好工会从大市场批发买了一批啤酒，分发给没有下岗的工人，这一做法引起了下岗工人的不满，觉得这厂本来是大家的，他们虽然下岗了，没有功劳也有苦劳，过年发啤酒竟然没有他们的份儿，说明厂里已经不把他们当做自己人了。没有下岗的人也有意见，因为那啤酒的质量显然有问题，一喝就知道是过了期的，购买的人无疑拿了回扣，否则不可能把这种劣质产品买回来蒙人。工会主席里外不是人，就和来闹事的下岗工人争起来。

工会主席说："又不是我让你们下岗的，有能耐你们找袁厂长去闹。"

这句话成了爆炸的导火索，愤怒的下岗工人将办公桌掀了。陈小民的师傅朱荣德一把揪住工会主席的衣领，将他顶在墙上，然后手上用劲一拧，工会主席的脚便离了地。朱荣德说，我们都是些没能耐的，今天这些没能耐的人，要揍你一顿，你信不信？工会主席的眼镜跌落在地上，他这时候也顾不上面子了，求饶说，有话好好商量嘛，其实我也挺同情你们。朱荣德气鼓鼓地说，我们不要你同情，你他妈成天像一条狗一样，不要自以为了不起。工会主席的两只脚总算有一只够着了地，他继续求饶，说：

"好吧，我就是一条狗，今天算我倒霉，今天我根本就不该惹你们。"

事情平息以后，袁厂长到工会来询问究竟发生了什么事情。工会主席将下岗工人的情绪，添油加醋地描述了一番，袁厂长的脸色顿时不好看。陈小民插嘴说，也不能完全说人家是来闹事的，下岗了心情都不好，工会应该为下岗的人说话，应该为他们办点事，不应该火上浇油，进一步激怒他们。袁厂长说，什么叫激怒他们，难道我还会怕他们不成。袁厂长根本就不是那种能听进意见的领导，他很霸道地说：

"工会怎么了，逢年过节，能发点啤酒，不错了。按现在这生产形势，惹火了我，明年什么都不发。"

陈小民与闫连姣很长一段时期都处于若即若离的状态。住在同一套房子里，刚开始，都觉得别扭，渐渐地也就习惯了。闫连姣离婚的决心越来越坚定，最初只是因为内疚，觉得愧对陈小民，很快弄假成真，真心地想与陈小民分手。在正式离婚的那一年，混得最阔的二哥为民出事了，出了大事。

与兄弟姐妹不一样，为民所结交的朋友，父母来头个个都比他厉害。陈小民的哥哥姐姐，包括陈小民自己，与别人谈话难免我爸怎么样怎么样地卖弄。为民从来不这样，他觉得提起自己父亲是最没有面子的事情。他更习惯说谁谁谁的父亲或者爷爷怎么样怎么样，谁谁谁的姑父或者姨妈是什么人。为民的朋友都是一些真正的高干子弟，本市干部子弟根本不入他的法眼，他呼风唤雨的时候，没人知道他的本事有多大。他的公司什么都做，地点常设在本市一家最高档的酒店里。为民身上有七个国家的护照，去香港、澳门比回家看望爹妈还要频繁。刚开始，公司主要是转手批文，什么商品紧俏，就转手倒卖什么。短短几年工夫，暴富的为民已经算不明白自己积累了多少资产。来得快，去得也快，花钱如流水，一段时间内，只要有能耐到为民的公司去玩，吃喝嫖赌，各种人生享受统统免费。该付的小费，客人想怎么填就怎么填，最后统一由公司买单。为民靠了一批朋友，生意越做越大，也因为这批朋友，闯的祸越来越离谱。

为民的公司很快成了一个真正的皮包公司。公司的钱糟蹋完了，便不择一切手段地弄贷款。陈小民印象最深的，不是为民吹嘘自己如何有钱，而是那些贷款给他的银行，不敢跟他要钱。为民最牛气的一句话，就是如果我陈为民倒了，银行也得跟着一起完蛋。一直到为民的案子东窗事发，陈小民才知道自己文质彬彬的二哥，不仅在本市有两个固定的情人，在深圳和海南的三亚，还包了二奶与三奶。更不像话的，是为民在北京竟然与一个铁哥们儿合养了一个维族姑娘，据说他们这么做不是为了省钱，而是为了表示特殊的友谊。

刚被公安机关抓起来的时候，大家并不知道为民的情况有多严重。二嫂王颖也不清楚，她只是一次又一次地回来哭诉，丈夫女色方面的事情她自然不是一无所知，但是现在既然闹得公开化了，闹得全世界都知道了，正好趁机向公婆告状。二儿子在女人方面的毫无节制，让一向自以为家教好的何萃芬大为光火，她暴跳如雷地对媳妇王颖说：

"陈家怎么会出这样不要脸的东西！"

何萃芬一生最津津乐道的，就是自己善于相夫、教子有方。她觉得自己这个家庭妇女，和一般没文化的家庭妇女完全不一样。何萃芬是有知识的家庭妇女，她当家庭妇女是大材小用，是人才的浪费，是为陈功和七个子女做出了应有的牺牲。她的儿子本来是好的，是环境和社会风气把他弄坏了。何萃芬恨不得将为民从拘留所叫回来，痛痛快快地教训他一顿。虽然儿女已经长大，根本不会把她的话放在心上，何萃芬仍然相信自己还是权威。她相信，儿女只要肯听她的话，就不会犯什么错误，尤其不会犯生活错误。"发财发财，真发了财，又有什么意思。要我说，还不如像小民这样，就这样普普通通，穷一些更好。"何萃芬认定为民出事就是因为钱太多，钱多了，挥金如土，不出事也要出事，"待这件事情过去，我一定要让为民知道这个道理，钱够用就行了，挣那么多钱干什么？"

陈小民提醒母亲，现在二哥为民的问题，并不是钱挣得太多，而是亏空太严重。要是赔钱的话，陈家倾家荡产，连人一起卖了，也堵不上那个漏洞。何萃芬说，钱又不是为民一个人用的，凭什么让他一个人来赔。她根本就不打算弄明白儿子闯的祸有多大，还是按照过去办事的惯例，既然事情已经临头，就由她亲自出面找熟人把事情摆平。现任的市委书记是陈功的老部下，他的仕途平步青云，与陈功的热心推荐分不开，何萃芬想陈功不好意思出面去相求，自己撕下脸皮去求他，恐怕不会一点面子也不给。

在接待室等候市委书记出现时，坐在宽大的皮沙发上，看着周围的豪华的布置，何萃芬感叹地对陪她一起去的陈小民说：

"现在当官，只要运气好，升得真快，想当年你爸当组织部长，一当二十年，这官怎么也没有再做上去。"

市委书记果然很给面子，他热情地接待了何萃芬，并且在短短十几分钟的谈话里，几次回忆起当年在陈功手下工作时的快乐情景。他充满感情地说，没有陈功对他的关心，他显然不会有今天的地位。这地位既是党和人民给予他的，也是陈老关心和栽培的结果。关于陈为民这个案子，市委书记显然一点也不了解，但是他毫不犹豫地表示，只要有一点可能，就尽可能地给予照顾。市委书记强调说，共产党人是大公无私的，大公无私，并不意味着一点人情都不讲。他许诺等何萃芬走了以后，将和法院的同志一起讨论陈为民的案宗，他相信会给她一个满意的答复。

何萃芬做梦也没有想到儿子会被判死刑。在判刑前，她已经知道为民的罪行是严重的，如果没有什么背景，被枪毙也不是不可能，然而即使是这样，她也没想到儿子真会被判死刑。结果等到宣判出来，何萃芬差一点晕过去。由于她事先过于盲目自信，过于盲目乐观，陈家上上下下都被一种虚无缥缈的假象所蒙蔽。一向沉默无语的陈功终于忍不住了，老头子跺着脚，气喘吁吁地责怪何萃芬，说就是因为她的盲目自信和乐观，已失去了营救儿子为民的最好机会。现在，大家知道了宣判结果，众目睽睽之下，再要想咸鱼翻身，推翻已经做出的定论，几乎没有一点可能。

何萃芬哭得死去活来，说："老头子你这是什么意思，难道还是我害死了为民不成？难道我会想害死自己的儿子？"

陈功也是老泪纵横，他不是个情感外露的人，眼见着儿子要被拉上刑场枪毙，想不流泪也不行了，但是他不愿意与何萃芬争辩，到这时候，无意义的口舌之争只能是浪费时间。

何萃芬哭着说："无论怎么样，我难道还想加害为民不成呀？"

一旁的人都苦苦地劝，说陈功不是这个意思。

何萃芬仍然是哭着说："我跟你们爸爸这么多年，他什么意思，我还能不明白？我再糊涂，还能不懂他的意思？你们的爸爸说得对，事情一到了这一步，生米都煮成了熟饭，就什么都完蛋了。就都完蛋了。我知道他心里是在怪我，他在怪我，我是罪该万死了，我害死了老二。为民呀，妈对不起你，妈以为是救你，妈怎么知道会是害你。"

陈功一晚上没有睡觉。他睁大着眼睛，看着天花板，吧嗒吧嗒落眼泪。到第二天天亮，他起来刮胡子，找衣服，试了一身又一身，然后要陈小民陪他出门。何萃芬问他准备去什么地方，他板着脸，根本不理睬她。陈小民扶着父亲上了大街，走出去一截，陈功要儿子拦一辆出租车下来。陈小民觉得很奇怪，父亲平时要车，随手打个电话就行了，像他这个级别的老干部，随时随地会有一辆奥迪准备着。上了出租车，陈功报了一个地名，出租车朝那个方向开过去。陈小民一时还不明白父亲的用意，快到目的地的时候才恍然大悟。陈小民终于明白父亲要干什么，陈功选择出租车，显然是不想让别人知道他要去什么地方。

陈小民跟着父亲去了省里更大的一位领导家里。这位领导是陈功的老上级，已经退下来很多年。他的年龄实际上要比陈功还大一些，但是看上去要精神许多。见面之后，老上级并没有什么热烈的敷衍，而是开门见山地说，你儿子的事情，我已经全知道了，我说陈功，你怎么养了这么个不争气的东西。陈功无话可说，只能一声接一声地叹气。老上级大多数的时间里，都在教训陈功。陈小民自有记忆以来，第一次看到有人这样毫不顾情面地痛斥他父亲。老上级说："你现在叹气又有什么屁用，早干什么了，我告诉你陈功，教育下一代，这是很重要的事情。毛主席就说过，我们共产党人的子女，千万不能成为大清朝的八旗子弟。想想你那宝贝儿子吧，都干了些什么，还有你那个老婆，竟然跑到市委去开后门，给人家市委书记施加压力。我说陈功，你是不是昏头了，人退下来了，思想也退下来了，共产党的法律，难道是你想怎么就怎么的儿戏不成？你今天跑来干什么，难道想让我也出来说情，难道是也想开我的后门，难道还不服气，还想与法律较量一番不成？你说话呀，哼，我谅你也不敢，我谅你也不是个对手。"老上级的书房里到处挂着自己写的书法作品，他把陈功痛痛快快地训斥了一顿，仿佛小学老师教训自己的学生一样。陈功心服口服，这一顿教训就好像按摩一样，疲倦不堪的身心立刻舒坦了许多。老上级说到最后，嘴也干了，火也发得差不多，说陈功你今天来，我话说得太多，太重，该你说几句了。

陈功无话可说，他看着墙上的书法作品，让老上级给自己写几个字。老上级说，我是半路出家，这字拿不出手的。陈功让陈小民磨墨，老上级说用不着磨，用墨汁就可以，你来得巧，这纸和笔都是现成的，那我就胡乱写了，你别笑话，我知道你也好这个。他铺开纸就写，写的是"宁静致远"四个字，一连写了几张都不满意，最后也不想写了，让陈功随便挑一张。

陈功说："张张都不错，小民你挑一张吧。"

陈小民随手挑了一张，拿在手上，不知如何处理。老上级说，你别急，让我盖个印，字这个玩意儿，是"一印遮百丑"，白纸黑字上有那么点红，趣味就完全不一样。

然后是告辞，由警卫员一路送出来。出了大门，陈功脸上的笑意全没了，他呆呆地看着大街，一声不吭。在老上级面前，陈小民发现自己父亲年轻了不少，可是现在的情况突然全变了，陈功一下子又恢复了苍老，变得老态龙钟，变得迟钝木然。他成了一根木桩子，站在人行道上，像受了委屈的小孩一样，两行眼泪正在往下落。

陈小民说："爸，怎么哭了？"

陈功仿佛根本听不见陈小民的问话。此后一连几天，陈功没有说过一句话。过了一个星期，陈功在卫生间撒尿，尿完了，手抓着自己的那玩意儿，站在那儿不动弹。家人连忙将他送到医院，医生的诊断是中风，抢救了一个星期，性命是保住了，可是话也不会说了，路也不会走了，人也不太认识了，看见护士小姐就笑，像小孩子一样的笑，笑得天真无邪，笑得心花怒放。

陈功病重，远在加拿大的二姐和二姐夫两人飞了回来。待父亲病情稍稍稳定了一些，二姐夫妇加上陈小民和大哥国民，一起去看望穿着囚服戴着脚镣手铐的为民。为民听说父亲的情况，不由得落了泪，感慨说，我知道爸是因为我的缘故。为民说，我混得好的时候，也没有想到照顾你们，现在出事了，还要麻烦你们。大家让他说得有些伤感，眼圈都红了，说都是一家人，说这些话有什么意思。为民说，我是该死，二姐和二姐夫远在国外，也没办法照应，我的老婆和女儿，就拜托大哥和小民了，我是对不起她们，也对不起你们几个。说完，号啕大哭起来，哭了一阵，擦干了眼泪，为民又问起陈功去见老上级的事情。

陈小民说："别提了，爸就为这事气病的，不帮忙也算了，把爸从头骂到尾，那个官腔真是厉害。"

为民说："官场上的事，你不懂，人家姚伯伯参加南昌起义，也不是什么人都配他骂的。爸爸也是，跟姚伯伯生什么气，要是早一点去见他就好了。姚伯伯一句话，情况完全不一样，唉，真是不会办事。算了，现在说什么也来不及，我是早就认命了。算了，说些别的吧，对了大哥，你现在还在规划局，还是当那什么副处？副处就副处，官是小了些，可是保险，省心，我那时候要送辆小汽车给你，你不敢要，现在看来还是对的，幸好你没有要。"

与为民见面的时候，差不多都是他在说话。回去的路上，二姐乔红说，为民还是那么话多，真不像死到临头的人。二姐夫说，为民肯定在牢里憋久了，平时没有说话的机会，逮着机会自然要猛说一气。大哥国民一直不吭声，陈小民问他是不是还在想那辆小汽车的事情。国民说，小民我告诉你，我才不会要他的车呢，人是不能贪心的，你看我现在用车，不是很方便？过去是局长才有车，现在我们出去，哪次不是照样有小车接送。你说我要车干什么，还得自己开，像今天用车，我只要事先和小王打个招呼就行了，小王，我说的对不对？

司机小王一边开车，一边说："陈处要车还有什么话说。"

为民的一条性命临了还是保了下来。就在大家已经绝望的时候，为民由死刑突然改成了死缓。何萃芬不知轻重，说反正是死，这等死的滋味更不好受。兄弟姐妹们都为这事感到高兴，也懒得与母亲争论，许多事情与她是说不清楚的，去说给陈功听，陈功光知道眨巴眼睛，告诉他等于没告诉。经过这次事件，大家都深切感觉到了家庭的败落，虽然为民最后保住了性命，陈家往日的那种威风已不复存在。风水轮流转，天下没有不散的宴席，为民早在得意的时候就宣布过，好日子要想到倒霉的那一刻，丰收年头别忘了还有灾荒这档子事。陈家现在可是背透了，陈功病入膏肓，何萃芬越来越固执，为民坐牢，陈小民离婚，三姐文红据说也在闹离婚，大哥国民的儿子没考上大学。

工厂里效益越来越不好，下岗工人越来越多，工会的人也越来越多。那些有能耐会开后门的，都塞到工会里来了。袁厂长说，我也没什么好办法，这几年年年亏损，可总有些人是惹不起，惹不起怎么办，只好往工会里打发，等到工会人满为患，再也混不下去了，只好让你们也统统下岗。庙里面养一个和尚是养，养一群和尚也是养，僧多粥少，终有养不了的一天。事实上，工会早已经人满为患了，原来是一人一张桌子，现在除了工会主席，其他的人只能三个人一张办公桌。工会的房子与过去相比，没有任何增加，相反还少了一间，因为这个当年风光无限的军工企业，已到了不得不靠出租门面房子弄点小钱的地步。

陈小民的师傅朱荣德刚下岗的时候，与厂方交涉讲理，总是冲在第一线。朱荣德属于性格刚烈的那种男人，吃软不吃硬，宁折也不弯，凡事最讲究一个脸面。他老婆陆玲玲是同一个车间的工人，夫妻两个双双下岗，生活费顿时成了问题。偏偏几件事情还凑在一起了，所谓屋漏遭逢连夜雨，船漏偏遇顶头风，越是应该省钱之际，越是需要用钱。一儿一女都在上学，一个大专，一个中专，都是分数差一点，必须要交钱，一交就是一大笔。经济上好不容易喘点气，一折腾又是一屁股债。朱荣德是那种不怕干粗活重活的人，下岗以后，换来换去都是力气活，替公司送煤气包，替商场送冰箱彩电，要不就是干脆去搬家公司，一天赶好几家，吃苦耐劳，一点也不输过那些专干这些活的农民工。

朱荣德是在安装空调的时候出的事。国营大工厂待久了，受工人阶级领导一切的熏陶，很容易养成了那种当家做主的傲慢。既然他的脾气是不怕吃苦，只怕受气，听不得一点不同意见，因此无论是为谁打工，都注定干不长。这个城市居民购买空调的心理，常常是临时抱佛脚，平时无论商家怎么打折，钱早已经准备好了，可就是习惯按兵不动，非要等到天实在热得不行，才一窝蜂地冲向商场。这种消费习惯让商家头痛不已，因为明显的淡旺季差别，不仅在备货的多少上有难度，而且吃不准应该保留一支多大规模的安装队伍，多了开支太大，少了应付不过来。到了空调销售的旺季，商家不得不临时招兵买马，胡乱招些工人加入到安装空调的队伍中来。失业在家的朱荣德正是在一个突如其来的旺季中，成了空调安装大军中的一名成员。照理说必须经过严格的专业培训，然而他只是跟在后面看了两天，连上岗证都没有拿到，便匆匆上了阵。

结果就出了意外，朱荣德从三楼上摔了下来，原本很结实的一个人，一下子摔成了残废。陈小民闻讯去医院看望师傅，只见他身上到处打着石膏，直挺挺躺在病床上不能动弹。当时还不知道情况有多严重，朱荣德见了陈小民，平时的英雄气焰已经少了一大截，苦笑着说：

"我当师傅的，真愧对你这个徒弟。"

陈小民确实没跟朱荣德学到什么技术。他们所在工厂虽然大，名气也响，技术含量却不高，第一线的工人，认认真真学个十天半月，基本上就没什么大问题。师傅带徒弟只不过是个形式，厂领导把你领到车间，交给车间领导，车间领导再把你领到师傅面前，交给师傅，这就算是正式的拜师仪式了，从此师徒关系就确定了，终身都不会改变。虽然没有签订什么协议，在工厂里，这种师徒关系得到所有人的认同，就像封建时代的包办婚姻一样神圣不可侵犯。朱荣德一直为徒弟的家庭出身感到自豪，感觉好的时候，忍不住就会卖弄说，市委的干部又怎么样，看人家养的公子哥儿，还不是照样当我朱荣德的徒弟。

然而，现在的工人老大哥早没有了当年英雄气概。

朱荣德叹着气对陈小民说："唉，我们工人阶级的好日子，算是到头了。想当初，谁会想到下岗，就是刚下岗那会儿，谁会想到今天这一步？"

陈小民无话可说。

朱荣德眼圈红了，说："我若是像你一样，索性离了婚，没家没小，多好。"

陈小民不知道如何安慰师傅才好，因为陈功就住在医院的高干病房，他三天两头地顺便过来看师傅一眼，也不多说一句话，表示个心意就行了。有一次捞到机会，跟师娘陆玲玲在病房外面谈话，陆玲玲心直口快，告诉陈小民朱荣德这次是彻底完了，瘫痪几乎是肯定的，以后大小便能不失禁就算不错。陈小民听了，心不由得紧起来，呆呆地看着师娘，陆玲玲显然已被突然的不幸击垮了，脸色苍白，嘴唇没有一点血色。她愁眉苦脸地告诉陈小民，说朱荣德欠的医药费根本报销不了，厂里说这应该由让他安装空调的商家负责，商家说朱荣德是违规操作，应该责任自负。

现在能做的，是赶快让朱荣德出院，病没好也得走，因为实在付不起昂贵的住院费。陆玲玲说，医药费用这还只是刚开了个头，以后的日子怎么过呀。她让陈小民不要多心，自己绝不是要跟他借钱，到现在这地步，借多少钱也抵不了什么事。人怎么着都得活下去，怎么着都能活下去，陆玲玲只想找个人倾诉倾诉，一下子出了这么大的事情，可怜连个说话的人都没有。难得陈小民还能老惦记着他师傅，陆玲玲说两个小孩读书要钱，说你师傅看病要钱，这也要钱，那也要钱，天知道还要多少钱，都是一些无底洞。天不会塌下来，天要是真塌下来也没办法，陆玲玲说我是还好，无病无灾，可是我到哪去弄那么多钱。

大约一年以后，陈小民看电视新闻，无意中看到本市扫黄打非的专题节目，有一个很长的镜头，竟然定格在自己的师娘陆玲玲脸上。节目的内容是说本市市委大门前广场，晚上八点过后便成了流莺猖狂活动的场所，由于镜头是偷拍的，被拍的人一点防备也没有，仍然是肆无忌惮地拉客。记者冒充嫖客出现在镜头上，并非什么稀罕事，妓女在荧屏上曝光也常见，然而是自己的师娘就太出乎陈小民的意外。

这样的节目照例会受到观众欢迎，因为太真实，太具体，比电视剧还电视剧。陈小民首先想到所有认识师娘的人，都会大声地惊叫起来，自己就惊呼了一声：

"天哪，这不是陆师傅吗?!"

陈小民接着就想到了师傅朱荣德的感受。像师傅这样要脸面的人，发生什么样的后果都是可能的。朱荣德在厂里上班的时候，就是有名的醋坛子，陆玲玲长得很漂亮，是全厂的三大美女之一，据说当年为了把师娘弄到手，他差不多和所有追求她的人都干过架。朱荣德人高马大，有一把蛮力气，打架是天生的好手。在过去的一段时间里，陈小民曾几次去他家看过师傅，情况自然是一次不如一次，家里能卖的东西，已卖得差不多了。那个儿子已大专毕业了，可是根本不像有出息的样子，工作找不到，就知道一味地嫌家里穷。陈小民希望师傅能穷得把电视也卖掉，如果真这样，他起码不会在电视上看到自己老婆的镜头。

陈小民的想法当然是一厢情愿。中国人已离不开电视，像朱荣德这种瘫痪在床上的人，更离不开电视。朱荣德看了电视的第一反应，就是要将陆玲玲活活掐死。他觉得这样的事都出了，自己再也没有脸面活在这个世界上。陆玲玲在拘留所被关押了两天，她回到家，刚进家门，朱荣德捞起床头柜上的热水瓶，对准她扔过去。陆玲玲出于本能地低头，热水瓶从脑袋上方飞了过去，打在墙壁上碎了，碎玻璃和热水溅得到处都是。

朱荣德说："你这个骚货去死呀，你为什么不去死？"

陆玲玲奔进厨房，拿了一把菜刀出来，递给朱荣德，说我是想死了，我活着还有什么意思。陆玲玲说，人都要一层皮的，我出丑出到这份儿上，还活着干什么。陆玲玲说，朱荣德呀朱荣德，你要是个男人，就一刀劈了我吧，千万不要手软。你当然是男人了，朱荣德，你狠狠心，劈死我算了。我怎么这么不要脸呀，我做什么不行，居然这么不要脸，居然这样丢人现眼。我不配活在这世界上，我已经五十岁的人了，还做这种事，我不该死谁该死。陆玲玲哭天抢地。陆玲玲悲痛欲绝。陆玲玲的眼泪像水一样哗哗哗地流了出来。

朱荣德决定与陆玲玲一起去死。他们视死如归，他们平静如水。两个人认真地讨论如何去死的各种细节，吃安眠药，吃氰化钾，在肉汤里拌灭鼠灵，或者在身体上绑裸露的铜线，然后通电，或者去本市最高的一家饭店，大吃一顿，然后从楼顶上跳下来。死亡的讨论一度很认真，很热烈，死亡是一种解脱，死亡是一种升华。对死亡的向往分散了对痛苦的注意力，在庄严的死亡面前，一切都变得不太重要。死生有命，富贵在天，朱荣德原谅了陆玲玲，朱荣德也原谅了自己。人之将死，其言也哀，都到了这个份儿上，朱荣德十分平静地说：

"玲玲，想想天底下的夫妻，又有多少是一起死的！"

最后决定把安眠药和灭鼠灵与芝麻糊拌在一起吃。最后时刻，陆玲玲犹豫了，求生的欲望像雨后的竹笋一样破土而出。她自作主张地放弃了剧毒的灭鼠灵，只是往芝麻糊中掺安眠药粉。整整一瓶的安眠药磨碎了，一切都在朱荣德的眼皮底下进行，陆玲玲不停地往芝麻糊里对白色的药粉。朱荣德的眼睛瞪得多大，看着陆玲玲的一举一动，嘴角上洋溢着一丝苦笑。拌好的芝麻糊香味扑鼻，陆玲玲开始打摆子，像风中的芦苇一样剧烈地抖动着，她尝了一口已经拌好的芝麻糊用很凄楚的声音说：

"老朱，我们既然已经把什么都想明白了，干吗还要死呢？"

朱荣德知道她是害怕了，很平静地说："玲玲，你不用害怕，把东西给我，我先吃。"

陆玲玲以商量的口气说："我们非要死呀？"

朱荣德说："是呀，为什么非要死呢？"

"不死又怎么样？"

"活着又怎么样？"

朱荣德示意陆玲玲把芝麻糊碗递给他，他接过碗，开始大口大口吃芝麻糊，不一会儿就吃了一大半。陆玲玲注意到他已经在吃应该留给她的那部分，便试图阻止他。朱荣德说，算了，干脆我一人吃了吧，你身体好好的，何苦与我一起去死。陆玲玲依依不舍地说，老朱，要是我们不想死，现在还来得及。朱荣德笑起来，说都到了这时候，木已成舟，还开什么玩笑，我知道你是害怕了，人嘛，谁还能不怕死，你放心，我们夫妻一场，也不容易，我不会逼你的。说完，继续大口地吃芝麻糊，转眼之间，竟然将属于陆玲玲的那一份全吃完了。

陆玲玲盯着朱荣德的眼睛，足足地看了三分钟，然后发疯似的奔出门去，跑到最近的一家小卖店，慌慌张张地打急救电话。因为抢救及时，陷入沉睡中的朱荣德又苏醒了过来，刚开始，他似乎不明白发生了什么事情，不明白自己为什么又会躺在医院的病床上。护士在他身边忙碌着，医生过来了，掀开他的眼睑，用手电筒照了照，满意地点了点头。这时候，朱荣德看清楚身边都是些什么人，有陆玲玲，儿子，女儿，有陈小民，还有厂里的一位领导。朱荣德一声不吭，他默默地沉思着，想着，就这么又过了二十四小时，只剩下陆玲玲一个人的时候，他冷冷地说了一句：

"你又一次让我成为了笑柄！"

一连多少天，朱荣德不说一句话，两眼冷冷地望着天花板。有时候默默地流眼泪，陆玲玲手足无措，把能想到的人都找来了，求他们劝劝他，想方设法做些说服工作。可是朱荣德谁的话也听不进，他现在谁也不想见，尤其不想见熟悉的面孔。陈小民去看他，连续三天，他甚至连眼睛都不愿意睁开。师徒两人没话可说，陈小民不甘心，胡乱地找话茬儿。他告诉朱荣德，说自己也离开工会了，也下岗了，换句话说，他们师徒现在已经完全一样。厂里已经全面停止生产了，陈小民说，他现在才算彻底明白，工人阶级为什么是无产阶级，无产阶级就是突然什么都没有了。陈小民从来不是个能说会道的人，朱荣德老是不开口，他只能试着信口胡说，想到哪儿说哪儿。为了让师傅心里好受一些，陈小民用略带些夸张的口吻，喋喋不休地描述自己的处境，他只希望朱荣德能相信一点，这年头，大家的境遇其实都差不多。

朱荣德终于开口了，他感叹说："小陈，我们不一样，你有一个高干的爹。"

陈小民说："我是有个做官的爹，他就躺在这医院里，已经老年痴呆了，而且连肾功能也没有了，每个星期要做两次透析，你说这样的高干父亲，还能指望多久？"

陆玲玲在一旁插嘴说："可是你爹看病不要花一分钱。"

朱荣德听见陆玲玲的声音，刚睁开的眼睛又闭上了，冷冷地对陈小民说："你还是走吧，我们师徒其实也没有多深的交情，你犯不着天天来看我。"

陆玲玲说："人家小陈反正是顺带的，他不是天天要来看他爹吗？"

朱荣德不吭声。

陆玲玲又嘀咕了一句："怎么好坏都不分呢？"

朱荣德突然大怒，十分厌烦地说："男人之间说话，你少插嘴好不好。"

陆玲玲的眼睛顿时就红了，哽咽着说："小陈，你和你师傅谈吧，他不想看见我，不愿意听到我的声音，你不知道他有多恨我，我现在已经不配出现在他的面前了。"

"陆师傅，你别走，我天天来看师傅，不光是看他，也是来看你师娘的。"陈小民拦住了她不让走，憋了一肚子的话，滔滔不绝地涌了出来，"师傅，你也别光想着自己委屈，光想着自己是没用的，你为什么不想想师娘的委屈。师娘是对不起你，可是你是不是就对得起师娘呢？有些话，我做徒弟的不该说，你不就是觉得丢人吗？你不就是大男子思想在作怪吗？我也觉得丢人过，有一天，我回家，看见小闫一丝不挂地和一个男人在一起，我女儿就躺在一边，你说我这是什么滋味。师娘是让生活逼的，是没办法，小闫呢？小闫她还不是什么都不因为，就莫名其妙地让我戴上了绿帽子？要说丢脸，我这才叫丢脸，更丢脸的，是我都原谅小闫了，我都原谅她了，可是结果，结果她还是把我一脚蹬了。我又能怎么样，我又怎么样了？"

陈小民的一番话让朱荣德和陆玲玲都感到震惊。有些事情虽然早有耳闻，但是由他这样直截了当地亲口说出来，效果完全不一样。他们目瞪口呆地看着陈小民，听他继续滔滔不绝。陈小民慷慨激昂，觉得今天能这么淋漓尽致地说一次话，很痛快：

"多少年来，我一直觉得自己和别人不一样，一直有优越感，我不说自己是干部子弟，别人也都知道。可是干部子弟又怎么样？干部子弟没出息，更让人瞧不起。我现在是什么，是家里的男保姆，是家里的勤杂工，我在为父亲送终，也是在为自己送终。我爸人活着，差不多跟死了一样,我还不是一样,人活着,与死了又有什么区别。你说我们家谁像我这样窝囊过,就是那个判了死缓的二哥也比我强。如今,再说句丢人的话,就连我们家的小保姆,一个农村来的姑娘,她都看不上我,在她眼里,我是一个连自己都养活不了的废人。师傅,千万不要以为天底下就你一个人倒霉,不顺心的事情,就你一个人能遇上。要知道这天底下,谁都有一肚子委屈,谁都有一肚子不痛快。"

下了岗的陈小民成了父亲的全职护工。他和小保姆夏俊花轮流倒班,照顾生命已经走到尽头的陈功。像陈功这种级别的干部,病重期间,公家可以配备两个服务员,何萃芬就让陈小民与夏俊花占了这两个指标。肥水不流外人田,这笔费用给谁也是给。夏俊花原来是二哥为民家的小保姆,她从十六岁开始做,一直做到二十七岁。为民得志的时候,二嫂王颖曾许诺要为她弄个城市户口,再找一份正式的工作,为民一出事,许诺自然就泡了汤。陈家上上下下因此觉得有些对不住她,尤其是王颖,她是看着她成长起来的,看着她从一个土气的农村女孩,怎么变得越来越洋气,变得比城里人还城里人。

陈小民离婚以后,王颖曾动过让夏俊花嫁给自己小叔子的念头,然而她根本看不上陈小民。一来不愿意嫁给一个离过婚的男人,二来在陈家这个干部家庭中,独独他太没出息。大家都觉得陈小民不争气,夏俊花受主人的影响,也跟着瞧不起他。水涨船高,夏俊花已开了眼界,太知道有钱有势的男人是如何威风,发誓要嫁就嫁个有钱有势的。她不愿意与陈小民谈朋友,陈家的人反倒更看中她,夏俊花算不上是什么绝色美人,可是白白净净,身材苗条匀称,健康而且充满活力,比闫连姣强得多。

为民的出事是个重要的转折点。首先夏俊花明白事了,终于明白自己说到底,也就是个小保姆,过高的种种想法都不实际。她虽然已干了十一年家务,但她熟悉的城市生活只不过是一个暴发户的家庭生活。这种暴发户家庭充满了一种虚无缥缈的不真实,仿佛美丽的肥皂泡一样说破就破。夏俊花如果想成为一个城里人,嫁陈小民还真是条捷径。其次,何萃芬观念也发生了变化,刚开始,让夏俊花嫁给陈小民至多是个玩笑,陈家的公子怎么可能娶一个小保姆,为民下狱和陈功中风,总算让何萃芬明白了一些实际情况。现在,何萃芬开始为自己的命运担心,她毕竟是个没有任何固定收入的家庭妇女,这么多年来,她从来不想丈夫死了以后怎么办,可是陈功将死在她前面已不容置疑,现实让她不得不想,不得不预先做好准备。何萃芬知道自己不仅在经济上要有保障,生活上也必须有人照顾才行,而后面一项也许更重要更困难。她突然意识到在自己的晚年,如果能有夏俊花这样一个来自农村的媳妇照应,显然不是什么坏事。

朱荣德很快又出院了,陈小民闲着无事,与夏俊花换班后,回家的路上常顺便去看师傅。陆玲玲对陈小民说,你师傅憋得难受,难得有你这么一个好徒弟,别忘了经常来看看他。出院后的朱荣德情绪渐渐稳定起来,有一天,陈小民发现家里新添了一辆轮椅,一问,才知道是刚买的,朱荣德与陆玲玲的结婚纪念日,儿子和女儿凑钱买给他的礼物。朱荣德一直觉得儿女不是很争气,这辆轮椅让他感到不少安慰。他让陈小民推自己出去,说想到外面去散散心,显然是有什么话要对陈小民说。

外面正在酝酿大规模的拆迁,墙上到处用白石灰水写着"拆"字。这附近的矮房子在几个月内将全部拆光,朱荣德脸上洋溢着一些即将要搬进新房的喜悦。陈小民知道住新房是要付一些钱的,可是师傅似乎并不为这费用担心。街上人来人往,陈小民将师傅推到一棵大树下,自己拣了一个石阶坐下来,与朱荣德面对面,抽着烟。

朱荣德说:"小陈,你有没有发现,你师娘的脸上现在越来越有光彩了。"

陈小民说:"陆师傅一直很漂亮的。"

"漂亮是一回事,脸上有光彩却是另外一回事。"

"什么叫有光彩?"

"样板戏《智取威虎山》中有句台词,你还能不能记得,座山雕问杨子荣,'脸红什么',杨子荣说,'容光焕发',这容光焕发四个字,就叫光彩。"

陈小民不知道师傅为什么要对自己说这些。有人从他们身边走过,是一对年轻的情侣,朱荣德不做声了,将手中的烟头往远处扔去。沉默了一会儿，朱荣德继续说下去：

"有些事我也不瞒你，小陈，那种事情，你师娘肯定还在做。你师娘已五十岁了，也真难为她，都这么大岁数，还做这种事情，也真不容易。你不要拦我，你让我往下说，我不是怪罪你师娘，有些话，你师傅我是不会与别人说的，我只和你一个人说。小陈，你知道我心里一直有个疙瘩，我不明白你师娘都这么大年纪了，为什么还要做这种事情？"

陈小民耸了耸肩膀，不知如何回答。

"我也问过你师娘，你师娘说，有的人就喜欢老女人，老女人看上去好，安全，那些上了岁数的男人喜欢，那些年轻的民工喜欢，还有考试前的大学生也喜欢。上了岁数的男人，在自己老婆身上，多少年来老一套，已找不到感觉，年轻的民工，还有年轻的大学生，身强力壮，憋得难受，只想找个地方轻松轻松，他们都喜欢直截了当，喜欢你师娘那样的，不像是要讹人钱的样子，钱又不多……"

陈小民不想听师傅再说下去，他看着朱荣德，摆了摆手，但是朱荣德意犹未尽，非要继续往下说：

"你师娘做那事很来劲的，三十如狼，四十如虎，你师娘快到五十，那也就差不多是头狮子了。我不是在背后糟蹋你师娘，她真的是很厉害。你不要以为我瘫在床上，就不能做那事了，就不是男人了，我别的不行，那玩意儿还没有问题，我还没有糟到那一步。我告诉你，你师娘她就好这个，她的服务绝对周到。"

陈小民现在是真的不愿意朱荣德再说下去。他想到陆玲玲对师傅无微不至的关心，想到她这几年来流的那些眼泪，想到厂里拖欠的工资，想到那些报销不了的巨额医药费，觉得朱荣德太过分了一些。对师傅的病情，陈小民有着充分的了解，他知道对于一个男人来说，半身瘫痪是一个很残酷的打击。但是，一个人既然已经遭遇不幸，已经成为弱者，就不应该再去伤害别人，伤害自己最亲近的人，因为他们往往只能伤害到自己的亲人。他想到自己每次去看望师傅，陆玲玲完全是出于内心地表示着感激，她希望陈小民能陪师傅说说话，为他解点闷，她显然做梦也不会想到朱荣德会这么说她。

陈小民说:"师傅,我送你回去,今天还有点其他的事情。"

陈小民不由分说,将师傅推着就走。朱荣德没想到会这样,有些尴尬,一路无话,只是快到家门口的时候,将脑袋移了一点过来,叮嘱陈小民:

"今天说的话,千万不要对别人说。"

陆玲玲正站在门口看着他们。

陆玲玲远远地问着:"去什么地方了?"

朱荣德讨好地说:"我让小陈推着我随便走走,这地方再不多看几眼,以后就看不到,东头的房子好像已经开始拆了。"

陈小民与小保姆夏俊花的关系,一度似乎有了明显的进展。陈小民从来没有当过真,陈家的人也仍然只是把这件事当做玩笑讲,夏俊花却开始往心上去。因为共同照顾陈功,两人天天交接班,在一起说的话多了,多少也擦出了一些火花。刚离婚那阵,陈小民还想到去看看女儿,可是不久就发现,女儿竟然和闫连姣一样不欢迎自己。闫连姣现在又和手下的一个刘科长有些不明不白,这情形就仿佛当年一幕戏的简单翻版,在权力纠缠之中,刘科长老是在暗中助她一臂之力。陈小民有一次碰上了退休的李国民,提起闫连姣,李国民口若悬河说了一大堆故事。说完了,连声说陈小民实在是太应该离婚,因为权力欲太强的女人,绝对是变态的。

夏俊花一直有种错觉,好像只要她愿意,就随时可以嫁给陈小民。她现在在陈家非常辛苦,跟劳动模范一样,每天上午要做饭烧菜,吃过午饭,洗了碗,稍稍歇一会儿,就要去医院换班,然后一直到第二天清早陈小民跟她换班。然后在回去的途中买好菜,然后回家做饭烧菜,天天如此重复。她一个人起码干了两个人的活,因此常有些傲气,傲气得大家都不敢得罪她。陈小民每次与她交接班,都不是说走就走,一定要留下来陪她说一会儿话。高干病房也分级别,大部分是宾馆标准间那种规格,两个人合住一间,陈功住的病房是单间,有卫生间,有彩电,有冰箱,二十四小时供应热水。夏俊花来了以后,要洗澡,要打扮,要放松一下忙了一上午家务的疲惫。如果陈功那天正好要做透析,陈小民必须一起陪了去,因为上上下下这些力气活非他不行。

有一天，夏俊花很认真地问陈小民，如果陈功真咽气了，他怎么办。陈小民想了想，便用同样的问题反问她。夏俊花也是想了想，说我和你不一样的，我不是你们陈家的人，说走就可以走的，可是你走不了，陈老死了，何奶奶还要你照顾，你得为他们一个个送终，都送得差不多了，你自己差不多也老了。夏俊花的语气中带着深深的同情，这让陈小民很感动。夏俊花说，陈老的时间是不会太长了，何奶奶可是有的活呢，再活个几十年不成问题，你的苦日子不知哪天才能熬到头。夏俊花的一番话不仅让陈小民感到亲切，而且很感动。从来就没有人会这么设身处地地为他想一想，陈家的子女都觉得陈小民照顾二老是天经地义，都觉得他沾的光最大，他从来就没有独立生活过，一辈子吃住都依靠父母，离了婚又和父母住在一起，下了岗之所以不至于挨饿，还不是因为照顾陈功，可以拿一笔看护费？有了这笔看护费，陈小民吃多大的苦也应该。

陈小民心中的疮疤仿佛叫人揭开了。他平时并不太去想自己是否活得冤枉，并不太去想自己的未来会怎么样，不管怎么说，他好歹也是比上不足，比下有余。厂里拖欠工资他不太在乎，因为在父母那里，他有一张长期的免费饭票。医药费更不在乎，他平时从不生病，就算是有些不适，以陈功的名义开什么药都不成问题，只要能报出药的名称。陈家上下谁有伤风感冒小毛小病，把药当饭吃也吃得起，甚至夏俊花远在乡下的父母，也时常写信来托女儿弄一些不花钱的公费药。在陈小民心目中，夏俊花一直是个没心没肺的乡下姑娘，他记得她刚到为民家做事的时候，看上去完全像个小孩子。随着为民的暴富，做小保姆的也跟着威风起来，她送为民女儿姗姗到奶奶家，从来都是打的来去。穿的是王颖淘汰下来的衣服，有一些还是香港的名牌，她穿在身上比女主人还神气。陈小民想难怪她要看不上自己，往深处想一想，他自己都要看不上自己了。夏俊花此时突然表现出来的关心，让陈小民感到一种从未有过的茫然。

夏俊花有一段时候，存心给陈小民一个机会。她再也不是那个刚十六岁的小姑娘，夏俊花现在已经二十七岁，这是个不小的年龄，而且更糟糕的是，她没有机会接触其他男性。陈小民离过婚，陈小民下岗了，陈小民比她大十几岁，这些都是不足之处，没有这种不足之处的男人，又怎么可能看上她。夏俊花利用每天的交接班，尽可能地与陈小民多说些话，有时候甚至放出一些不高明的小手段来引诱他。孤男寡女本来就容易有故事，陈小民是过来之人，她的那点意思全懂，故意装着什么都不明白。夏俊花胆子越来越大，陈小民的贼心蠢蠢欲动，已经没办法装糊涂。

　　有一天，就在病房的卫生间里，夏俊花刚给陈功换过尿布，用肥皂洗手，陈小民在她身后突然很冒昧地问，可以不可以抱抱她。因为问得突然，她自然要吓了一大跳，慌乱中把肥皂沫都弄在身上了。陈小民于是试探着抚摸她，开弓没有回头箭，两人挣扎了一番，夏俊花不再拒绝。陈小民偷袭得手，立刻把她浑身上下都摸了一遍。夏俊花软软的，像中了邪一样动弹不了，由他放肆，惟独那个地方坚决不许碰。这一来，两个人的关系便有了质的飞跃。夏俊花说，不到洞房花烛夜，她是绝不会让男人得逞，现在的女孩子，有不少都已经不在乎了，她却是特别在乎，因为她是从农村出来的，因为男人其实也最在乎这个。夏俊花绝不会轻易把女孩子最珍贵的东西给别人。她在这方面表现出来的理智，让陈小民感到震惊。有好几次，都差不多了，可以隔着一层布抚摸，可以手伸进去碰一碰，然而怎么哄都不让完成最后的一步。

　　夏俊花没上过学。刚从农村出来的时候，认的字不到一百个，这以后，所有的教育，所有的知识积累，都是通过电视屏幕上的肥皂剧完成。辛辛苦苦挣的工钱几乎都寄回家了，她的哥哥和弟弟正是靠她的资助才读完中学，在她的老家，能把中学读完，已经是很不错的知识分子，夏俊花因此也感到十分自豪。老家每次来信，最初是王颖帮着念，后来是姗姗，与陈小民关系进了一层以后，这差事便落到了他身上。最新的一封来信内容非常简单，无非是希望夏俊花再寄一些钱回去，如果手头不够，可以先跟主人预支一些工钱，因为她弟弟订婚，对方是一定要彩礼的。此外，夏俊花哥哥叫人打伤的腰还时时疼痛，干不了农活，而小侄子的学费还拖欠着呢。

出门在外，夏俊花希望能知道家里的消息，可是每次来信都让她感到窝心。陈小民问她哥哥的伤是怎么回事，夏俊花的回答是让村长夏光阳打的。陈小民说，既然是让人打的，为何不找他算账。夏俊花说，夏光阳是村长，打了还不是白打了，又能怎么样。夏俊花跑到卫生间里去伤心了一会儿，她知道来信就是这么回事，又知道如果跟何萃芬预支工钱，肯定会听一大堆废话。在夏俊花的父母眼里，女儿在城市里的日子，就跟天堂一样，吃喝都不要花钱，一点也不会想到她的难处。他们把她当做了摇钱树，能惦记到的就是问她要钱，再要钱。陈小民在外面等着，一直不见她出来，便进卫生间找她，看见她眼圈红红的，也不问为什么，傻乎乎地上前搂她。他们之间所有的调情，差不多都在卫生间里进行，因为病床上躺着的陈功虽然神志不清，但是只要还有一口气，就是个障碍。

接下来是老一套，陈小民重复着无谓的探索活动。夏俊花不说话，过了好半天，突然红着脸问陈小民，能不能借点钱给她。陈小民怔了一下，从小到大，他还没有借钱给人的习惯，因此完全是出于本能地说，我哪有钱借给别人。夏俊花不过随口问问，并不当真的，他回答得这么干脆，顿时让她很尴尬。陈小民还在顺着惯性抚摸她，手脚越来越不老实，她想如果这时候不让他碰自己，他显然会认为她只是为了钱，才拒绝他的，她不想给他有这种错觉。夏俊花的脑海中一片混乱，竟然忘却了防御，她的不抵抗让陈小民也感到为难起来，他本来还有些后悔，后悔不该一口回绝她，然而这时候再改口，好像有些乘人之危。如果夏俊花拿了他的钱，又让他做成了那件事，或者顺序颠倒一下，是先做成了那件事，然后再借钱给她，他们之间的关系又成了什么。

陈小民突然感觉到了恐惧。陈小民在关键时刻，找了一个借口，离开了夏俊花。他知道再不走开，就什么都来不及了。陈小民的欲望简单直接，就是赤裸裸地想做那事。他现在需要的是师娘陆玲玲那样的女人，是直截了当的皮肉交易，事后大家拍拍屁股走人。陈小民并没有真正做好娶夏俊花的准备，直到这时候，他似乎才突然明白，原来夏俊花的坚决抵抗，虽然多少有些可笑，有些可怜，也是迫不得已。男人都靠不住，夏俊花想找的，是一个可以托付终身的人，她的机会并不多，江湖险恶人心叵测，她必须珍惜，珍惜，再珍惜。陈小民突然自惭形秽，意识到他根本就配不上夏俊花。

夏俊花不明白陈小民的态度为什么会发生一百八十度的大变化。她的感情是复杂的，或多或少地被伤害了一下，既有些依依不舍，又有些庆幸。依依不舍的是，毕竟陈小民是她亲密接触的第一个男性，她发现自己其实是有些喜欢他的，那种朦朦胧胧的东西，说没有就没有了。庆幸的是，他们虽然有亲密接触，毕竟不算真正的失贞，亡羊补牢还来得及，男人果然像电视剧上一样忘恩负义，她的贞操还没有给他，已经这样了，真要是阴谋得逞，她把肠子悔绿了也没用。接下来，交接班变得一点故事都没有，陈小民来接班，夏俊花扭头就走。夏俊花来接班，陈小民磨磨蹭蹭不肯离开，她一句话也不跟他说。陈小民知道自己对不住她，感到很狼狈，找话搭讪，她只当没听见，甚至都不看他一眼。夏俊花还真是有那点小脾气，最让陈小民受不了的，是她赌着气替陈功换尿布，有时候屎和尿拉得到处都是，夏俊花端了一盆水过来，不声不响地替陈功洗屁股，洗那已经没有任何生气的玩意儿。陈小民感到一种说不出来的别扭，他觉得自己也就像父亲的那玩意儿。

两个月以后，夏俊花突然决定要和高干病房的一位病人结婚。那人是司法局的一位副局长，年龄比夏俊花大了一倍，老婆已经死了两年，两个小孩都在美国定居。这个副局长最大的好处，喜欢把什么话都说清楚，他把自己的情况如实地告诉了夏俊花。副局长说，自己虽然年龄大了，身体绝对没有问题，他急着找一个老婆，是害怕自己犯生活错误。副局长说，他的孩子在国外，在国外的人思想都开通，绝不会回来与她争夺遗产。副局长说，他已经五十六岁，到这个年龄，再往上升官已不可能，因此也无所谓官场得失，也不在乎别人会怎么议论，说他娶了个小保姆，说他娶了个比自己女儿还小的姑娘，说做官做到他这个级别上的官员，有谁能像他这样还对爱情感兴趣。副局长来医院手术切除胆囊，胆既然被摘除掉了，比有胆的时候更敢有所作为，他直截了当地发起了进攻。夏俊花这种涉世不深的女孩，很快就被俘虏，毕竟人家是一心一意要娶她做新娘。

副局长与夏俊花一起拜访了何萃芬。何萃芬说这怎么可以，我们家老陈谁来照顾呢。她仍然还是自以为是，不明白别人只不过是礼节性地通知她一声，给她一个面子。陈小民有些伤感，总觉得夏俊花选择副局长，自己有不可推卸的责任。到这个时候，他不由得想起她的种种好来。他想对她表白，说她与其嫁个老家伙，还不如嫁给他。但是转念一想，明白自己一点也不比那个老家伙强，人比人，气死人，只有没脑子的女孩才会选择他，能够住高干病房的副局长要比陈小民强一百倍。好东西只是在快失去的时候，才会觉得珍贵，陈小民无限感慨，去百货公司买了一条两千多元钱的白金项链，偷偷地送给了夏俊花。夏俊花看着发票，看发票上的价格，看发票上的日期，有些感动，不明白他为什么要这么做。地点还是在卫生间，夏俊花第二天就要正式离开医院，她已经与副局长正式登记了，领了结婚证书。

夏俊花说："这么贵重的东西，我是不能收的。"

陈小民说："我没什么钱，如果有钱，我会买更贵的。"

"你花这钱干什么？"

"我愿意花。"

夏俊花相信他说的是真话。真话总是感人的，夏俊花热泪盈眶，夏俊花心潮澎湃，当然不是因为送了自己这么贵重的礼物，而是对自己的那份真情。这根白金项链证明陈小民是真心地喜欢她，真心比什么都好，真心比什么都重要。她笨嘴笨舌地不知说什么好，情不自禁扑倒在陈小民怀里，紧紧地搂住了他，这是她第一次主动这么做。在过去，夏俊花总是很被动，夏俊花从来没有勇气主动。这时候陈小民要她做什么都可以，这时候陈小民可以为所欲为，只要陈小民说一句话，她可以现在就成为他的新娘，她可以废除与副局长的婚约，与陈小民白头偕老。

陈小民笨手笨脚地将白金项链挂在了夏俊花的脖子上，像一个长辈那样端详着她白皙的脖子，深深地吻了一下，然后衷心祝福，祝她婚姻美满幸福，祝她有一个美好的未来。

已经奄奄一息的陈功，表现了顽强的生命力。他已经失去了与人正常交流的能力，甚至都不认识什么人了，大小便失禁，吞食困难，然而就是不死不活地活着。夏俊花出嫁以后，连续找了几个保姆，都做不长，都是干了没几天就走人，因为谁也无法接受要她们两头奔忙的要求。又要做家务，又要照顾病人，这根本就是不可能的事情。而且要忍受何萃芬的唠叨也不容易，何萃芬的毛病，永远要说前一个保姆如何不好，别人听她没完没了唠叨，忍不住就会想，她以后一定也会这样说自己。

最后只好请师娘陆玲玲来帮忙。陆玲玲听陈小民说起自己的烦恼，爽气地说，我去暂时帮个忙好了，等你们家什么时候找到合适的人，我再找别的活干。陈小民说，陆师傅肯帮忙当然太好了，只是照顾我爸，辛苦不用说，恐怕也太脏了，拉屎撒尿，他现在整个就跟小孩一样。陆玲玲说，就这样定了，我又不准备干多久，不就是帮个忙吗，有点脏怕什么。朱荣德在一旁说，别跟你师娘客气，有些话多说，反而把那点意思，弄得不好意思。

陈小民回去与何萃芬说了，说好只顾一头，不做家务。何萃芬说，凭什么不做家务，别人都能做，凭什么她就不行，难道我们不是一样的出钱，难道是你师娘，就要和别人不一样。你的用心我还不知道，我才不会在你们心上呢，我饿死了活该，累死了是报应，你爸一死，我就跟着一起走，绝不拖累你们。我辛苦一辈子，养大你们七个小孩，老来又怎么样，一个比一个没有良心。陈小民不想与母亲纠缠，板着脸说，这样吧，谁也别请了，就我一个人顶着，我就住在医院，也不回来了，你爱怎么就怎么，二十四小时我一个人顶着，忙死了算。他对何萃芬一直是逆来顺受，现在已忍无可忍。何萃芬看他样子是真急了，就不再说话。

厂里的情况越来越不像话，下岗工人的那点生活费，越来越没有保障。全面停产以后，当年赫赫有名的一个军工企业，现在只能靠出卖地皮过日子。有个香港商人进行了全面的考察，忽发奇想地要把工厂改成一个航空母舰级的吴宫美食城。他将所有的厂区都租了下来，原有的车间全部改成大小不等的包厢，两个遥遥相对的车间，在空中架起巨大的钢架，经过富丽堂皇的装潢，变成全市最大的餐厅大堂，可以同时放下两百张桌子,服务员全穿着溜冰鞋送菜。袁厂长摇身一变,竟然置全厂几千号人的生活不顾,成了这家美食城的中方总经理。

十二月十二日是陈功的八十四岁生日,民间有"七十三""八十四"是道坎的说法,大哥国民请客为父亲做寿,地点就选在吴宫美食城,参加的人有何萃芬,国民全家,二嫂王颖母女,陈小民以及他女儿青青。青青已上小学二年级了,平时与父亲很少见面。何萃芬觉得今天七个子女中,只有国民和小民两个人到场,不免有些失落,而陈功还神志不清地躺在医院里。她怏怏地说,为你爸做寿,他又不能来,真是没意思。从一开始,她就不是很高兴,今年她已经八十岁了,过八十岁的生日,没人给她做寿,说明在子女心目中,仍然是只有那个当官的老子。陈小民说,你又不提起这事,我们怎么会记得你的生日在哪一天。何萃芬耿耿于怀地说,你们怎么可能把我放在心上,我当然只有做牛做马的份儿了。大家都不想把气氛搞坏,由何萃芬去说,点完了菜,何萃芬拿过菜单一看,说这里的菜倒不贵。

王颖知道是弄错了,告诉她所看到的,只是每份的价格,一人一份,加起来就厉害了。何萃芬听了吓一跳,大有站起来立刻走人的意思。

国民连忙安慰母亲:"妈,你不要紧张,我这里有好几张优惠券,吃不了多少钱的。"

"什么叫优惠券?"

"只要在这儿吃,结账的时候,按百分之二十给你优惠券,下次再来吃,这券就可当钱用。"

"你哪来的优惠券?"

国民笑而不答,这地方他来过好几次,当然都是别人用公款请客。请完了,又用优惠券拍他的马屁。国民今天存心想让家人开开眼界,便把这座美食城的种种传闻,说给大家听。国民告诉大家,这里包厢的服务小姐,个个花容月貌,据说都是按空姐的标准择优录取来的,又说这里的装修绝对第一流,用的都是最好的材料,不说别的地方,就说卫生间吧,每个小便池前面,还放着一台小彩电,你可以一边撒尿,一边看足球赛。陈小民听了惊奇不已,想了一会儿,突然觉得这么看电视，多少有些别扭。周围的环境早就让陈小民感叹了，他不敢相信这里就是他过去天天上班的地方，他在这里领了第一笔工资，在这里拜师学技术，在这里认识闫连姣，在这里参加政治学习，在这里与同事谈天说地打扑克，在这里下岗。

来的时候比较早，大堂里人还不多，渐渐地人多起来，人声鼎沸，人满为患。一眼望过去，热火朝天，就仿佛置身于一个大的百货商场之中，大家要说话，得扯开嗓子叫才行。送菜的小姐衣着暴露，脚蹬溜冰鞋，一手高举托盘，在人海中像鱼一样穿梭往来。

国民以很熟悉这里行情的口气说："真是邪了门，天天都是这么多人。这只是大堂，包厢还要火，不要看这有那么多间包厢，你要来，必须事先预订，迟一点都不行。"

陈小民想不明白："这么贵，怎么会有这么多人？"

"现如今做餐饮就这样，越贵，人越多。"

"钱又不是偷来的，贵了，干吗还来？"

"人气，你懂不懂，这就叫人气！"

何萃芬叹气说："我就不懂了，现在的人哪来这么多钱？"

一直不开口的青青，突然老气横秋地说："奶奶，现在的人，钱不要太多！"

陈小民想说他就没什么钱。话到嘴边，没有说，怕说了，女儿更看不起自己。离开的时候，借上厕所的机会，他到处走了走，试图在富丽堂皇之中，找到一点往日的痕迹。一切都面貌全非，见不到一点点的旧影子。离圣诞节还有十多天，到处都是预订餐位的电话热线号码，显然吴宫美食城非常看重这一天，一位当红的香港歌手已经说好到时将到场助兴。在过道上，贴了一长串来用过餐留影的明星照片，从那些大小不等的照片里，陈小民突然看到了袁厂长。在陈小民的印象中，袁厂长永远愁眉苦脸，他不是在呵斥谁，就是被谁指着鼻子痛骂。厂里很多资格老脾气大的老工人，他们见证了这个军工厂的辉煌历史，并不把这个年轻的袁厂长放在眼里。想当年，工厂直属后勤部领导，当地的省市领导都管不了他们。

如今照片上的袁厂长，确切地说，应该是吴宫美食城的中方总经理袁彪，脑满肠肥，红光满面，一头一脸的功成名就。当年的几千号工人，像沙漠中的一潭死水，突然就全部蒸发了，一点痕迹也不剩下。厂里的一位老师傅在临咽气的时候，曾对自己一位已五十多岁的徒弟说，我已经老了，七十多岁了，死了也就死了，你们怎么办，都熬不到退休，你们的徒弟又怎么办？陈小民知道，自从最初的下岗开始，下岗的人就没有停止过抗议，永远是刚下岗的工人在闹事，这一拨闹得差不多了，便轮到新的一拨下岗，再闹，再闹得差不多了，又是新的一拨。永远是有人在幸灾乐祸，你方唱罢我登台，闹的人闹，不闹的人看笑话，结果，到最后，谁也不能幸免下岗。袁彪正是靠这种小刀子割肉的办法，慢慢地将全厂的工人一批批都给打发了。

在回家的路上，陈小民想，自己的二哥被抓起来判了死缓，这种事也未必就不会轮到袁彪的头上。善有善报，恶有恶报，老天爷不会瞎眼，不是不报，时辰没到。从吴宫美食城出来，陈小民用自行车送青青去闫连姣那里。美食城门口有一个巨大的停车场，陈小民带着青青从停车场穿过，去取自己的自行车，青青看着停在那的各式各样小汽车，问走在前面的父亲，他们家什么时候也能够买一辆，陈小民头也不回地说：

"要车干什么，你二伯当年倒是有车，而且是宝马，那车这个城市里都没几辆，可现在呢？青青，我告诉你，我们不要什么小汽车！"

十二月二十四日这天，一千多号下岗工人将吴宫美食城围了个水泄不通。陈小民是第一次参加这样的示威活动，他不仅自己去了，还把师傅也用轮椅推去了。朱荣德不愿意抛头露面，陈小民做他的思想工作。陈小民说，我们要让那个姓袁的家伙明白，人心齐，泰山移，不要以为我们当工人的，就一定奈何不了他。朱荣德说，我才不怕那个姓袁的鸡巴厂长，他算什么东西，我是觉得没脸面见大家。陈小民说，师傅，要不是袁厂长把个好端端的工厂糟蹋成这么惨不忍睹，你又怎么会像今天这样？

袁彪做梦也没想到会出现这样的场面，这一天，他不仅请了当红的香港歌星，而且还请了市里的有关领导。这个城市的人对圣诞节并不热心，袁彪希望从吴宫美食城开始，每年都搞盛大的狂欢活动。前来赴宴的客人，和浩浩荡荡的下岗工人挤成了一片，现场很快失控了，有人打110报警，不一会儿好几辆警车气势汹汹赶到，可是面对越聚越多的工人，只能束手无策，只能停在一旁看热闹。几个女工围了上去，向公安人员控诉袁彪的罪状。袁彪派人出来说话，刚露面便被愤怒的工人一顿暴打。新闻记者在现场开始采访，有好几位记者本来是今晚的客人，有的则是在电台和电视台当班，听到消息火速赶过来。

袁彪仗着请了市里的几位领导，扬言说要把带头闹事的人抓起来。他们来到美食城的最高点，推开窗户往下看，只看见四处都是黑压压的一片人头。有关领导立刻有些发憷，打电话请示市委书记，先是电话怎么也联系不上，终于联系上了，市委书记一听这里情况，听说有几千号的人在闹事，立刻指示先稳定局势，绝对不能让事态扩大和激化。有关领导请示如何稳定局势，市委书记很不高兴地说，你既然人在那里，为什么不知道怎么做？口气显然是责怪有关领导，怪他不应该冒冒失失参加这种来自民间的宴请，出了事怎么办？出了人命怎么办？据说市委书记对吴宫美食城的做法并不是很赞成，在挂电话前，市委书记撂下了一句话，说我就知道会出事。

有关领导因此如坐针毡，外面的工人在拼命地喊让袁彪出来。袁彪也意识到事态的严重，说无论怎么样，总得调一些武警来保卫有关领导和香港歌星的安全吧。有关领导立刻生气了，说武警是你姓袁的说调就能调的，又说你这不是明摆着要坑我吗？早知道如此，我根本就不应该来参加你这个什么圣诞节活动。过了大约半个小时，外面的形势越来越紧急，有关领导再次打电话请示市委书记，市委书记的秘书说，市委正在为这件事召开紧急会议。有关领导凭直觉，就知道事情不妙，果然不多久，市委书记亲自赶到了现场，他根本就没有通知有关领导，而是直接接见工人，让工人选出代表来进行对话。市委书记一席话，就轻易地平息了众怒，他接过110车上的话筒，用纯正的普通话大声说：

"工人同志们，你们放心好了，我们会给大家一个满意的答复。首先，我想说，市委对于今天这个局面，是有一定责任的，是我们的责任，我们绝不推卸。我们对不住大家，工人阶级是我们的财富，我想说，把一个好好的工厂，就这么卖了，就这么不顾广大工人死活地卖了，是不对的，是错误的……"

晚上回去睡觉，市委书记嘹亮的声音一直在陈小民的梦中回响，他感到一种从未有过的兴奋。第二天天刚亮，陈小民匆匆赶到医院去换班，赶紧把昨天晚上的事情都说给师娘听。他觉得这是一个很好的信号，觉得袁彪很可能会因为这件事彻底完蛋。陆玲玲并不像他那么激动，说厂都已经卖了，连个尸首都见不着，你师傅也已经那样了，已经残了，已经废了，成了一个废人，就算是错，就算是说了一声错了，又能怎么样？小陈，我告诉你，我们那个厂已经没救了，我们也没救了，就好像你爸现在这样，躺在床上，今天这儿插一根管子，明天那里打一针，人还有一口气，可是跟死人又有什么区别？人要死，谁也拦不住的。陆玲玲现在对什么都不抱希望。或许是昨天晚上没睡好，或许是陈小民来得太早，来不及收拾，陆玲玲看上去老态毕现，好像突然之间变苍老了。在陈小民的印象中，她从来就不像一个五十岁的人。女人打扮不打扮完全不一样，陈小民好像突然发现她眼角间的鱼尾纹，突然发现她嘴唇是那么干涩，那么没有血色，陆玲玲现在就好像一朵已经枯萎的花，再也不见往日的美丽。

事情的最后发展，果然如陈小民希望的那样。袁彪说完蛋就完蛋，什么香港护照和长期定居证，什么加拿大和澳大利亚的绿卡，根本没有任何作用。他的罪名太容易认定，所谓五毒俱全，要贪污有贪污，要行贿有行贿，用假发票做假账偷税漏税，嫖娼养小蜜包二奶，在澳门豪赌，在瑞士银行中有自己的秘密账户。有关领导跟着他一起受累，据说也"双规"了。树大招风，袁彪的手段太歹毒了一些，吴宫美食城那种航母式的经营方式，差不多把全市餐饮生意的风头都盖过。现在，他这棵树终于倒下来，大家无不拍手称快。

可惜陈小民没有看见袁彪被绳之以法。如果他能看到，一定会很高兴。在那次大规模示威活动的第三天，也就是十二月二十六日下午，陈小民见义勇为，为了捉拿持刀抢劫的歹徒，不幸被刺身亡。事情的发展非常突然，出乎所有人的意外。

这天下午阳光灿烂，陆玲玲比平时早了一个多小时来接班。她又一次和朱荣德吵了嘴,也不为什么,两个人拌嘴是经常的事情,陆玲玲一赌气,就提前来医院换班。陈小民看她脸色不好,问了几句,已经知道是和师傅闹不愉快,胡乱地劝了几句。陆玲玲笑了,说小陈你用不着劝的,我们两个人的事,吵过就完,他已经那样了,我不会和你师傅真生气。她说完了,便去卫生间打扮,她是个极爱漂亮的女人,只要有可能,就把自己收拾得干干净净。今天出门因为匆忙,她的头发没梳好,到了卫生间里,将头发弄湿,又抹了一点摩丝,用手托着,让头发定定型,然后对着镜子横照竖照。

磨磨蹭蹭从卫生间出来,因为来早了,陆玲玲没有来得及吃晚饭,便让陈小民到医院门口小卖部买两包方便面。她刚收拾完毕,打扮得有些光彩照人,当然不会想到这次差遣,会送掉他的性命。陈小民欣然从命,转身下楼,脑海中保留着对师娘的美好印象。从陆玲玲身上,陈小民明白了上年龄的女人打扮的重要性。他想起自己刚到工厂报到那阵,那时候的师娘刚三十岁出头,那时候的师娘不用打扮,那时候的陆玲玲是一个十足的美人,像熟透的水蜜桃一样,轻轻地撕掉一层皮,甜甜的汁水就会流出来。经过差不多二十年的时间,师娘的美丽已染上了一种岁月的沧桑,正是这种沧桑感,才使得她在夜色中悄然出没,别有一种特殊的韵味。陆玲玲与陈小民现在每半个月倒一次班,陈小民有充分的理由相信,师娘做白班的那半个月里,仍然在兼做皮肉生意。陈小民相信师娘是以一种非常认真的态度,从事着这种古老的职业,他相信她在拉客的过程中,有一种独到的经验和手段。陈小民相信师娘市场行情会很不错,她的魅力绝不比那些年轻的女孩子差。

在小卖部,陈小民买了两包方便面,买了一包榨菜。小卖部在医院的大门口,紧挨着公交车站。陈小民从小卖部出来的时候,一辆无人售票车正好到站,就听见一阵叫喊声,车门打开了,一个身穿皮夹克的小伙子跳下车,往陈小民这边跑过来,从车窗里同时探出好几个脑袋来,大喊抓小偷。很显然那个穿皮夹克的小伙子就是小偷,陈小民出于本能地张开双手,想拦住他,那人一看苗头不对,扭头就跑,陈小民便跟在后面追,这时候还不到五点钟,医院门口有很多人,一时间抓小偷的声音很响亮。小偷像受惊的兔子一样犹豫了一下，转身跑上了过大街的天桥，陈小民跟在后面紧追不放。另外还有一男一女紧跟在他身后追，陈小民将手中的方便面向小偷扔过去，小偷抱着脑袋躲了一下。陈小民一个箭步蹿上去，拉住了小偷的皮夹克，那小偷脸上顿时露出非常恐怖的样子。后面的一男一女也追到了，陈小民以为他们会过来帮自己，没想到那女的上前将他抓住，往边上一送，要不是陈小民手上抓住那小偷，他很可能被她扔到天桥底下去。

陈小民想说弄错了，想说他抓的那个人才是小偷，可是当他回过身的时候，发现那女的手上突然冒出来一把寒光闪烁的小刀。原来这些人是一伙的，那女的是个小头目，事后才知道，她曾经是省柔道队的队员，难怪一出手会那么孔武有力。她长得还算漂亮，头发染成了棕色，用嘶哑的声音说，老板，大家无仇无怨，麻烦你放一马，我们各走各的路。陈小民紧抓着穿皮夹克的小偷不松手，天桥两边，有看热闹的人，有的人甚至还不明白发生了什么事情。那女的见求饶没用，上来在陈小民的大腿上就是一刀，看热闹的群众立刻尖叫起来。陈小民还是不肯松手，那女的不由分说，对准他就是一阵猛捅，然后拉着那个穿皮夹克的小偷，挥舞着手中带血的小刀，在人群中冲下桥，众目睽睽之下，一路狂奔，最后消失在茫茫的人海中。

虽然离医院很近，虽然进行了全力的抢救，虽然后来陈小民成了大家纪念的英雄，两个小时以后，陈小民的心脏停止了跳动。陈小民始终没有跌倒，他趴伏在天桥的栏杆上，脸上闪烁着夕阳的余晖。因为站得高，他能够更清楚地看见那三个小偷奔跑的身影。那三个小偷跑出去几十米以后，突然分开了，分别往不同的方向跑去。这时候，陈小民已经说不出话来，他的目光炯炯有神，闪闪发亮，用手指着捅他的那个女子跑的方向，像一座塑像一样再也不能动弹。

捕捉心跳

第一章

一

李铭是电视台小有名气的主持人,最近花很大的气力,策划了一档《捕捉心跳》的综艺节目。该节目说穿了也没什么新意,从台湾依葫芦画瓢传过来,无非是电视征婚,直销爱情。全国很多电视台先后开播这类节目,李铭想自己起步已经晚了,要弄,就弄得邪乎一些,出奇制胜,一下子把喜欢收看这类节目的观众都抢过来。

第一期节目怕冷场,李铭担心这个城市的人太保守,说话不够大胆,必须找几个熟人做媒子,把场面弄热闹一些。他想到了自己的好友侯德义,于是打电话约他在咖啡馆见面。

侯德义带着女友方烨准时到场,在咖啡馆门前等李铭。李铭骑摩托带着一个女孩过来了,远远地对他们招手示意。咖啡馆门前不能停车,李铭东张西望,终于找到可以存车的地方。那女孩子穿了一条很短的裙,坐在摩托上,光溜溜的两条大腿,十分引人注目。李铭存了车,带着她向这边走来,方烨笑着说:"李铭,怎么每次见到你这小子,带的姑娘都不一样?"

李铭一本正经地说:"别开玩笑,我和小陶只是工作关系。"

侯德义说:"这年头,什么关系,都是工作关系。"

李铭说:"不要瞎讲,当心人家小陶跟你急。"

大家一起进咖啡馆。李铭是这儿的常客,一进去,大声和老板娘招呼。那个被李铭称作小陶的姑娘,大大咧咧先坐下了,从口袋里摸出一包烟,问方烨要不要,然后又问侯德义。方烨看了侯德义一眼,只见他直摇手，满脸讨好地看着小陶。李铭伸手要了一根烟，点上火，又替小陶点上，说："这地方可是禁烟的，你看那贴着禁烟标志。"大家都回过头去，墙上果然有一个很显眼的禁烟公益广告。

演播大厅里，《捕捉心跳》节目准备正式开始拍摄。

侯德义坐在特邀嘉宾的位子上，一共有四位男嘉宾，清一色的西装，看上去侯德义的表情最自然。摄像机在他们面前推过来推过去，坐侯德义左边的那个男士满头大汗。工作人员送了一包面巾纸给他，他急忙抽出一张擦汗。大家都知道还没有正式开拍，现场气氛很轻松，观众席上议论纷纷，看到有人紧张得出汗，都觉得很有趣。

方烨坐在女嘉宾的位置上，显然有些紧张，不停地拿起面前的矿泉水瓶，做喝的样子，其实每次都没怎么喝，只不过做做样子。紧挨着她坐的那位女孩子是小陶，表情也不自然，她突然从身上摸出一个小镜子，匆匆忙忙地照着。

导演宣布正式开拍，大家开始倒计数，从十往一数。主持人李铭和特邀女主持拿着话筒就位，笑容满面，现场气氛顿时紧张起来。计数结束，时间到，导演在场外示意大家鼓掌，他是个大胖子，一头粗犷的长发，动作很夸张，气喘吁吁的样子，像个音乐指挥，大家一边热烈鼓掌，一边忍不住笑。导演做了一个收住的手势，现场立刻安静。主持人做开场白，介绍参加这次节目的八位嘉宾。

方烨是第一位被介绍的女嘉宾，当她被问到在今天的征婚活动中，准备选一位什么样的意中人的时候，她看了侯德义一眼，捂着嘴笑起来。虽然已是老熟人，李铭作为主持人这样和她说话，还是第一次，她忍不住要笑。李铭假装是第一次见到方烨，一定要她回答这问题："方小姐今天会不会找到意中人呢？"

方烨说："我也不知道，看缘分吧。"

结果她的这句话，差不多成了标准答案，所有嘉宾都用这句话回答提问。李铭最后不无幽默地说："方小姐，我看今天你不仅能找到意中人，同时，你还应该获得一笔不小收入，这收入是什么呢？就是'看缘分吧'，你一说看缘分，其他嘉宾就都说看缘分，怎么都是跟你学的，这不行，得讲究版权，要跟他们收版权费。"

二

《捕捉心跳》这档节目，玩的就是心跳，玩的就是胆大。根据节目设置，第一个高潮是让嘉宾坦白自己的初恋。从男方开始，第一位是侯德义，因为事先有准备，轮到他说话的时候，他的表演很投入，娓娓道来，感人至深。

侯德义的故事，发生在上大学的时候，那个阶段他经济上拮据，在一个大款家做家教。大款妻子很漂亮，担心自己的儿子考不上好中学，于是聘请了侯德义。虽然年龄悬殊，侯德义还是有些爱上了她，而且他可以肯定，女主人更爱他。他们之间的关系，发乎情，止乎礼，后来小孩子如意考上好中学，他们之间也因为并没有发生那种问心有愧的事，而不必彼此感到内疚。说到最后，侯德义很痴情地说："有一次，我们又在街上碰见，她和她丈夫在一起，她丈夫向我表示谢意，要请我吃饭，我发现差一点控制不住自己的情绪。我想，尽管我们之间的关系是纯洁的，但是，就在那一刹那间，我对什么是纯洁，产生了怀疑。于是，我找了一个借口，谢绝了这次宴请……"

侯德义带了一个很好的头，大家肆无忌惮地说着自己的初恋故事。这些故事带着或多或少的编造痕迹，有缠绵的，有刺激的，甚至还有两个故事有些雷同。接下来，在主持人的安排下，男女嘉宾互相提问。这种短兵相接的场面很热闹，唇枪舌剑，侯德义和方烨一边斗，一边必须做出根本就不认识的模样。方烨向侯德义提出一个很尖锐的问题："我可以不可以问侯先生，你是不是有些恋母情结？"

女主持人做拍手状，她是电影演员，客串做主持人，行为总是过火。她觉得这问题提得好，让侯德义如实回答。侯德义无心与方烨恋战，他不正面回答方烨的提问，却把战火引到别的女嘉宾身上。除了方烨和小陶，其他两位一个叫陈美美，还有一位叫陈冰。他一直在注意那位看上去比较沉默寡言的陈冰小姐，在八名特邀嘉宾中，一共只有三个媒子，如果他们表演得太过火，观众就可能产生怀疑，侯德义此时必须贯彻李铭的意图,把其他嘉宾的积极性调动出来,他很认真地说:"我想请陈冰小姐帮我回答这个问题。"

陈冰小姐有些吃惊,她犹豫了一会儿,说:"我不知道侯先生为什么要我来回答这样的问题,我想,也许他觉得我是今天到场的四位女性中,年龄最大的缘故,因为年龄最大,所以我来回答,比较合适,是不是这样?"

侯德义连声否认。

陈冰说:"如果不是这样,我就不回答。"

侯德义说:"那好,我就是这意思,你回答吧。"

陈冰说:"我觉得人有些恋母情结,一点都不奇怪。爱情是多种多样的,丰富多彩,譬如我,有时候,就喜欢比我小的男孩。我曾经喜欢过一个比我差不多小八岁的男孩,我不觉得这就有什么不对。"

观众席里叽叽喳喳,显然她的话有了反应。

主持人似乎很愿意嘉宾说一些极端的话,因为越是这样,越有观众缘,越有收视率。敢到电视屏幕前参加征婚,大都是一些有表演欲的人,只要给他们机会,就难免人来疯,就敢随心所欲乱说。说完初恋,话题又到了第三者。嘉宾们毫无羞涩地谈论着,一个比一个胆大,一个比一个肆无忌惮,语不惊人死不休,最后,话题干脆转到了婚前性关系上面。

最后,主持人也觉得必须赶快收场,要不然这节目也许通过不了审查,根本没办法和观众见面。

三

每一位特邀嘉宾背后都有一个顾问团,由嘉宾的亲友组成。顾问团也有真有假,侯德义的顾问团,全是他单位的同事,所谓父亲和妹妹,全是假的。侯德义在保险公司工作,他单位的领导把这次活动看作是做广告。公司的一位副经理扮演侯德义的父亲,他说话的时候,竟然脱口说出了我们公司,好在大多数人蒙在鼓里,虽然引起了一阵小小的混乱，但是很快就掩饰过去。这样的小错误，节目转播时，经过剪辑，不会有任何问题。

在节目的最后，是参加征婚的每位嘉宾，选择自己中意的对象。正式开始选择前，必须根据自己的心情，说一句话，如果找到对象，怎么样，找不到，又怎么样。

仍然是侯德义最先说，在四位男嘉宾中，他今天的表现最骨头轻，最玩世不恭，他用一种很平静的语调说："我的话很简单，找到了，明天就去登记结婚，找不到，下次再来，继续'捕捉心跳'。"

侯德义的话引起一阵喝彩。

男嘉宾挨个说，接下来轮到女嘉宾，方烨仍然是模棱两可的风格："找到是缘分，找不到也是缘分，反正爱情是美好的，只要我们努力去寻找。"

接下来是小陶，也是一句口号："找得到找不到，都无所谓，不求天长地久，只愿曾经拥有。"

然后是陈美美，她是今天年龄最小的女嘉宾，丝毫不怯场："找到了，就谈下去，谈谈看，看看有没有结婚的可能，找不到，那只好再努力，对了，像侯先生说的那样，再来吧。"

最后是陈冰，她今天的话虽然不多，可是要么不说，要说就能引起喝彩。她停顿了一会儿，慢腾腾地说："首先，我是肯定不会再来，今天要是找不到意中人，就此拉倒，我再也不会来出这个丑。"众人大笑，她似乎也意识到别人会笑，等大家的声音静下来，女主持人说："这是指找不到，如果找到呢？"陈冰不急不慢地说："要是找到了——我真的不指望能找到，真找到的话，就一起去喝酒。"

两位主持人做出惊讶状，女主持人很做作地问着："一起去喝酒？"

陈冰点点头。

男主持人李铭说："好，杯酒论英雄，有气派，陈冰小姐一定是好酒量。"

观众热烈鼓掌。

女主持人显然有些轻薄地说："现在就去喝喜酒，是不是太早了一些？"

陈冰说："迟喝早喝，都是喝。"

大家都笑，侯德义注意到，现场一些女观众的脸上，露出了不屑神情。陈冰的这句话，显然有些撒野，太过火，她显然知道自己的话会引起什么反应。女主持人却故意把陈冰往绝路上逼，话里有话地问着："这话也对，喜酒呢，早喝迟喝，都是喝，喝完了以后，干什么？"

陈冰说："让他送我回家。"

主持人李铭向男嘉宾喊道："哇，让你们送她回家！"

女主持人整个有点疯狂，她眉飞色舞，煽风点火追问着："好，送回家，然后呢？然后干什么？"

陈冰不动声色，说："该干什么，就干什么。"

陈冰的话掷地有声，现场气氛达到了最高潮，掌声嘘声不断。

接下来，是互相选择。很快结果出来了，主持人宣布名单，李铭的表情有些尴尬，他看着结果，怔了好一会儿，用带着些迟疑的声调说："哇，真是天下大乱，你选我，我选她，她呢，又选了你，最后，最后只有这么一对嘉宾，互相选中，这对幸运的嘉宾是谁呢？先公布5号侯德义先生，今天看来侯先生最有人缘，因为只有他一个人，同时被两位女嘉宾看中了，现在，我们来看看，侯先生选中了谁——"

女主持人站在李铭旁边，探头探脑，迫不及待地将结果报了出来："4号女嘉宾，陈冰小姐！"

观众席掌声雷动，陈冰有些意外，方烨整个傻了，没想到会是这样，到了节骨眼上，竟然发生了这样的戏剧变化，她已经做好了上台的准备，把可能要说的话，在肚子里刚默诵了一遍。李铭也有些不自然，但是他很快恢复镇静，向侯德义表示祝贺的时候，话里有话地点了他一句："侯先生今天是交了桃花运，我看他已经有和陈小姐喝酒的准备，随便问一句，侯先生酒量怎么样？"

侯德义脸带微笑，说："不怎么样。"

李铭说："不怎么样，那你可就得小心。"

侯德义和陈冰一起登台亮相，握手，互赠礼物，他偷偷地看了方烨一眼，忍不住笑起来。方烨又羞又恼，摄像机正对着她，她只好苦笑一下。她把头撇向一边，不想再看侯德义站那洋洋得意的样子，也不想听他说什么,但是不一会儿,她又把头扭了过来。节目已接近尾声,根据设计,最后的镜头,是侯德义和陈冰在摄像机的跟踪下,和观众告别,众目睽睽之下,离开电视台。

四

在跨上出租车的那一刻,侯德义意识到自己今天开的玩笑,有些过分。他想方烨这时候心里肯定在大骂他侯德义,想着她生气的样子,他又觉得今天这玩笑开得很有意思。这时候,方烨一定会去纠缠李铭,兴师问罪。侯德义已想好了退路,事后方烨要是追问,他可以把这一切都推到李铭身上。他就说是李铭让他这么做的,目的是为了获得更好的真实效果。这借口方烨肯定相信,李铭有说谎的恶名,想赖也赖不了。

出租司机问他们去什么地方,侯德义不动脑筋地说了一句:"你随便往哪儿开。"出租司机不得要领,陈冰看他不知所措,说:"他让你随便,你就随便吧,你想往哪开,就往哪儿开。"

接下来,应该考虑如何结束眼前的把戏。侯德义的本意,只是故意打乱李铭的安排,如果自己不按照事先的安排选择方烨,很可能结果是一对互相中意的对象都没有。他似乎没想到结局会是这样,出租司机开了一会儿车,心里总觉得不踏实,回过头来,气鼓鼓地说:"喂,你们不说清楚地方,我这车没办法开,到底去哪?"

陈冰回过头来,看了一眼侯德义,等他表态。侯德义有些为难,小声地问她:"我们去什么地方?"

陈冰说:"你问我,我问谁?"

出租车在一家啤酒吧前停了下来。侯德义付了车钱,和陈冰一起进酒店。里边很空,两人走向吧台,要了一升鲜啤,分着喝。这情调很浪漫,一时间,两人无话可说。两人碰杯,很英勇地喝完。

陈冰说:"别跟我演戏,我知道你是个谎话连篇的家伙,从一开始,我就知道你是在说谎。"侯德义不否认她的看法,拿出死猪不怕开水烫的架势，点点头。他并不在乎别人会怎么看他。陈冰接着说："你说的那个故事，根本就是瞎编的。什么恋母情结，什么女大款家庭教师，我告诉你，这故事我在杂志上看到过，一点都不新鲜，就不怕别人揭穿你？"

侯德义笑了，这样的谈话让他感到很轻松，正好给他一个找退路的台阶。他装腔作势地说："那也不一定，没准你看的那个故事，就是我写的。"

陈冰被他的话引笑了，摇摇头，以一种赞扬的口气说："你这人脸皮真够厚的。"

"在电视上说谎。"侯德义发现她不明白自己的话，又补充了一句，"因为电视上成天都在说谎，你说对不对？"

陈冰又要了一升啤酒，将两个啤酒杯加满，两人再次干杯，不过这次没有一饮而尽。陈冰显然赞成他电视上成天说谎的假设，说："刚刚在电视台，你十句话中，有没有一句是真实的？也许连一句都没有，是不是？"

侯德义满不在乎地说："我承认我是说谎了，可是你呢？"

陈冰一怔，要强而且肯定地说："我，我没有。"

第二章

一

二十七岁的陈冰是一家律师事务所的女律师。她属于那种性格难于捉摸的女人,既内向,又胆大,专门喜欢做些出格的事。前几年,二十七岁绝对还不能算老姑娘,可是这些年来,女孩子谈恋爱的年龄已大大提前,有的二十刚出头,就急着谈婚论嫁。譬如今天做《捕捉心跳》节目中的小陶姑娘,才二十二岁,那个叫陈美美的更小,只有二十一岁。陈冰并不担心自己成为老姑娘,和其他几位上电视征婚寻友的年轻人一样,她只是把这种出镜亮相,当做是一次锻炼自己的机会。征婚的方法有许多种,五花八门,陈冰好走极端路线,不鸣则已,一鸣惊人,她觉得在电视上惊世骇俗地乱说一气,很好玩。

侯德义和陈冰在啤酒吧里足足泡了两个小时,在这两个小时里,他的寻呼机一直在响。侯德义每次都是掏出寻呼机看一眼,然后继续和陈冰说话。陈冰觉得他的做法有些滑稽,既然不想回电,为什么不索性把寻呼机关了。侯德义对自己的行为不做任何解释。一个动作老是重复,本身就有一种喜剧效果,很快,只要他的寻呼机一响,陈冰就忍不住要笑。

吧台上方悬挂着一台电视机,正转播一场保龄球赛,是国际大赛。侯德义和陈冰无话可说的时候,两人就看电视,为参赛者拍手鼓掌。下一步究竟该怎么样,两人似乎都没想好。侯德义已经打消了对陈冰实话实说的主意,他想自己反正是做戏,干脆一路做下去,两人在一起玩玩,然后找个借口分手,从此永不来往。他想自己既然是媒子，以一种游戏的心情参加综艺节目，陈冰未必就是死心塌地来电视台征婚。说不定，人家早就知道他的身份，既然知道，也没必要解释，如果不知道，更没有必要解释。

不知不觉地，两人已经喝了三升啤酒。于是一起去洗手间，因为都憋不住了。洗手间是那种男女合用的，两人到了那里，侯德义让陈冰先请，陈冰进去了，他守在门口，好半天才见她出来。厕所很脏，侯德义一边方便，一边漫无边际地想着，让陈冰上这种洗手间，真是委屈她了，到处都是积水，里面的臭味，熏得人眼睛都睁不开。从厕所出来，他发现陈冰已经先一步回到座位上，摇着头走过去，叹气说："这厕所实在太那个。"

陈冰的脸有些红，她对厕所没兴趣，不想就这话题谈下去，不说话又有些尴尬。于是她决定直截了当，说一些比较实在的话题："小侯，我想问你，不过这你得说老实话，不许说谎，你为什么在今天会选中我呢？"

侯德义说："选就选了，有什么为什么。"

陈冰说："凡事总得说出个道理。"

侯德义说："很多事，没道理可说。"

陈冰说："好，我先说，我说老实话。我告诉你，我所以选你，是觉得你根本就不会选我，我是觉得不会有戏，才选上你的。做节目时，你老是和我作对，而且我早就注意到，你对其他女孩的兴趣更大。"

侯德义说："你真傻，既然觉得选我没戏，还选我干什么，我恰恰和你相反，为什么，我知道选你有戏，心有灵犀一点通。"

陈冰被他说得有些脸红，情不自禁挥手，做势要打他。侯德义连忙告饶，哈哈大笑。

二

侯德义和陈冰从啤酒吧出来，时间已经是黄昏，两人上了一辆出租车。司机又问他们去哪儿，侯德义看陈冰，陈冰笑，不说话。侯德义说:"现在是送你回家,你家在哪儿?"陈冰随口报了一个地址,侯德义不怀好意地笑了,她有些敏感地问他笑什么。侯德义说:"笑是人类的自由,你总不能不让我笑吧。"

陈冰说:"别以为我不懂,你的笑,不怀好意。"

出租车很快到达目的地。陈冰下车,侯德义跟着要下来,她阻止说:"你别臭美,今天我才不会让你上我家呢。我早就看出来了,你根本就不是个正人君子。我们的戏,到现在算正式演完了,你该干什么,就干什么去吧。"

侯德义没想到结局会是这样,呆住了,出租司机等他进一步表态,不耐烦地按了一下喇叭。他不无沮丧地说:"就这么完了,你好歹留个电话号码,总不能这么绝情,说完就完。"

陈冰留了一张名片给他,说:"也好,以后如果要打官司,可以找我。"

陈冰说完,扬长而去。侯德义再一次钻进出租车,司机仍然是问他去哪儿,他有些发ूर,不知说什么好。

天色已经黑了,侯德义在路灯下独自一人走着。他走进一个电话亭,用磁卡打电话。现在,他是给方烨打电话,电话挂到了方烨所在的医院,对方告诉他方医生这会儿不在。他挂上电话,突然想到陈冰留给他的名片,于是摸出来,给她挂电话。对方是录音电话,讯号接通了,请他留言。他感到有些意外,一时不知说什么好。他对着话筒喊起来:"喂,我是侯德义,陈冰你在不在,我要和你说话。你要是在的话,赶快跟我说话。喂,你听见吗,我是侯德义。"对方没有任何反应,他又喊了一声,正准备挂机,突然听见陈冰的声音,陈冰用一种不耐烦的语调问他有什么事。

侯德义没想到突然听见陈冰的声音,一时很激动。他说这刻肚子很饿,希望陈冰能够赏脸,一起吃饭。陈冰说她正在吃晚饭,已经吃得差不多了,谢谢他的好意。侯德义:"你不来,我只好一个人吃了,不过我肯定会点两个人的菜,你不来也是浪费。"

陈冰说:"你钱多,想糟蹋,不关我的事。"

侯德义说:"你这人怎么这么无情无义。"

陈冰说："少说这种无聊的废话，我们之间还没到谈情说义的地步。"
侯德义说："总不能说话不算话。"
"怎么不算话？"
"你可是说好让我送你回家的，现在我连你家的影子都没见着。喂，你干吗要把我想得那么卑鄙？"

侯德义在一家快餐店里，他要了一份快餐，一边吃，一边看报。他的寻呼机响了，周围有寻呼的人，纷纷检查自己的呼机。侯德义无动于衷的样子，似乎懒得去看呼机。现在，他已经吃好了，将报纸换了一面，很认真地往下看，寻呼机不停地响，别人显然已经有些烦他，他终于看完报纸，摘下呼机，无意中看了一眼，显示的号码显然引起他的兴趣，他起身去回电话。

电话接通了，陈冰在那边问他吃没吃好，点了什么菜。侯德义随口报了几道名菜，陈冰笑着说，她知道他是在吹牛。侯德义说，自己没什么毛病，就是喜欢吹牛，喜欢偶尔说说谎。陈冰问他现在想不想再和她见面，侯德义一本正经地问她是想听真话，还是想听谎话。陈冰说她想听谎话，侯德义说，那我只好说我不想见你了，我一点都不想，我要想就是个浑蛋。

陈冰被他的话引得大笑，笑了一阵，和他约好在刚刚分手的地方见面。侯德义说他不认路，已经记不清是在哪分的手。陈冰说你这人怎么这么糊涂。侯德义说，刚刚你像扔小孩一样，说扔就把我给扔了，我光顾着伤心，哪里还有心思认路。陈冰被他的话说得有点感动，说你在那别动了，我打的来接你，你请我喝啤酒，又象征性地请我吃过饭了，这样，我请你打保龄球。

他们从出租车上下来，走进一家人气很旺的保龄球馆。两人已办好手续，换了鞋，开始抛球。陈冰的水平略高一些，她教侯德义如何抛球，纠正他的姿势。侯德义按照陈冰的教导抛球，球连续滑出球道，得分低得可笑。他们的邻道是一对业余高手，屡屡打出高分。结果他们索性不玩了，歇下来，兴致勃勃地看别人怎么抛球。

从保龄球馆出来，他们又一次坐出租车。陈冰笑着说："看来我们真是有缘，是跟出租车有缘，你看我们老是在这车上坐来坐去的。"

侯德义有些摸不着头脑地问:"现在我们又是去哪儿?"

陈冰说:"我也不知道去哪,你想去哪儿?"

侯德义说:"我想送你回家。"

三

陈冰的房子是和别人合租的,是个小中套,一人一间房子,厨房卫生间共用。侯德义进门的时候,和陈冰的邻居点了点头,那个穿睡衣的女邻居,脸上什么表情也没有。侯德义有些尴尬,他注意到在女邻居的房间里,还有一个穿着工商局制服的男人。

进了房间,陈冰用电水壶烧水,向侯德义介绍女邻居的情况,她告诉他,女邻居是一位做生意的老板,她们之间从来不说话,互不干涉。侯德义无话可说,便问陈冰租这样的房子,一个月的房租是多少。陈冰继续向他介绍她的女邻居,她告诉他,女邻居经常带些不三不四的男人回来,有一次,有一个男人酒喝多了,走错了门,竟然跑到她的房间。

侯德义笑着说:"这家伙肯定不怀好意。"

陈冰说:"不怀好意倒也未必,他只是想不明白是怎么回事,神情恍惚地问我是谁,他反而把我当做了客人,后来才知道原来是自己走错了房间。"

侯德义心不在焉地听着,东张西望,小桌子上放着一个精致的小镜框,里面是一张男人的照片。他感到好奇,拿起镜框研究,问陈冰这人是谁。陈冰说是她过去的男朋友,侯德义有些意外,说想不到你这么多情,过去男朋友的照片,还供在这当摆设。陈冰说,他把我甩了,我得不到他的人,只好放张照片作为寄托。侯德义觉得她言过其实,问这人究竟是谁,竟然有这么大的魅力。她告诉他这是大学时的同学,他们谈过一阵恋爱,后来他去了美国,在那儿娶了一个台湾女孩子。

侯德义把小镜框朝下放在桌子上,说:"这样无情无义的男人照片，你还留着干什么？"

陈冰说："我这人有个坏毛病，就喜欢留男孩子的照片。我知道自己这毛病很奇怪的，你如果不介意的话，我可以让你欣赏我留的那些照片。"

陈冰拿出一本影集，上面有各式各样的男孩子照片，大部分是她不同时期的同学，不仅是照片，照片边上还有题词，大都是一些祝贺的话。其中有一句话让侯德义记忆犹深："陈冰，你不是冰，你像火一样炽热。"他情不自禁地笑了，陈冰问他为什么要笑。

侯德义说："我在想，说不定我的照片，很快也会留在这本影集里。我能不能拥有这个资格？我可不敢奢望自己也能放在镜框里……"

陈冰说："这有什么，你拿一张照片来，我明天就把你换进去。"

侯德义没想到她会这么说，一时反倒不知道说什么。陈冰不当一回事地说照片根本说明不了什么问题，说不就是张纸吗？有的女孩喜欢在镜框里放电影明星和体育明星，其实放谁还不是一样。陈冰说自己不在乎别人会怎么想，时代不同了，人们的观念千变万化，她觉得她生来就喜欢做一些出格的事，她喜欢和别人不一样。

陈冰的房间不大，一张小床，一个书桌，一个衣橱，剩下的空间很小。惟一的一张椅子上，堆着叠好的衣服，聊天的时候，侯德义老实不客气地坐在小床上，陈冰大多数时候只好站着说话。侯德义示意她坐到他身边去，陈冰把这当做是一个引诱信号，警惕地摇头以示拒绝。侯德义说："这样吧，要不你来坐，让我站着，我们不说女士优先，也不能弄得男女不平等是不是？"

侯德义说着站起来，拉陈冰坐，他自己半靠半坐在小书桌上，两人继续神聊。陈冰说真难以相信他们认识还不到二十四小时，她有一种感觉，这就是他们好像早就认识了。她问侯德义有没有类似的感觉，侯德义摇头说没有，他说自己的时间概念特别强，到目前为止，从主持人介绍开始算，他们正式相识，是十一小时二十分，至于秒可以忽略不计。陈冰被他一本正经的样子逗笑了，说这事说给别人听可能都不会相信，我们可真够浪漫的。

侯德义得寸进尺地说："真正的浪漫还没开始，你知道我是怎么打算？告诉你,在我们认识了十二个小时准点的时候,我打算吻你一下,这吻你必须答应,因为这有纪念意义。"

陈冰娇嗔地说:"你别做梦,谁说我必须答应的?"

侯德义把目光转向床头的一个小闹钟,笑着说:"我不管,再过三十八分钟,我就开始倒计时,你答应也是答应,不答应也是答应!"

陈冰说:"我当然不答应。"

接下来,两人一起看陈冰的影集,陈冰一下捧出一大叠影集。侯德义做出很吃惊的模样,说这么多照片,到明天天亮也看不完。他聚精会神,一本接一本地看着,时间在慢慢地过去,大约一个多小时以后,陈冰无意中看了一眼闹钟,她的动作似乎提醒了侯德义,他突然叫起来,说已经过了应该倒计时的时间,不管三七二十一,就手抓住了陈冰的胳膊,毫无商量余地地要吻她。陈冰试图反抗,但是她的反抗根本不坚决,她胡乱抵挡了一阵,跌倒在侯德义的怀中,侯德义在她脖子那儿试探性地吻了一下,然后把她的脸拨正,嘴对着嘴凑上去。这一次,陈冰没有躲让,她勇敢地迎接了挑战。两人热烈地吻着,各自的手逐渐不太安分。终于倒在小床上,小床上堆放着的影集有些碍事,他们每人腾出一只手,笨拙地把影集往地上推,厚厚的影集接二连三地跌在地上,发出了很响的声音。

第三章

一

街头一家卖寻呼机的商店，侯德义走了进去，问有没有旧电池卖。营业员小姐看着他，不明白什么意思。侯德义解释说，所谓旧电池，就是那种别人替换下来，已经不能用的电池。营业员小姐觉得好笑，指了指门口的垃圾箱，让他到那里面去找。侯德义走向垃圾桶，竟然真让他找到了旧电池，他很高兴地换上已经失效的旧电池，又随手将换下的电池扔进垃圾箱。

侯德义站在汽车站等公共汽车，汽车来了，他搓了搓脸，上车，往钱箱里扔钱。他看上去有些无精打采，发现有一个空位，奋不顾身地抢了下来。一个老太太慢了一步，很不高兴地白了他一眼，他装着没看见，眼睛漫无目的地看着窗外。汽车经过方烨所在的医院，侯德义站了起来，准备下车。

侯德义在医院门口等方烨，穿着白制服的医生护士，不停地从面前走过，见到熟人他就胡乱地点个头。方烨迟迟不来，侯德义看了看手表，决定到病房去找她。病房的医生休息室里，方烨脱了白大褂，正准备换下班衣服，侯德义闯了进去，吓了她一跳，两人隔着屏风说话。

方烨说："你跑哪去了？还有你找到的那个小情人呢？"

侯德义只是笑，不说话。

方烨说："你可真厉害，一上出租车，整个就没人影了。老实说，究竟到哪去了，你把话给我说清楚。"

侯德义说："我们一起去喝酒，然后把她送回家，然后，然后就完了。"

方烨将信将疑地说:"然后就完了?"

侯德义说:"我想不完也不行。"

已经换好衣服的方烨从屏风后面走出来,问为什么频频呼他,一直不回电话。侯德义一脸无辜的样子,说你什么时候呼过我,怎么一次也没收到。方烨不相信,从他身上摘下寻呼机,发现他的电池果然没电了,什么讯号也没有。她还是有些不太相信,说你的呼机不是刚换过电池,正好她抽屉里有新电池,于是立刻给他换上。刚换好,呼机就响了,侯德义拿过呼机一看,是陈冰打来的。他面不改色地拿起电话,故意拨错最后一位号码,电话通了,对方弄不明白怎么回事,大声说他打错了,从来就没呼过他。那声音很响,站一旁的方烨听得清清楚楚。

侯德义叹气说:"现在的寻呼小姐,素质太差,老是接错。"话音刚落,呼机又响了,他看了看,很严肃地说怎么又来了,不是已经错了,简直是成心害人找骂。说着,偷偷地将呼机关了,问方烨今天的活动如何安排。

方烨说:"你有什么安排?"

侯德义说:"我能有什么安排,还不是都听你的。"

二

方烨的父亲是大学里的教授,住在教授楼,他是研究化学的,动不动喜欢讲化学反应。方烨和侯德义无处可去,便待在家里陪老人聊天。方烨的父母都参加了那天的《捕捉心跳》,侯德义的临时改变主意,让两位老人很不高兴。方烨父亲本来就反对在电视上弄虚作假,禁不住老伴要上电视过瘾的死搅蛮缠,于是硬着头皮在摄像机镜头前面出洋相。

方烨母亲是个保养得很好的胖老太太,一看就知道精力过剩,对侯德义不依不饶:"小侯,赶明儿人家问我,说你家闺女有男朋友,又上电视台征婚,结果还没征到,还没人要,你说我们多没面子。不是说好的，怎么临时就变了卦，害得我原来准备好的话，都没办法说。"

侯德义把过错都推到了李铭身上，他说是李铭让这么做的，因为这样更有效果，更逼真。表演一定要即兴才会真实，要是结果是他和方烨，他们表演得再像，观众也能看出破绽。方烨母亲觉得他讲得有几分道理，类似的节目她不止一次看过，仔细想想那最后的结局，是有些做假的意思。

侯德义说："人家美国人拍电视，事先根本就不告诉你怎么拍，有时候还故意把摄像机藏起来，主持人跟你聊啊聊，偷偷地全拍下来了，难怪人家拍得好。哪像我们，一招一式，一板一眼，都事先说好了，结果拍出来，一点活气儿都没有。"

方烨父亲说："偷拍有什么稀奇，现在我们中国人也会，上次那个什么节目，不就是这样嘛。小烨，上次那节目叫什么的？"

方烨说："那是扫黄，抓卖淫嫖娼。"

侯德义失声笑起来。方烨说你笑什么，她已经问过李铭，根本就是他侯德义自作主张，临时变卦，好汉做事好汉承担，别缩头乌龟似的，事情过去了，往人家李铭身上一推了事。侯德义说，李铭的话，你千万不能相信，他怕你骂他，当然这么说，他要是肯对你说真话，除非太阳从西边出来，他这人的德性你又不是不知道。方烨说，反正你们一样，都不是什么好东西。正说着，保姆过来说烧菜的油没有了，方烨母亲不耐烦地说，油没有自己不会去买，保姆说这会正忙，走不开，方烨便让侯德义去超市买油。侯德义屁颠颠地去了，在超市买好油，付钱的时候，无意中碰到了腰间的呼机，突然想到了陈冰，他决定立刻给她挂个电话。

电话亭有人在挂电话，侯德义等着等着，开始有些犹豫。他不知道是否应该打这个电话，不知道应该说什么。打电话的人已经走开，侯德义上前摘下话机，将磁卡塞进去，拨通了号码，电话接通了，不说话，然后就是陈冰的声音，陈冰想不明白地问着："喂，喂，你是谁，说话呀！"

侯德义将电话挂上了，电话机嘟嘟嘟叫着，提醒用户取走磁卡。他怔了半天，慢腾腾地将磁卡抽出来。

吃饭的时候,方烨母亲继续在说昨天拍电视的事,侯德义看上去有些心不在焉,方烨往自己父亲碗里撿菜,不时地扫他一眼。他意识到方烨带有疑问的目光,不自然地直了直腰。

方烨终于忍不住,说:"你今天怎么了?"

侯德义已经离开方烨家,独自一个人,心事重重地在街上走,他在一家小杂货店前犹豫,突然走向柜台,拿起了电话。他这是给陈冰挂电话,现在,他和她的事必须做个了断。陈冰不在家,电话接通以后,是录音电话的声音。陈冰显然出去了,这时候,她会去什么地方呢?侯德义看了看手表,挂上电话。

天已经黑了,侯德义漫无目的地走着。一个民工模样的人,上来向他兜售生意:"老板,要不要买些盗版的VCD影碟,绝对精彩,要什么有什么。"侯德义不理他,呆呆地看着他,那人反让他看得有些不好意思,搭讪着又问了一句,看看苗头不对,又去纠缠别人。

这时候,侯德义的呼机是开着的,他不时地拿出呼机,想看看上面有没有陈冰的讯息。街上很乱,人渐渐地多起来,前方有人摆了个激光射击的摊子,百无聊赖的侯德义上前打靶,他付了钱,举枪瞄准靶心,有几个人停下步来观望,他的枪法很差,看的人忍不住要笑。

侯德义怀疑准星有问题,摆摊的老板上前示意给他看,连续几枪,都是十环。老板语重心长地说:"小伙子,你缴的学费还不够。"

陈冰从外面回到家,刚进门就听见连续不断的电话铃声,然后是录音电话启动,对方不说话,挂断,录音磁带还没倒完,电话铃声又响了。陈冰上前拿起电话,听到侯德义在茫然地大声喊叫。她兴高采烈地说:"喂,是我,你现在在哪儿?"

侯德义没想到电话会突然接通,结结巴巴地说:"我,你猜猜看。"

陈冰说:"今天呼了好多次,你跑哪去了?"

侯德义说:"我到上海去了,现在还在路上。"

虽然有很重要的话要说,他还是忍不住要先开几句玩笑。现在,他必须用最恰当的外交辞令,结束他和陈冰之间的关系。他们已经走得太远了,不应该继续朝前发展。如何开始这番话是个难题,他必须让陈冰在感情上接受得了,同时,又不能太模糊,要快刀斩乱麻,必须干净利索。陈冰并不怀疑他去了外地,很关心地问他什么时候能回来。侯德义说,今天肯定不能回来,明天也不行,究竟什么时候回来,这说不准,也许永远不回来了。

陈冰觉察出他的话中掩藏着潜台词:"这话什么意思?"

侯德义说:"我是个神秘的人,来无影,去无踪。你见到的我,其实是不真实的,我这人远比你想象的坏得多。因此,我不得不抱歉地对你说,我们之间的关系,恐怕得结束了。"

陈冰很意外:"你这话是什么意思?"

侯德义说:"我的意思很明显,其实,你知道……"

陈冰说:"你说自己去了上海,原来只是为了躲我?"

侯德义说:"你能想明白最好,我觉得我真的很抱歉。"

毫无精神准备的陈冰仍然不辨真假,说:"别跟我演戏好不好,我们是不是见面好好地谈一下……"

侯德义不容商量地说:"不,我们之间的事,结束了,再也用不着见面。"

电话挂断了,侯德义一身轻松地在大街上走。他的呼机不时地响着,起先他还看一看是谁呼他,所有的讯息都来自陈冰。他上了一辆公共汽车,腰间不断作响的呼声,引得别人都对他观望。

三

过去的几天里,陈冰一直在打电话。她已经不指望侯德义回电,因为寻呼小姐告诉她,业主已申请停机。侯德义做得很绝,他说消失就消失了。愤怒的陈冰直接给电视台打电话,转过来转过去,终于和李铭联系上。

李铭做出很无辜的样子:"对不起,我们真的不知道侯先生在什么地方,各行各业都有自己的规矩,我们照例是不能提供来做过节目的人的地址,这样做,有违职业道德,不是吗?再说,现在谈到对侯先生的了解,你陈小姐应该比我们知道的更多。"

陈冰愤愤不平地问电视台是怎么把关的，怎么会让侯德义这种无赖跑来做节目。李铭再次表示遗憾，他话里有话地说，如果陈冰这么快发现侯德义是个无赖，恐怕反而是件好事，认清一个人的真实面目，从来就不是件容易的事。为了尽快息事宁人，李铭故作深沉，连哄带蒙地说："这节目我们也是刚开始做，陈小姐的话对我们很有启发，我们会很好地研究一下，争取在下一步工作中，努力做得更好。"

陈冰气鼓鼓地说："侯德义这家伙如果是骗子，我保留控告你们电视台的权利。"

李铭叹气说："这种事有什么必要打官司？你陈小姐不能因为是律师，动不动就要法庭上见，何苦呢？侯德义这人不怎么样，不怎么样，就拉倒，就滚他妈的蛋，为这样无聊的男人打官司，值得吗？"

陈冰在和寻呼台的台长说话，台长向她解释，根据规定，他们不允许查询用户的资料。台长是个很漂亮的女人，她很熟练地打着电脑，屏幕上出现了侯德义的名字。台长说："既然是老王介绍来了，我们还是满足你的要求，你看清楚了，是不是这个人？"陈冰点点头，拿了纸和笔，作记录。

陈冰在街头打磁卡电话，电话接通了，对方告诉她侯德义这会儿不在，让她过半个小时再去电话。陈冰有些激动，因为她现在终于有了确切的线索。这个城市中有太多的保险公司和分公司，要想找到侯德义，不说是大海捞针，实在也不容易。陈冰已经打过无数个电话，在过去的日子里，一直是侯德义躲在暗处，谁躲在暗处，谁就掌握着主动，现在，该陈冰掌握主动了。

陈冰站在马路对面，注视着侯德义所在的保险公司大门。下班了，人纷纷出来，不见侯德义的身影。人越来越少，陈冰已经准备放弃，侯德义和方烨突然出现了。陈冰觉得方烨很脸熟，一时想不起来在哪见过，凭直觉，她看得出这两人的关系非同一般。她看着他们走向一辆红色摩托，两人戴上安全帽，方烨开车，侯德义紧搂着方烨的腰，坐在后面，摩托轰的一声开走了。

以后一连好多天，侯德义都能接到无名电话。他正上着班，同事来喊他，说有电话找他，是个女的，等他拿起电话，对方始终没有声音。一开始，侯德义想不明白是谁，后来想到了陈冰，并且吃准了是她，便准备在电话里和她再作一次解释，可是对方根本就不跟他说话。对方的用心只是为了骚扰他，侯德义终于失去耐心，他对着话筒又叫又嚷，并且告诉同事，以后凡是有女人来电话，一概回绝不接。这一来，上班时的无名电话骚扰是没有了，方烨想和他说话，也屡屡被耽误。

接下来，无论在什么地方，侯德义都会接二连三地收到来无影去无踪的神秘电话。有时候是在方烨家里，害得方家一家人都用怀疑的目光注视着他，有时候甚至是在方烨的医院，打电话的人显然是知道他在场，否则电话不可能这么准确无误地追到那里。方烨已经不止一次接到这电话，每次都是冷冰冰的，千篇一律："对不起，请喊一下侯德义先生。"方烨希望他能为这件事作出解释，什么人这样恶作剧，一而再再而三地电话骚扰，究竟是怎么回事。

四

侯德义在陈冰居住的小区入口前徘徊，在成片的楼房中，他无法确定她的具体位置。陈冰对这次突如其来的见面感到有些意外，她看着他，不说话。侯德义有些不好意思，像认错的孩子一样站在那儿不动。陈冰仿佛不认识他，扭头走了，侯德义慢腾腾地跟在她后面。在大楼前，陈冰停下来，似乎是等侯德义过去说话，他走到她面前，说："我想我们最好能好好地谈一下。"

陈冰说："有这个必要吗？"

侯德义："我知道仅仅道个歉还不够，但是事情既然已经这样，我们应该做个彻底了断。我承认我错了，行不行？"

陈冰仍然只是看着他，不说话。她在等侯德义继续往下说，想听听他究竟怎么说，偏偏他又不说了，怔在那发呆。陈冰又一次扭头就走，侯德义打算跟她上楼，陈冰用十分严厉的口气对他说："要是你再跟着我，我就报警！"侯德义被她的话吓了一跳，不敢再跟上楼，一转眼，陈冰已经没影子了。

侯德义显然有些不死心，他记得她是住在三楼，沿楼梯上去，不顾后果地敲门，但是没有任何反应。他不得不怀疑自己是否记错了门，于是他下了楼，绕到前面，对着大楼，扯足了嗓子喊起来。"陈冰，陈冰，陈冰！"他的声音很响，惊动了许多人，大家纷纷从窗口探出头来，像看西洋景似的看着他。这时候，侯德义已豁出去了，如果陈冰真的要报警，他也不在乎。

陈冰出现在窗口，她看着他，看他出丑。侯德义不喊了，陈冰悻悻地说："你喊呀，再喊，使劲喊！"

陈冰和侯德义现在坐在那天曾经去过的啤酒吧里，虽然时间不同，这场景对两人来说，却是熟悉的。两个人都有心思，又都做出满不在乎的样子。电视里现在正转播足球赛，是实况录像，显然这里的老板，是位体育爱好者。酒吧里没什么客人，生意清淡，一位女服务员坐在那打瞌睡。

陈冰显得很尖刻，说："我们来这谈话的目的，难道只是希望我不要再打电话骚扰你，喂，凭什么断定电话是我打的？我凭什么要骚扰你？"

侯德义耸了耸肩膀。

陈冰继续说："你没我想的那么坏，别在我面前玩什么后悔和内疚，假惺惺的，这么做反而不自然，还是亮出你本来的面目好一点。我喜欢你谎话连篇的样子，那才叫潇洒，那才叫酷，你可真是个说谎的天才。真的，我觉得我们玩得很刺激，不是吗？"

侯德义被她说得哑口无言，他抬起头来看电视。女服务员从瞌睡中突然惊醒，电视屏幕上，沉闷的比赛终于进球了，一遍遍地放着慢镜头，解说员兴高采烈地反复唠叨。陈冰示意女服务员把声音关小一点，她注意到侯德义的心思似乎全在看足球上。

陈冰替侯德义斟满啤酒，直截了当地说："喂，该你说说了，你来这里，总不至于是为了看足球吧？"

侯德义笑起来，他当然不是来看足球的，而且他从来就不是球迷。现在，他开始向陈冰坦白交代。既然是坦白，那就干脆一股脑都说出来，他把李铭怎么找他和方烨，他们事先怎么准备，最后自己怎么突然临时变卦，一五一十都告诉了陈冰。陈冰很吃惊，一边听，一边冷笑，听完了，她十分悲哀地抬起头来，看着侯德义，半天才说话："你们串通一气，玩得挺高兴，可是这么做对我来说，公平吗？"说着，眼睛红了，泪珠在眼眶里打转，她硬忍着，没让眼泪流下来。侯德义感到事态严重，又没有什么主意，不知道怎么办才好。

陈冰似乎有充分的精神准备，既然侯德义已经承认错误，她心里立刻好受多了，因为她觉得他是真心悔过。况且事情发展到这一步，自己毕竟也有不慎重的一面，毕竟不是简单地被一个小流氓骗了，她推卸不了自己应负的一份责任。咎由自取，她显然为追求浪漫付出了代价，不，其实应该说，她和他都为浪漫付出了代价，看得出侯德义现在心事重重，他也不快活。侯德义说，他很内疚，因为他的行为伤害了两个女人，他既伤害了她，也伤害了自己的女朋友方烨。

陈冰说："我想知道，你究竟是想说对不住我，还是对不住你的女朋友？"

侯德义很沉重地说："我觉得对不住自己，我根本不是那样的人。"

陈冰问他究竟属于什么样的人，侯德义说不清楚，这问题他根本就没想过。现在，他仿佛陷在很深的苦恼之中。陈冰冷笑说："你其实比街上那些乱追女孩子的小流氓还要坏，为什么呢？别人做坏事，做就做了，你却是假惺惺的，做出忏悔的样子。明明把别人弄伤了，还要在别人的伤口上撒点盐。明明是伤害了别人，却还有脸做出自己受伤的样子，你的脸皮也太厚了！"

侯德义很诚恳地接受训话，待她说完，他小心翼翼地问："我们还能不能继续做朋友？"

这一问，陈冰的脸上又一次显现出悲伤的神情，眼圈又红了。电视屏幕上再次出现进球的场面，由于声音开得很小，只能看见激动的镜头，听不见电视上说什么。

陈冰说："我走了。"

侯德义不知所措地说："我送你回去。"

陈冰说："谢谢，我自己认得回去。"

陈冰和侯德义坐在出租车上，一路无话。到目的地，陈冰下车，往小区里走，侯德义坐在已经启动的车子里，看着她的背影。

五

侯德义的脑海里常常浮现出陈冰的形象，他老是忍不住要想到她。他想到那天分手时的情景，就觉得自己是真的对不住她，很想再找个机会，安慰安慰陈冰，哪怕是被她狠狠地骂上几句也好。既然他已经有了方烨，再要求陈冰也做自己的女朋友，从情理上也说不太通。毕竟他和陈冰只是有过疯狂的瞬间，只不过是一个小插曲，但是，他独自一个人的时候，有意无意地要比较方烨和陈冰的不同。她们性格不同，体形也不同，方烨温柔似水，陈冰热情似火，方烨适合做好妻子，陈冰却天生可以做个好情人，方烨瘦，陈冰胖，不仅胖，而且健壮。侯德义眼前情不自禁地就会出现陈冰昂头挺胸的模样，那对高耸充满弹性的乳房已给他留下了深刻印象，和电视上做广告的健美小姐相比，陈冰丝毫也不逊色。

侯德义和方烨的关系，早就非同一般。事实上，一年前，为了分房子多得些分数，侯德义和方烨已经领过结婚证。除了没有举办过具有象征意味的正式婚礼之外，他们之间该发生的事情，都发生过了。侯德义住公司的集体宿舍，每到周末，他的同屋都要回家住一晚上，于是在这一天，方烨只要不值班，通常就去侯德义那里。

这一天下午，陈冰出现在保险公司宿舍的时候，侯德义和方烨正在床上缠绵。是方烨先听到了门外的呼唤，侯德义怔了怔，说这时候也有人找，真他妈会挑时间。两人匆匆穿衣服，然后侯德义开门，站在门口的是陈冰。这场面让所有的人都吃了一惊，侯德义和方烨没想到是陈冰，陈冰也没想到方烨会在。

陈冰说："我来的时机，也许不合适？"

方烨很热情地招呼她，欢迎她进屋。

侯德义几乎立刻恢复了镇静，他若无其事地说："陈小姐大驾光临，有什么事可以效劳？"

陈冰也很镇静，说自己有几个保险方面的问题，想向侯德义咨询。侯德义笑着问她是不是准备买他公司的保险。陈冰说她从来不买保险，只是办案需要了解。她很从容地问着，侯德义也很从容地作答，一问一答，天衣无缝，没有一点破绽。倒是方烨不知道陈冰要办什么案，充满好奇地问这问那，侯德义说，人家是律师办案，你问那么多干什么。

陈冰坐了一会儿，微笑着告辞，临走，说："这儿真不好找，我去你们公司，看门老头说找71号，可是我怎么找也找不到这个71号，后来还是一个小女孩告诉我怎么走。"

侯德义要送陈冰，她不让他送。陈冰脸上洋溢着笑意走了，方烨还惦记着她究竟要办什么案子。侯德义说他也不清楚，反正不是经济案件，就是离婚诉讼。方烨笑他不懂法，说离婚属于民事诉讼，和经济案件根本就不搭界。侯德义说，这年头，什么事都可以搭界，律师是干什么的，还不是谁出钱就为谁说话。他笑着说："幸好我们还没有什么麻烦，要不然可以找她。"

方烨随口问道："你们一直有来往？"

侯德义模棱两可地说："你说呢？"

陈冰在电话里向侯德义表示歉意。这时候，他在上班，手头正有业务，一位衣冠楚楚的客户在填表。陈冰表示自己不该冒冒失失地登门拜访，侯德义一边通话，一边回答客户的提问："对，就在这儿，填身份证号码。不，不是跟你说，我刚刚是和客户说话，没关系，不耽误事。"

陈冰说："没想到我会来找你吧，我这叫出其不意，攻其不备，打你个措手不及，你未婚妻有没有什么怀疑，你这坏小子可真会演戏，我告诉你，你演得棒极了。"

侯德义说："谢谢你的夸奖，你演得也不差。"

两个人一边说，一边笑，客户将填好的表格交给侯德义，侯德义拿起笔，在表格上写着，盖章，然后示意客户下一步应该怎么样。客户对他一边打电话一边工作显然不满，白了他一眼，拿了他签过字的表格，去另外一个窗口，侯德义现在可以一心一意地打电话了。

陈冰说:"看来什么时候,我也该找你买一份保险,对了,给我介绍介绍情况,买什么样的保险好。"

侯德义说:"你要我说老实话,那我就劝你别买保险。"

陈冰笑起来,说:"这恐怕真是老实话。保险公司不保险,保险公司的人也不会保险,譬如像你这样的家伙,能信任吗?对了,自从那天分手,我一直在想你的话,你问我们是不是还能继续做朋友,这想法确实有些荒唐,完全是个不可思议的问题,不过时代不同了,人的观念也会变,有些事,也许无所谓荒唐不荒唐。我觉得和一个已经有女朋友的先生来往,说不定是一件很有趣的事情,为什么呢?因为这样的交往更纯粹,没必要为结婚而操心,这样的交往不是以结婚为前提。我想我们可以成为一般意义上的朋友,只要我们不是走得太远就行。"

那天晚上他们约好一起看电影,陈冰弄到了两张内部电影票,是张艺谋拍的一部尚未公演的故事片。在外边一起吃了饭,电影开场之前,陈冰没完没了地让侯德义说方烨,她好像对方烨的一切故事都感兴趣。侯德义觉得说这些挺别扭,可是在她的坚持下,还是说了,不过是尽量说方烨的好话。电影终于开始放片头,陈冰压低了嗓子,很有感触地说:"我们犯了一个共同的错误,根本就不应该去参加电视台的节目,我们都被电视台坑了。在摄像机面前,我们见到的都不是真实的自我。你这人这点倒不错,从来不在我面前讲一句自己女朋友的坏话。我最看不惯有的男人,最喜欢在这个女人面前,说那个女人的坏话,到了那个女人面前,又说这个女人的坏话,这种男人最没意思。好了,不说了,我们看电影。"

看电影的时候,两个人的手不知不觉地抓到了一起。看完电影,侯德义顺理成章地送陈冰回去,试探着要送她上楼,陈冰并没有坚决拒绝,他便跟着她一起往楼上走,一起进门,一起进了陈冰的房间。

第四章

一

此后的一段时间里,侯德义是个幸福的男人。周末,他和方烨一起度过,周二或者周三,便和陈冰在一起。和方烨已没什么新鲜事可言,虽然还没正式举行婚礼,已仿佛老夫老妻,一切都已经程序化,先干什么,然后再干什么,没有任何悬念。和陈冰在一起,却可以充分享受偷情的欢乐,每次约会都是未知数,充满了变化神奇,充满了刺激。侯德义和李铭谈起自己的艳遇,不无得意地说:"难怪电影上的地下党总是神气活现,你想,好人坏人正派反派,都让他一个人演了,这多过瘾。"

陈冰从来就不觊觎方烨的位置,在一开始,她已向侯德义表明,自己绝不是那种缠着男人不放的女人。强扭的瓜不甜,再说,天下也不是就只他一个好男人。她并不觉得他是个多么出色的男人,她说自己所以喜欢他,是因为觉得他还不算是一个太讨厌的男人,作为男人,要不讨厌也不容易。侯德义告诉陈冰,他在年底要和方烨正式举行婚礼,陈冰对这决定不仅没有任何异议,而且明确表示,一旦他们正式结婚,她便会主动放弃和他的来往。既有开始也有结束的戏,才是真正的好戏,好戏如果没有结尾,老是很无聊地演下去,那将是人生的悲剧。陈冰的确不是太把侯德义当回事,时不时地要警告他几句:"你别臭美,别以为有两个女人都属于你,姓方的是,我可不是,从来就不是。"

和陈冰在一起,侯德义起初还在觉得有些对不住方烨,后来很快习惯了,这是一种在舞台上的感觉,他觉得自己好像分身成了另外一个人,他们肆无忌惮地在背后谈论方烨,说这说那,仿佛在谈一个毫不相干的人。由于一开始就摆正了位置,侯德义和陈冰之间的幽会,更像是单纯的寻欢作乐。大家都解除了思想负担,都不用对方负责任。陈冰所在单位搞活动,去山东曲阜孔府旅游,侯德义知道了,问能不能一起去。陈冰说:"可以带家属,如果你觉得自己是我的家属,你就跟我去。"于是侯德义当真就厚着脸皮跟去了,陈冰单位的人看过电视《捕捉心跳》,知道他就是电视上被陈冰挑中的男人,一路上,老是拿他取笑。陈冰警告那些说笑话的人,说你们可别瞎说八道,人家侯先生是有女朋友的人。

陈冰总是忘不了提醒别人,说侯德义不是自己的对象,说他有女朋友,并且已经领了结婚证书。她似乎很愿意获得这样的效果,那就是让别人想不明白他们究竟是什么关系。真话和假话之间,本来没什么明显的界限,她的话反而把别人绕糊涂了。她的目的也许就是为了让人吃惊,让人觉得不可思议。她处处向别人显示出自己为人处世的不一般,有时候,她在公开场合表现出来的亲热劲,即使是身份明确的情侣也做不出来。从曲阜回来,一路上,她不是靠在侯德义的肩膀上,就是把自己的腿往他大腿上搁。这还不算最过分,在车上,她竟然要侯德义当着大家的面亲她,而提出这要求的理由很简单,她只是想向别人证明,自己根本不在乎什么举动是出格。

侯德义注意到陈冰有意无意,总想把他和她之间的偷情公开化。他一度也有那种曝光的欲望,和陈冰的方式不一样,他采取的是偷偷地向朋友泄密。作为一个男人,卖弄自己的艳遇,这本来是一件非常正常的事情。为什么不能和朋友一起分享自己的欢乐呢?过去的几年中,他一直羡慕李铭的潇洒风流,那才是一个男人梦寐以求的幸福生活。由于他的特殊身份,李铭三天两头地换女朋友,他永远陷在女人的包围之中,就像竖在宫殿门口的铜柱子,任何人从旁边走过,都忍不住要摸一下,结果他永远是锃光发亮。

李铭是寻花问柳的高手,他给侯德义的忠告,是偷情一旦公开,离麻烦也就不会太远。玩火有玩火的游戏规则,太过分了,注定会有人被烧伤。

二

　　方烨很快知道了他们之间的关系。这是迟早的事情，她只不过是一直在等侯德义亲口承认。她等着他亲口说出来，侯德义终于向她开口，他留给方烨两个选择，原谅他，或者解除婚约，简直就和最后通牒一样。方烨差一点给他气死，她毫不犹豫地作出选择。原谅是不可能的，干脆解除婚约。方烨耿耿于怀的是侯德义居然理直气壮，一个人分明是做错了事，错了就应该老老实实，可是侯德义的认错，却仿佛是别人做错了什么。从来都是得理不让人，侯德义失了理竟然也不让人，方烨决心要为这事讨个说法。

　　方烨决定去找陈冰。那天，陈冰正在法庭上替被告做辩护，她的陈说显然不够精彩，被告感到很不满意。与此相反，原告律师义正词严，始终牢牢地占着上风。陈冰引用相关的法律依据，刚说完，原告律师已经就她引用的话侃侃而谈。这是个喜欢出风头的家伙，虽然没有多少人旁听这次开庭，但是他的情绪丝毫不减。他早就意识到陈冰有些心不在焉，法庭就是战场，辩论就是决战，注意力不集中，注定了陈冰别想帮人打赢官司。

　　陈冰已从不多的前来旁听的人中，看到了方烨，这一发现让她很分心，直接影响她的发挥。这不过是一场很小的经济纠纷官司，所谓法庭，更像是一所学校的教室，一切看上去都显得有些不够正式和规范。陈冰不明白方烨为什么会出现在旁听席上，被告和原告的亲友分成两个阵营，各自形成一个小集体，方烨显然和谁也没有关系，她孤零零地坐在两个阵营中间。仅仅凭直觉，陈冰就知道她奔自己而来。官司终于打完了，法官作出判决前是暂时休庭，陈冰撇开被告，径直走向方烨。

　　方烨向她不是很友好地点了点头。陈冰若无其事地问着："方小姐，怎么了，是找我，还是有别的什么事？"方烨看着她，不说话，在陈冰替人辩护的时候，她就是这么一直看着陈冰，正是这种注视，让陈冰感到很不自在。

陈冰说："你也许是想请我帮你打官司？"

方烨不动声色地说："你是个糟糕的律师。"

陈冰一怔，笑着说："可是我收费不高。"

陈冰和方烨一起离开区法院，方烨推着那辆红色摩托，陈冰走在她旁边。不远处，有一片新开辟的市民广场，她们往那儿走，一路走，一路说着什么。最后，在一个角落找了一把椅子，两人坐了下来，开诚布公地进行谈话。她们显得十分平静，暂时还没有剑拔弩张的迹象。

虽然只是第一次谈话，但是对于陈冰来说，方烨已没什么秘密可言。从侯德义的描述中，陈冰已经知道太多太多关于她的事情，她知道方烨是怎么和侯德义最初认识的，知道他们是怎么确定了恋爱关系，怎么有了第一次性行为，也知道他们什么时候拿了结婚证，什么时候准备正式办喜事。该知道的不该知道的，反正她已经都知道了。现在，陈冰显得特别高姿态，因为虽然这只是她们之间的第一次正式谈话，可是陈冰觉得她们已经神交很久很久，完全可以成为知心朋友。

方烨说："你既然知道那么多，还这么做，是不是太不应该？对了，你是不是觉得做第三者很有趣？"

陈冰的态度非常诚恳，说："一点不错，有时候的确是很有趣。"

方烨说："对不起，可惜我还没这方面的经验。"

陈冰说："现在想学也来得及，你应该找机会尝试一下。"

方烨不想这样不着边际地瞎说一气，她决定直截了当，开门见山，于是十分认真地问她："现在你打算怎么办？如果我们分手，你们是不是准备结婚。"

陈冰怔了一会儿，说："你真希望我抢走你的小侯？"

方烨有些不悦，说："如果真是这样，你真打算抢，也许我还得谢谢你。一句话，你若是真喜欢他，我可以把他送给你，我告诉你，他不是什么宝贝，没人会心疼。"

陈冰说："自己不喜欢的东西拿来送人，你以为别人就一定会喜欢吗？是不是有些小看了别人，不过，话倒说得不错，小侯的确不是什么宝贝，不值得我们争来争去，你死我活。我告诉你，其实小侯更喜欢你，他在我面前，可没说过你一句坏话。"

方烨说："坏话他可能是真没说过，坏事并没少干。"

陈冰被她这话引笑了，她想憋着不笑，可是忍不住。她一笑，方烨也有些忍不住了。

三

李铭主持的《捕捉心跳》很快成为当地收视率最高的节目，他因此又成为一个大忙人，找他的人源源不断。想到电视上征婚的人如此之多，大大出乎电视台的预料。有了收视率，广告也立刻比过去好拉多了，在电视台，谁能拉来广告，谁就是英雄好汉。春风得意的李铭没想到方烨会找他兴师问罪，她可不像陈冰那么容易打发，自从做过第一期节目，他就再也没见过她。他只知道侯德义和陈冰已经有了事，而侯德义应该好好地感谢他，要不是电视台给他提供机会，他根本就不可能有这次艳遇。

李铭开着一辆新买的小车去接方烨，他远远地看见她，缓缓将车开过去。方烨上了车，一见面，李铭就向她抱怨自己如何忙。方烨说："看来你是够忙的，因为你忙得身边连女孩子也没有了。"李铭问找自己有什么事，她便责问他知道不知道侯德义和陈冰的事情，李铭装得很无辜的样子，问陈冰是谁？方烨一眼就看穿了他的把戏，说："你别给我装傻，小侯就是跟你学坏的，我告诉你，我今天的目的，就是要找你们台长，告你们电视台拉皮条。"李铭有些着急，让她有话好好说，什么拉皮条之类的就免了，这话传出去可不好。

方烨说："我不仅找你们台长，我还要跟本地晚报联系，让大家都知道你那个狗屁节目，究竟怎么回事！"

李铭说："方烨，你何苦这样毁我，小侯这小子是不是东西，可他不是东西，你也不能怨我，不能拿我撒气，我又没让他和那姓陈的睡觉。我和小侯是好朋友,而且和你的关系也不赖,我们有话好好说,怎么样?"方烨还是不依不饶,突然哭了起来。李铭于是更着急,说别在这哭,要不然我们单位的人看见,不知道我怎么你了。

方烨说:"谢谢你干的好事,现在我跟他已经断了,你是他的狐朋狗友,现在可以称心了。"

李铭一本正经,像哄小孩一样说:"噢,我明白了,原来是小侯这小子不像话,方烨你放心,我这人绝对大义灭亲,谁敢欺负你,我就跟他翻脸,你说怎么办,要不要我找几个人,将小侯好好地收拾一顿,你想敲断他的左腿还是右腿,还是两条腿一起敲?"

那天晚上,李铭请方烨吃晚饭。有人认出他是电视台的主持人,跑过来请他签字,一个女孩子很大胆地问李铭,一起吃饭的方烨是不是他的女朋友。李铭身上已经很有些明星的派头,方烨注意到他的确有女人缘,很会讨女孩子喜欢,也许他是这方面的交道打得太多,因此特别善于揣摩女性的心理。他显然吃准了她找他的真实目的,方烨跑来说自己已经和侯德义断了,表面上他们已经吵翻了,她已经没有他的任何消息,其实藕断丝连,她现在迫切想知道侯德义的下落,想知道他的真实态度。

方烨不属于李铭喜欢的那类女孩,不过那天晚上,她似乎让他改变了原有的看法。她神情恍惚的样子,显得很性感,很招人爱。侯德义的负情负义,让她处于一种无戒备状态,这时候若有男人趁火打劫,想勾引她十拿九稳。要不是想到朋友妻不可欺,李铭绝不会放过这次唾手可得的机会。和方烨分手以后,李铭去了老情人那里。他已很长时期没和她联系,不知怎么就心血来潮地想到她。老情人年龄看上去比李铭大许多,有些激动,没说几句话,两人往床上滚,正要成事,李铭忽然想到要给侯德义打个电话。他从电脑记事簿上调出侯德义的号码,一边和老情人调情,一边给他打电话。电话接通了,他劈头盖脸一顿臭骂,完全是教师骂学生,师傅训徒弟,侯德义让他骂得摸不着头脑,半天没明白过来怎么回事。

李铭说:"你这笨蛋,不会玩女人就别出那个洋相。"

四

　　方烨和陈冰在医院的过道上不期而遇，她们充满了警惕看着对方。陈冰脸上露出非常勉强的笑容："我一直在想，也许可以让你帮我一个不大不小的忙。这事情说起来，有些滑稽，我认识很多人，各行各业，干什么的都有，可就是不认识妇产科医生，而你，是我认识的第一位，也是惟一的一位。"

　　方烨说："看来你遇到什么麻烦，怀孕了？"

　　在医生办公室，方烨在翻陈冰的病历，看化验单，怀孕已经确证无疑。陈冰有些不好意思，她尽量使自己显得若无其事，一副听天由命的腔调："我知道事情不妙，这种事过去也发生过。"方烨吃惊地看着她，她继续以一种不在乎的口吻说下去，"我对自己说，这算是怎么一回事，事情本来都要结束了，偏偏又来了这一手。方烨，我向你起誓，自从我们上次分手，我们从来没有来往过。他已经失踪了，我一直没有他的消息。你呢，你们现在怎么样？"

　　方烨心烦意乱，她不甘示弱地说："我们很好。"

　　陈冰说："这就好，我很高兴你能原谅他。"

　　一位护士走进办公室，她们停止对话。出于职业习惯，方烨随手拿起笔，想在病历上写几句什么，但是她写了一个字，就写不下去。护士在水池那边慢腾腾洗手，一边和方烨聊天："今天是什么日子，一下子来了两个双胞胎，时间都差不多。对了，方医生，刘医生想和你换个班，她和你说了没有？"

　　护士磨蹭了好一会儿才去。方烨让陈冰躺下来，要为她做检查。陈冰有些犹豫，方烨板着脸说："你找我的目的是什么，是来找医生，还是来找情敌？"

　　陈冰微笑着去躺下来，脱掉穿在裙子里的短裤。她这时候必须说些笑话来掩饰自己的尴尬："你说得不错，我们之间既是病人和医生，也是情敌，毕竟有那么一个男人，和你我都有牵连，我们都是这家伙的受害者,不是吗?"

方烨的心里很乱,她开着摩托,毫无目的地在街上瞎转。油表显示她的车快没油了,于是她将摩托开往附近的加油站。加油站,一辆油罐车正在卸油,加油的汽车和摩托不得不排队等候。方烨心神不定,离她不远,有两个人为一件很小的事情吵起来,很多人围过去看。

方烨决定去找侯德义,事已如此,她决定成全别人。现在这时候,他差不多该下班了,方烨给他打了个电话,说是有话要谈,让他赶快回宿舍,他们在那里碰头。侯德义说自己也正想找她,新房的钥匙已经到手了,他希望和她一起去看新房。很快,在保险公司宿舍门口,驾驶着摩托的方烨见到了侯德义,她让他坐在自己背后,继续往前开。侯德义紧紧地搂着她,讨好地说去新房应该怎么走。方烨说:"你先别急着说话好不好,我正开着车,你别影响我的情绪。"说着,她的龙头似乎晃了一下,一辆巨大的卡车紧挨着他们身边呼啸而过,侯德义吓了一跳。

他们来到一个儿童乐园旁边,这是他们初次约会的地方,当时大家都觉得好笑,介绍人为什么要选这么个地方。叽叽喳喳小孩子的声音很响,侯德义感到事情有些严重,方烨的神情十分严肃。在过去的这些天里,他一直试图寻找机会求得方烨的宽恕和原谅。他已经不止一次地承认了错误,现在,他不明白方烨要干什么。

方烨说:"你还记得这是什么地方?"

侯德义一下子变得轻松起来,说:"当然记得,怎么敢不记得,这是我们的革命圣地延安,记得那天你穿了件佐丹奴汗衫,胸口这儿好像有个青蛙一样的标记,还有,你那件汗衫颜色怪怪的……"

方烨说:"你的记性也太好了,我从来就没有过什么佐丹奴汗衫。"

侯德义用手再一次作比划:"当然是佐丹奴,我还记得字母呢。"

方烨觉得现在和他争论这个毫无必要。她心里很乱,侯德义掏出口袋里的新房钥匙,问她究竟想不想去看房子。方烨说,如果她不想看,又怎么样?侯德义觉得很扫兴,好在方烨又突然改口,答应去看新房。反正谈话在哪都能进行,也许去新房更有意义。这时改成了由侯德义驾驶摩托，方烨坐在他背后，只是出于习惯，她搂住了侯德义，行驶中，突然觉得不应该这么做，于是换了一个姿势，用手紧紧拉住车坐垫。

方烨和侯德义来到新房。空荡荡的新房，风吹着一扇没关好的窗户，发出一阵阵的回响。侯德义兴致勃勃地领着她挨个儿房间看，这是一个中套，面积不大，装潢一下，对于新婚夫妇来说，将是一个很理想的安乐窝。方烨的脸上毫无表情，她跟着他，无动于衷地参观着，始终不说话。最后，他们来到了阳台上，方烨很严肃地看着他，侯德义感到事情仍然不妙。

方烨说："没必要老兜圈子，我们是不是该言归正传，谈谈你那位陈冰小姐吧，听陈小姐说，你们已经很长时间没有联系。如果真这样，你这家伙可是不太地道。一个男人太花心，不好，花了心，加上无情无义，更不好。你怎么会一下变得这么坏？"

侯德义说："我们已经断了，我和她已经没什么关系。"

方烨说："你说没关系，就没关系？"

侯德义做出很委屈的样子："我要是再和她来往，随你怎么说。我已经认了错，我已经错了，希望你能原谅，你不要老是得理不饶人，好不好。我已经认错，你还要我怎么样？"

方烨说："别不讲道理，光发急也没用，你好像一只偷嘴的猫，在外面吃了条鱼，若无其事地回来了，摇头晃脑，什么事也没有。可是能什么事都没有吗？让别人原谅你，你是金口玉言，你说原谅，别人就一定得原谅，否则就是别人的错，是别人得理不饶人。"

侯德义愁眉苦脸地说："我再一次认错，行不行？"

方烨说："你知道不知道，你的这种所谓认错，让我感到很恶心！"

侯德义脸上显出明显的不快。

方烨又说："我最后再问你一句，陈冰已经怀孕了，你知道不知道？"

侯德义目瞪口呆。

第五章

一

谁也没想到方烨和陈冰后来竟然成为了朋友，无论从哪个角度看，她们都应该互相敌视才对。也许是陈冰的一句笑话起了作用，她们果然由共同的受害者，走到了一起。陈冰说，女人和同一个男人，不会有共同的爱，只有共同的恨，她们之间没有你死我活，至少说明一个最简单的事实，她们其实都不是那么刻骨铭心地爱侯德义。爱使人分裂，不爱使人团结，她们谁都愿意把侯德义像礼物一样恭让，对于这个男人来说，真是件太悲哀的事情，因为两个女人内心深处，都不是太在乎他。

陈冰对于堕胎有很大的恐惧。好几年前，她已经有过一次这样的经历，现在，噩梦重演，她正被越来越大的恐惧包围着。这种事耽误不得，她成天心事重重，一有空就研究医学书籍。陈冰已经习惯从书本上去找答案，毕竟她还是一名未婚姑娘，虽然并不是很在乎别人怎么说，可是总不能到处随便找人聊这件事。她最大的担心，是再一次堕胎，会不会影响今后的生育。

方烨从一名妇产科医生的角度，认为堕胎不会影响她后来的生育。很多女人都人流过两次甚至三次，临了，她们照样还是有了一个健康的小宝宝。只要人流的最佳时机不耽误，这样小小的手术，对女人的身体不会有太大伤害。为了不让陈冰怀疑她是别有用心，方烨为陈冰找了一名专家，一般人的心理，总是专家的话，才能让自己最后安心。陈冰心里一直忐忑不安，方烨为她找专家咨询，正合她的心思。

到咨询的那天，陈冰准时到达医院，专家门诊外面排着长长的队。方烨已经事先替她挂了号，领了她直闯进去，门口的人哗然，说都什么年头了，看病还开后门。陈冰发现那所谓专家，竟然是个半大不小的老头，黑黑的，戴副眼镜，心里当时就感到不痛快。人已经到这了，想打退堂鼓也已经迟了。专家看她的病历，问她以往的人流史，然后喊她躺下来做检查。陈冰有一种遭愚弄的感觉，她觉得方烨这是存心，一想到这黑老头要窥探自己的身体，她顿时感到一阵恶心。然而对方不耐烦的神情，减弱了她本能的羞涩感，这是一个无法避免的事实，外面那些排着长队的女人，不是正心甘情愿地在等着这机会吗？

专家的意见和方烨如出一辙，他不认为流产会影响今后的生育。不过，考虑到她年纪也不小了，如有可能，生下这个孩子，可能是更好的选择。他并不知道她还没有结婚，因此以想不明白的神情，问陈冰为什么不准备要小孩。陈冰看了一眼方烨，笑着说："我爱人出国去了。"专家想不明白流产和出国有什么关系，这种事有关个人隐私，他没有继续往下问。

离开门诊，陈冰仍然心事重重。她半天不说话，突然很认真地对方烨说："如果你和小侯觉得我生下这个孩子，对你们没什么妨碍的话，我准备做单身母亲，为什么非要结婚才可以有小孩呢？我保证今后和你们没有一点关系，这一点你绝对可以相信我。因为我对是不是有个丈夫，根本就无所谓，男人到哪儿都能找到。但是我想当母亲，我一向很喜欢小孩，不知怎么的，我有个预感，如果这孩子被剥夺了出世的权利，我命中就会注定再也没有小孩。这预感非常强烈，而且越来越强烈。"

方烨笑着说："没有人逼你流产。"

陈冰皱着眉头说："我说的是真话。说这话，你不应该笑。不要掩盖你的真实想法，其实你根本笑不出来。你现在的心情和我一样复杂。"

二

侯德义得知陈冰准备做未婚妈妈，产生的第一印象，是她显然用这件事情作为要挟，目的显而易见，这就是想拆散他和方烨。自从方烨得知他们的事情以后，侯德义再也没有和陈冰来往过。对于他来说，自己的心早就收回来了，他和陈冰之间的成人游戏已经结束。陈冰现在以肚里的胎儿为要挟，实在是一步很拙劣的臭棋，尽管他确信那胎儿和自己的确有关，这是一个抵赖不了的事实，但有时候又不能不往别的地方胡思乱想。

陈冰给他写了一封很长的信，在信中，她用很长的篇幅，表达了自己和他已经情断义绝。过去的一切只是一场梦，浪漫，冒险，刺激，说过去就过去。这一页已经成为历史，她告诉他，自己想留下这个孩子，完全不是为了他，陈冰说她为任何一个男人都可能这么做。她回忆起自己对小动物的感情，说小时候家中养猫，母猫每次生小猫，都给她带来极大的快乐。她忘不了小猫打斗的神情，此外，她还说起同事的一个小男孩，可爱得简直就像一名小天使，看来什么动物都是童年最可爱。在信的结尾，她旗帜鲜明地表达了自己的观点，作为一个女人，从性爱的角度来说，她也许需要男人，需要男人并不意味着一定要有个丈夫。时代发展了，婚姻对于女人来说，已经不是十分必要，女人不一定非要做妻子，然而却一定要做母亲。陈冰已经能感受到腹中小生命的躁动，她想到自己即将当母亲，感到无比的幸福。

侯德义一时打定不了主意，他不知道是否应该让方烨阅读。当方烨问起这封信的时候，他谎称自己已经把这封信烧了。这是一个没有必要的谎言，为了维护这个谎言，侯德义必须重新编织一系列的新的谎言。显然，陈冰已将写信这件事告诉了方烨，这么做的效果一箭双雕，既表示自己光明磊落，又暗示她和侯德义藕断丝连。自从陈冰决定做未婚妈妈，她始终有意识地让方烨感受到她的存在。她选中了方烨所在的医院，把这当做是自己未来孩子出生的地方。显然，她是存心刺激方烨，随着胎儿的越来越成熟，陈冰向方烨展示自己的身体时，不只是得意，甚至都忍不住有些卖弄。

好在方烨并没有上当，她似乎比侯德义更明白陈冰的用心。在一开始，她不止一次想到了自己退出，既然事情已经到这一步，她发自内心地愿意成全他们，正如陈冰对她分析的那样，侯德义还不至于让别人为他争得死去活来。不过，物极必反，陈冰总喜欢在方烨面前过分地贬低侯德义，或许做得有些过火，方烨开始怀疑陈冰的真正动机。有一点不容置疑，无论说得怎么干脆，事实上，她们都陷在深深的矛盾之中。方烨有充分的理由相信，尽管侯德义不是什么宝贝，但是谁也不可能轻易地就放弃他，陈冰不会，方烨也不会。

很难说她们两个人，谁在竞争中更占上风。她们各自都有自己的法宝，陈冰是律师，她清楚地知道已经和侯德义领了结婚证书的方烨，在法律上的有利地位。方烨也知道，从法律的角度上来看，虽然自己和侯德义尚未举行正式的结婚仪式，但是领结婚证这种行为，已经说明他们的婚姻有效。问题的关键，在于人情往往大于法律，陈冰和侯德义毕竟已经有了孩子，如果陈冰坚持要生下这个小孩，方烨和侯德义的婚姻，就可能永远蒙上一层阴影，而这层阴影临了将导致他们的分道扬镳。

方烨花了许多时间来思考和侯德义的分手问题。究竟是因为赌气，还是因为别的什么心理，方烨决定如期举行婚礼。不管最终结果会怎么样，既然侯德义的新房已经到手，并且已装修完毕，既然双方的家长早就迫不及待，方烨和侯德义举行不举行仪式，在他们保守又现实的心目中，其实已经是一回事。事情已经到了这一步，有没有婚礼，反正都是离婚，方烨索性大张旗鼓地操办婚事。既然组成一个新家庭的条件，在方方面面早已经成熟，太成熟了，像熟透了的水果一样，不仅颜色太艳丽，而且都快腐烂了，那么干脆弄得热闹一些。

三

方烨和侯德义的婚礼,在一家很不错的酒店里隆重举行,李铭担任司仪,在他的指挥调度下,现场气氛十分活跃。是否邀请陈冰这一点上,方烨曾经有过激烈的思想斗争。这种事她用不着和侯德义商量,现在,侯德义会做出什么样的反应,已经不太重要,方烨不在乎他会怎么样,担心的只是自己是否会失态。有一点已经不用怀疑,无论陈冰到不到场,参加婚礼的亲友,对这件事其实都已经早有耳闻。反正是让别人议论,伸头一刀,缩头也是一刀,天塌下也就这么回事,方烨决定邀请陈冰,来不来由她自己定夺。关键是看一个人的勇气,方烨要向陈冰表明,她并不怕她。

陈冰果然大着肚子来了,看上去已怀孕七八个月,她镇定自若,结果不安的是在现场那些知情人。这是一场两个女人斗智斗勇的鸿门宴。新婚夫妇的家长感到很愤怒,他们对陈冰的不满意,一下子到达了顶点。方烨的母亲不相信天下竟然有这么不要脸的女人,她觉得今天自己的女儿实在是太委屈了,如果不是自己的丈夫拦着,她真恨不得冲过去,请陈冰离开现场。

新婚夫妇端着酒杯挨座敬酒,人们大呼小叫,终于到了陈冰坐的这一桌。侯德义掩饰不住尴尬,一直若无其事的陈冰也有些慌乱,大家向新人敬酒,方烨喝完了,又为自己倒了一杯,提出要和陈冰单独喝。

陈冰说:"喝酒我可不怕你,喝就喝。"

方烨说:"先别说狠话,喝了再说。"

两人把酒喝干,又往杯子里倒酒,又碰杯,不过这次没喝完,只是象征性地抿了一口。两人相视而笑,大有英雄惜英雄的意思。大家的目光都盯着她们,负责摄像的人,也连忙把镜头对准方烨。站一旁的侯德义浑身不自在,仿佛有一大群小虫子在脊梁上爬来爬去,他希望这一幕滑稽戏赶快结束。

方烨说："很高兴你能来，希望你喝好吃好。"

陈冰说："既然来了，自然不会亏待自己。"

方烨又说："你要注意身体。"

陈冰怔了一下，说："身体是自己的，我自然舍不得亏待它。不过，你也别太累了，蜜月里悠着点，别过分，你也得注意身体。"

方烨笑着说："你放心，我身体很好。"

新婚夫妇继续去别的桌子敬酒。很长一段时间里，人们将传颂这一段精彩且别有用心的对话。方烨的出色表演，令她像明星一样光芒四射，相形之下，侯德义却像个傀儡，他做梦也没想到方烨会这么厉害。

四

方烨准备在蜜月结束之后，就跟侯德义离婚。侯德义被她的这个决定弄糊涂了，很长时间里说不出话来。如果真是这样，一切都变得十分荒唐，不可理喻。侯德义想不到会是这样的结局，他曾经春风得意，为自己同时拥有了两个女人的爱情感觉良好，可是现在，两个女人不约而同地都要抛弃他。

举行过婚礼以后，方烨和陈冰竟然成了无话不说的好朋友，她们一直保持着热线联系，每天都要花上很长的时间通电话。在电话里，她们没完没了，大谈那个尚未出世的婴儿。侯德义想不明白她们为什么会变成死党，为什么方烨会那么关心陈冰肚子里的婴儿，有一天，他终于感到忍无可忍，愤怒地让方烨立刻挂上电话。

方烨说："侯德义同志，你发什么火？"

侯德义说："你们这是什么意思，成天唠叨这小孩？"

方烨说："我关心这孩子有什么错，有什么错？你想想，自己对这小孩一点不关心，那才叫奇怪呢，你说你还是不是人，好歹也是你的骨肉，你倒好，不闻不问。"

侯德义说："谁知道是不是我的骨肉！"

说完这句话，他感到有些后悔，后悔也来不及。这话不应该脱口而出，方烨充满不屑神情地看着他，很吃惊他竟然会说出如此卑鄙的话。侯德义感到无地自容，他觉得自己现在的处境非常不妙。相形之下，方烨似乎是很高大，他显得非常猥琐。事实已经证明，他不仅花心，而且无情，而且不道德。他不相信方烨是真的要他关心陈冰，是真的要他关心陈冰怀的身孕，反正他里外不是人，怎么做都不对，方烨却横竖有理。

侯德义决定像抓住救命稻草一样，紧抓住方烨不放，他打定主意，坚决不答应离婚。从表面上看，不答应离婚至少表明自己还爱着方烨。离婚是一件很烦人的事情。现在，他不能没有她，他觉得她和以前已经不太一样，从来也没有像现在这么可爱过。

五

在侯德义和方烨的蜜月即将结束的时候，陈冰的预产期也到了。她终于挺着巨大的肚子，出现在方烨的医院里。方烨在门口迎接她，她行动不便地从出租车上下来，随同她一起到达的，还有一位雇来照料她的小保姆，小保姆长得很漂亮，衣着光鲜，看上去已不太像是乡下妹子。方烨说，你这是找人伺候坐月子，关键要会做事，找这么漂亮的小丫头干什么？陈冰说，谁说人漂亮了就不会伺候人，我可不愿意有一个呆头呆脑的姑娘在眼前晃来晃去。现在不是有一种说法是胎教吗？在我的孩子来到这个世界之前，我希望自己眼前所能见到的都是美丽的东西。

方烨已提前一步办好了手续，直接带她们去病房。一路上，陈冰像个鸭子似的走着，雄赳赳气昂昂，两个手为了保持平衡，不由自主地晃着。方烨问她有什么预兆，她说一点感觉也没有。

方烨说："既然还没什么预兆，就先住大病房，羊水破了以后，再往小病房搬，这事反正不着急。"

陈冰说："何苦那么麻烦，直接去小病房算了。"

方烨说："这可是为你省钱，小病房是单间，比宾馆还贵。"

陈冰说："再贵，总不能比五星级宾馆还贵吧，我豁出去了，再贵也住，你放心，这点钱我还付得起。"

方烨笑着说："随你，你们当律师的反正有钱，吃了原告吃被告，不像我们工薪阶层，花什么钱都得算计一下。"

陈冰说："别跟我哭穷，你们成天收红包，别以为我不知道，对了，你说我是不是也应该送，入境随俗，我是说其他医生，还有那些护士什么的。什么都不表示，总不太好吧，我听说现在的风气都这样。"

陈冰在预产期过了两天以后，才开始出现阵痛。方烨对她特别关照，常常去小病房看她，病房里有一台电视，没事的时候，陈冰和小保姆一起百无聊赖地看电视剧，阵痛来了，便哇啦哇啦地惨叫。她叫的时候非常孩子气，有时候阵痛来得快去得快，她喊了一两声，继续若无其事地看电视。

方烨问陈冰是不是让侯德义来一趟。陈冰觉得这时候说这个，有些荒唐，而且不够意思。她们已经是很好的朋友，用不着再如此小心眼。陈冰让小保姆出去一会儿，十分真心地问方烨，是不是还怀疑她和侯德义之间没有完全断掉。方烨摇头，说绝不是这个意思，她告诉陈冰，自己根本就不在乎他们之间会怎么样，如果他们是真的没断，她将衷心地为他们祝福，她既然已经准备和侯德义分手，因此说这话完全是出于真心。

陈冰说："你不能因为自己不想要了，也不管别人怎么想，就硬拿来送人做人情。方烨，我再一次向你郑重提醒，你如果是为了我，想和小侯分手，绝对没那个必要。我不仅不领你的情，而且会恨你，会觉得恶心。如果你是真的不爱他了，你觉得爱情已经不复存在，那就是你的自由，你爱怎么办，就怎么办。反正一句话，你们怎么样，与我无关。"

一阵阵痛袭来，陈冰又鬼哭狼嚎起来。方烨替她检查了一下情况，说你别太夸张，还早着呢，没有个十个八个小时，别想生下来。她用听诊器听了听胎音，告诉陈冰一切正常。陈冰说，她知道一切正常，可是肚子疼，这又不是装出来的。方烨无话，准备离去，她还得到其他的病房去看看。

陈冰喊住了方烨,很认真地说:"方烨,如果你真的和小侯分手,我想他一定会觉得很窝囊。这是他想不明白的一件事。男人有很多事,永远也不会想明白,孩子呀,婚姻呀,这些外在的东西,其实还是维持不了爱。爱是一个非常实在的东西,看得见,摸得着,什么都是空的,关键还是看爱,也许,没有了爱,什么都会枯竭。"

方烨最后还是决定让侯德义来一趟,她给他挂了一个电话。侯德义感到很为难,去也不是,不去也不是。临了,仍然是决定去,又不能空着手去,于是去了一家礼品店,为买什么样的礼物而犹豫,他想到了玩具,可是这毕竟太提前了,结果是买了一大捧鲜花。他捧着鲜花出现在小病房门口的时候,陈冰已进入待产阶段,用产科术语来说,子宫颈口已经完全打开,小孩的黑乎乎的小脑袋已经隐约可见。方烨和另外一名医生正在忙着,小保姆不知道侯德义是什么人,拦住了不让他进去。他只好站在门口对里面眺望,趁小保姆不注意,硬往里闯。陈冰大声喊着,呼天喊地,声嘶力竭,一切就快结束,她喘着粗气,在绝望和无意中看到了他。突然的安静,时间似乎停止了,方烨感到奇怪,她回过头来。

现在,两个女人,陈冰和方烨,医生和产妇,法定的妻子和正在生产的情人,一起目不转睛,看着怀抱鲜花的侯德义。她们目不转睛地看着眼前这位不知所措的男人,暂时忘了眼前的一切。

马文的战争

第一章

一

马文常常趁杨欣洗澡的时候,往卫生间里硬闯。这种企图十次中有九次半会失败,因为杨欣总是把门锁上。马文显然是故意的,而且只要是个机会,绝不放弃尝试,杨欣为此已和他翻过几次脸。他们的儿子马虎觉得这一幕很有趣,和母亲的想法一样,他也认为马文这么做,是有些耍流氓。男女有别,爸爸妈妈已经离婚,离了婚,马文就没有权利再偷看妈妈的身体。

马文和杨欣离婚后,依然同住在一套两室一厅的房子里,厅很小,共用厨房和卫生间,两人抬头不见低头见,时不时会发生一些口角。结婚前就不断吵架,想不到离了婚,还是吵。现在,杨欣正在卫生间里洗澡,她总是要花很长很长时间。马文心不在焉地走来走去,他的儿子在认真算账,虽然只是小学二年级,马虎的算术似乎很出色,跟父亲算房钱水电煤气之类的费用,一丝不苟一分不让。他看着马文魂不守舍的样子,挺严肃地问他,是不是正憋着一泡尿。马文无可奈何叹了口气,马虎便使坏地吹起口哨,是那种为小孩把尿时的嘘声,马文很生气,骂了儿子一句。

马虎幸灾乐祸地说:"坏了,有人要尿裤子了!"

马文说:"算你的账,你小子上次多要了我十块钱,知道不知道?"

马虎对卫生间里喊着:"妈,慢慢洗,听见没有?"

马文恨不得在儿子头上打一下,他掏出皮夹,准备付账。正付到一半,杨欣湿漉漉地出来了,一边用毛巾擦头发,一边往自己房间里去。马文迫不及待冲进厕所,杨欣这时候又从房间走了出来,想再次进卫生间,发现他正敞着门在里面撒尿,哗啦啦声音极响,扭头就走,同时愤怒地请他上厕所关门。马文感到很痛快,叽里咕噜说了句什么,如释重负地走出来,立刻显得很轻松。儿子马虎正不怀好意地笑着,马文对儿子说:"有什么好笑的,活人总不能让尿憋死。先是你洗澡,然后是她,我也不懂这是为什么,为什么女人洗个澡,要比看半场足球赛的时间都长!"马文后面的话是说给杨欣听的,如果她愿意搭腔,他打算和她讨论一下自己撒尿的权利,可是杨欣根本没兴趣理他,扭头又进了自己的房间。

　　马虎和父亲算账,计算着应该找还多少钱。马文继续唠叨,他穿着一身黄颜色的制服,不明真相的人,还以为他是警察,其实只是一个居民小区的门卫。两年前,刚三十多岁的马文便提前退休,他所在的国营工厂已经倒闭,一家外国老板把厂买了下来,不当回事地把原有的工人统统打发了。工人们闹了几回事,到市委门前去静坐,到报社去散人民来信,到马路上去发传单,最后仍然不了了之。马文现在的差事是临时的,干了不过三个多月,他喜欢那身黄制服,走在街上,别人难免对他刮目相看。在马路边买菜,那些贩子不是见了他要溜,就是胆战心惊不敢多收钱。有一回,一位挺漂亮的乡下妹子看见他,挑着菜就跑,马文追着说:你跑什么,我这个警察是假的。乡下妹子一边跑,一边说:假警察,怕的就是假警察。马文笑了,说你真的别跑,我要买你的茄子,这茄子多少钱一斤。其实根本就不想买茄子,那天他心情特别好,不仅话多,还真买了两斤茄子。

　　马文的手头不算宽裕,杨欣也下岗了,他每个月必须交出一份钱来养儿子。人穷志短,他总是对账单斤斤计较,离婚已经一年多,每个月算账,都对平摊一半公共费用耿耿于怀,明知道杨欣最受不了这些,还是忍不住要把话说出来,结果每次都不愉快。马文觉得自己出这么多钱不合理,水费,电费,煤气费,都要掏出一半实在是太吃亏。他从来不在家里洗澡,从来不用电吹风,从来不用电熨斗,而且房间里还没有空调。杨欣对这些话烦透了,只当没听见,于是马文便反反复复说给儿子听。说起来也可笑,他常常会忍不住把儿子已经算好的账，重新算一遍，然后又一次小肚鸡肠地继续啰嗦。现在终于和儿子把账算清楚了，马文清点着自己的皮夹，嘴里还在不干不净。

杨欣板着脸走了出来，她似乎有什么话要对他说："你真要是觉得吃亏，下次可以一分钱也不要出。大男人一个，你俗不俗？"

马文说："俗！当然是俗，要不是俗，你怎么会和我离婚！"

杨欣说："知道自己俗就好。"

马文看着杨欣，发现她今天的情绪不错，便搭讪说："亲兄弟，明算账。我们别说是离婚了，不离婚，这账也得算清楚，你说是不是？"

二

或许马文和杨欣的斤斤计较，包含了两层意思：第一，手头确实有些拮据。第二，想多搭几句腔，因为他并不是太愿意和她分手，潜意识中还存几丝复婚的念头。和马文提早退休差不多，早就下岗的杨欣在这一年多来，工作也老是在换。她找工作好像并不难，三天打鱼，两天晒网，最差时是柜台的营业员，最厉害时在一家不小的公司里当公关部的副总经理。她混得显然要比马文强一些，起码是自信，动不动就敢炒老板的鱿鱼。杨欣属于那种从来不为失业担心的女人，敢想敢做，敢做敢当，天塌下来也不在乎。她做公关部副总经理的时候，常让那些喜欢吃豆腐的男人下不了台。有一次，一个自称台商的内地人说：杨小姐，你搞公关，不做点牺牲怎么可以。杨欣大大咧咧地说：我倒是想牺牲的，可是你长得太丑了，引不起女人的兴趣。这话没人时说说也罢了，是吃饭的时候，当着一桌子人，气得那家伙差点当场翻脸，赌气喝酒，结果吐得一塌糊涂。

今天马文又一次自作聪明，误解了杨欣的情绪。他看见她没有像往常那样紧皱眉头，而是脸色发红略带微笑，便以为有机可乘。虽然住在同一套房子里，平时和她说话的机会并不是很多，杨欣根本就不爱理睬他，遇上不得不说的话，一定是板着脸，像是在法庭上提问犯人。即将展开的话题并不愉快，马文以为杨欣的脸红，是刚洗过澡的缘故，做梦也没想到她会突然开门见山，直截了当地告诉他，说自己已经准备再次结婚。

"结婚？"

杨欣的脸上流露出几分歉意。

马文知道自己是明知故问，还是脱口而出："你跟谁结婚？"

"你说是跟谁？"

马文感到非常沮丧，他知道她不是在开玩笑。杨欣这人毫无幽默感，即使他们当初坠入爱河之际，她也很难得说一句笑话。他知道这一天迟早会来，心里很不乐意，故作轻松地说："怎么，李义已经离婚了？他小子终于离了！"

杨欣的脸上不太好看，忍住了，没发火。

马文吹了一声口哨，他想自己应该表现得根本就不在乎。

"我觉得还是先和你说一下的好，免得到时候大家尴尬，结了婚，他就可以搬过来住。"杨欣这次用的是商量口吻。

"搬这儿来住？"马文的眼睛瞪老大，顿时怒火万丈。

杨欣没想到马文的反应会这么强烈。他的儿子马虎也有些意外，小眼睛滴溜溜地转着，一会儿看看马文，一会儿看看杨欣。马文的心情变得很恶劣，他觉得自己没有理由阻止杨欣再结婚，而且也不在乎她又一次嫁人。但是他有权利拒绝那个叫李义的男人，搬到自己的这套房子里来住。短时间的沉默，马文咬了咬嘴唇，问杨欣是否搞错了，他提醒她注意，这可是他父亲单位的房子，是以他父亲的名义分到手的，虽然房改时已经购买下来，但是产权并不属于她。

杨欣气呼呼地说："对不起，我并不想占据你的房子。再说，这房子多少也有我的一份。"

马文气得脸煞白，说："我告诉你杨欣，不要欺人太甚。你们要结婚，我不拦你，可是请你远离这套房子。"

杨欣说："我想我有这个权利。"

"什么权利不权利，别跟我来这套，"马文咬牙切齿地说，"这李义是什么东西，没离婚时就跟你不干不净，他怎么有脸踏进这个门？"

杨欣本来准备心平气和地和马文谈，根本谈不下去，于是两人吵起来，一吵架，自然没什么好听的词，杨欣一赌气，便回自己的房间。临走留下一句话，说这种事本来没必要和你商量，整个是给脸不要脸，我就在这结婚，你能把我怎么样？马文无话可说，恨不得给杨欣一个耳光，他追到杨欣房间的门口，冲她嚷着：

"那家伙要是个男人，他就不应该上这个门！有能耐就应该自己去找套房子。"

杨欣不理他。

马文又说："要结婚，搬出去，有能耐就到外面去。"

杨欣说："李义是没有多大能耐，你得意什么，你又有多大能耐？"

马文又一次无话可说。

杨欣说："我就是不搬，你又怎么样？"

马文说："我告诉你，我死也不会答应。别指望我会让步，这是我爹留给我的房子，李义他想搬进来住，除非等我死了！"

杨欣恶狠狠地说："那你就去死，又没人拦你！"

三

马文现在孤零零地站在楼顶上，从小他就喜欢登高，小时候，他家住的是那种小楼房，在一片矮房子中，二楼已经很高了。他喜欢登高望远的感觉，有了什么委屈，受了小同伴的气，考试没考好，挨了父母的责骂，一爬上楼顶，心情陡然就会好起来。马文的父亲是个很爱啰嗦的副处级干部，没事做总是想方设法教训儿子，因此只要能摆脱父亲，马文便爬到楼顶上去发呆。老式二楼的楼顶呈斜坡状，有一次刚下过雪，马文爬上去看雪景，差一点摔下去。

马文现在是站在六层楼房的平顶上。全中国如今到处都是这样的建筑，成片成片的像一个个火柴盒子。马文正在咀嚼自己的痛苦，他知道杨欣是说到做到的人，她做人永远不管三七二十一，根本就不在乎别人的感受。他想起自己刚戴绿帽子时的情景，杨欣和李义打得火热，光天化日之下，就能看出他们的关系已经不太正经。全车间的人都知道马文的老婆偷人，这种事好像股市利好的流言，很轻易就会到处传开。马文想装作什么都不知道，结果是他越这么做，越显得傻。

　　杨欣从来就不考虑做丈夫的难堪，她从来就不知道刹车，通常是越走越远，越远越离谱。她的性格是即使轧姘头，也仍然理直气壮。马文知道她这次说的又是真话，想到那个叫李义的男人马上要搬来住，他愤怒之外，悲凉之情油然而生。这显然是个不能忍受的现实，在一个三四十平方的公用空间里，前妻堂而皇之要和旧情人结婚，这以后的关系怎么相处。马文越想越别扭，越想越觉得屈辱。他想不出用什么办法，才能阻止杨欣办婚事，李义是脸皮极厚的人，马文相信他会若无其事地走进这套房子，然后像老熟人一样地和他打招呼。

　　马虎探头探脑地从出口处伸出头来，远远地对马文喊着："爸，你在干吗？"

　　马文没好气地说："我在准备往楼下跳。"

　　马虎说："别瞎讲，你才不敢往下跳呢！"

　　马文说："我为什么不敢跳，告诉你，你爸我活腻了。我跳下去，有人就称心了。你妈就可以称心如意地和姘头过日子。"

　　"什么叫姘头？"

　　"这得问你妈！"

　　马文脸色很沉重，马虎突然变得紧张起来，他试探地问着："爸，你真要跳楼呀？"

　　马文走到楼顶的边沿，摆了个姿势，做出要往下跳的样子，马虎这一次是真的害怕了，他大声地尖叫起来。马虎的声音惊动了杨欣，她开门出来，沿着备用的木梯子往上爬，也把脑袋伸到出口处。她远远地看着马文，十分平静地说："喂，要跳，你就真的跳下去，别装模作样地吓唬小孩。"马文说，我吓唬谁，我吓唬我自己。杨欣说，什么叫吓唬自己，你连自己也吓唬不了。说完，喊儿子和她一起走，马虎不放心，不肯走。杨欣又说，我告诉你马文，这婚我是结定了，你就是真跳下去，我也照结不误。马文想，这个女人真是太心狠了，冷笑说，很好，我就真跳下去，让你称心。

马虎用哭腔喊着：

"爸，别往下跳，跳下去会摔死的！"

四

当110警车响着警笛开过来的时候，马文根本就没想到这会和自己的宝贝儿子有关。马虎被杨欣硬拖了回去，小家伙心里七上八下，放心不下马文，突然想到老师在课堂上说过的话，遇到紧急情况可以拨打110。杨欣没有阻止他拨打电话，马文不怕出洋相，就让他痛痛快快地丢回脸好了。刺耳的警笛带来一阵恐慌，人们纷纷从窗口探出脑袋，希望能明白究竟发生了什么样的事情。马文先是和别人一样看着热闹，直到一位警官拿着手提话筒对他喊话，他才意识到事情有些不妙，他突然明白这件事竟然与他有关。手提话筒发出来的声音怪怪的，回声很大，警官喊什么反而听不清楚。只是一会儿工夫，楼底下已经围了一大圈看热闹的人，就好像过节一样，大家都抬着头看他，一边叽叽喳喳地说着什么。一个年轻的母亲手上抱着小男孩，她正指点他应该往什么地方看。

马文感到自己正在遭到戏弄，他没想到会是宝贝儿子打的报警电话。现在，他真的很愤怒，或许是他们争吵的声音惊动了邻居，尤其是儿子那种惊恐的尖叫声，于是喜欢多管闲事的人，便又一次多管了闲事。马文使劲地对楼下挥了挥手，让警察赶快回去，该干什么就赶快回家干什么。可是，他的这一举动，不仅不能打消别人以为他要自杀的念头，反而更进一步证实了这种假设。为了能让自己的话听得更清楚，马文向前走了约半步，这半步立刻引起了一阵骚动。

"喂，楼顶上的那位同志，喂，喂，那位同志，请你尽量想开一些，有什么事，可以好好说嘛！"拿话筒的警官一边喊话，一边不停地调着音量。

现在，马文成为大家的焦点所在，成为人们关注的中心，他突然觉得这很有意思。也许心一横，纵身跳下楼去，倒是一个很不错的选择。好死不如赖活,可一个人老是赖活着,又有什么意思。马文不想说自己混得很失败,然而确确实实,也没有任何成功的地方。他的处境简直是糟糕透顶,记得工厂刚倒闭时,工人还聚集在一起商量如何闹事,最激烈的甚至提出集体去卧轨,这种话当然只是说说而已,说的人自己也不当真,说完就忘。习惯很容易就成为自然,其实根本不用去卧轨,大家浩浩荡荡地爬到楼顶上,按抽签顺序排好队,每隔三分钟,往下跳一个人,直到上级主管部门做出让步,这一招绝对奇妙。马文想象自己像只巨大的蝴蝶,在空中展翅飞翔,短暂然而永恒,然后他的照片便登在了报纸上,小报上常见到这样的报道,说不定还会有几个血腥的电视镜头,人们目瞪口呆看着,眉飞色舞说上一阵,说上几天,一切就结束了。

一个警察的脑袋从楼顶的出口处冒了上来,这家伙年龄不小了,有些秃顶,几乎与此同时,在大楼下面,一块巨大的帆布一样的东西被拉开了,这是110联合行动的最新成果,是一种专门用于火警和防止跳楼自杀的救生装置,刚从国外进口的。马文觉得现在的场面很像是在拍电影,那位有些秃顶的警察犹豫着是否上楼顶,微微发亮的脑袋像洞穴中的老鼠似的探来探去。马文希望他不要那样小心翼翼,索性上来反而更好,但是他偏偏一声不吭,这样反倒给马文增加了不少压力。

马文对他发出了邀请:"你上来呀!"

他的声音有些走调,怪怪的,听上去有些不怀好意。

马文又说:"你们不就是要看我出洋相吗?"

警察没有做出任何反应,他只是露出半截身体,远远地监视着马文,态度并不友好。从他身边,又冒出一个脑袋,这家伙戴着帽子,和他的同伴一样,也是一动不动地看着马文。

楼下的话筒又喊了起来:

"喂,那位同志,希望你爱惜自己的生命!"

马文很想解释说这是一场误会,这场戏已经没办法再演下去。他不知道怎么说才好,无可奈何地往楼下看着,现在他是出奇的胆大,在他往楼下看的时候,下面的人紧张地调整着位置,好像他立刻就要往下跳一样，马文的腿有些软了，这次是不由自主，他干脆一屁股坐下来，让两条腿挂在半空中直晃荡。楼下的气氛紧张到了极点，那两名警察上了楼顶，向马文一步步逼近。马文的脑袋一阵混乱，手用力一撑，人纵身跳了出去。

第二章

一

　　一个多月以后，杨欣和李义的婚礼如期举行。马文的左手绷着石膏，拍片显示结果，有两处骨折。参加的人很少，就一桌人，男方代表中有李义的父母，他的姐姐李芹，女方代表中有杨欣的父母，外婆，还有杨欣的一个弟弟。马文父子只能算是特邀代表，特别是马文，他的身份显得十分暧昧。地点是一家不大不小的馆子，虽然订了包厢，天气突然热起来，空调却出了毛病，于是不得不把包厢门打开。门一打开，大堂里的景象便看得一清二楚，一家人刚办完丧事正在聚餐，有好几桌，黑纱白花，热闹得很，斗酒，干杯，大呼小叫，全无一点悲伤气息。虽然没有哭哭啼啼，喜事和丧事凑在一起办，新郎新娘不忌讳无所谓，双方的长辈都感到有些不吉利，脸上不时露出尴尬的神情，马文因此有些幸灾乐祸。

　　杨欣的弟弟带来一架小摄像机，马虎闹着要他来摄像，结果只好让他玩。他也没心思吃菜，将椅子搬到角落里，人爬上去，对着吃饭的人，扫过来扫过去。大家一遍遍地喊他过来吃，谁喊他，他就将镜头对着谁。马文不愿意自己的窘相被拍下来，屡屡对儿子使眼色，偏偏马虎最喜欢拍他，动不动就把镜头对准他。

　　马文发火说："马虎，你有完没完？"

　　马虎不理他，继续拍摄。为了不冷场，双方的老人互相敬酒，李义的姐姐李芹很能体贴人，不时地对马文说几句话。她知道他现在最难堪，除了找话说，还不停地让他吃菜，马文已经饱了，还拼命地往嘴里塞。吃到中途，李义和杨欣站起来，向马文敬酒。马文说，我这人嘴拙，不知道说什么好。杨欣笑着说，什么都不用说，把酒喝了就行。马文说，那不行，什么都不说不礼貌，我必须想几句好词。最后，他傻乎乎地说：

"那就祝你们白头偕老吧！"

杨欣说："我当是什么精彩的格言，这现成的话，谁不会说？"

一旁的李义就傻笑，他长得白白净净，戴副金丝眼镜，一头一脸的知识分子模样。他的笑声很怪，平时就这声调，短促而铿锵有力，仿佛老人的咳嗽。

马文说："不说白头偕老，说像我们一样，结婚没几年就离婚？"

李义的笑声更怪，两个肩膀同时往上耸。一桌的人，都愕然，李芹看看自己兄弟的表情，又对着马文看。两方的老人都不说话，杨欣有些不快，说："这事用不着你操心，老实说吧，马文，你还是好自为之，别再想不开了，下次从楼上跳下去，可就没那么幸运了！"

马文笑着说，早知道结果是这样，他根本就不会犯那样的傻气。大家听他这么说，都看着他，他故意卖关子，隔一会儿才说：

"我也是上了一当，早知道下面的这些救护人员，一个个全是笨蛋，人摔下去，膀子还会骨折，打死我也不会跳。再说，我早知道你这人铁石心肠，既然挡不住你们结婚，跳了也是白跳，何苦自己找罪受！"

二

新婚之夜马文没有睡好，儿子马虎今天晚上和他睡，小家伙新换了地方，有些兴奋，不停地跟父亲聊天。他分散了马文的注意力，东扯西拉，从学校说到同学家，从男生说到女生，说到有一次在上学路上，看见一个男人突然回过头，将自己撒尿的东西拿出来，对着走过的女生乱晃。他一会儿一个话题，这个尚未说完，又开始下一个。说到临了，马虎很认真地问马文，一个人一生中，究竟可以结几次婚。马文说，如果你高兴，就可以结一百次。马虎说，一百次太多了，他准备以后结八次婚。马文觉得奇怪,问他为什么看中"八"这个数字。

马虎老气横秋地说:"八好,八就是发。"

马文问儿子到目前为止,喜欢的女孩有几位。马虎想了想,说起码有三个。马文说,才三个呀,那你也用不着结八次婚了。马虎说,谁说喜欢就要结婚的,我还喜欢电影上的巩俐阿姨呢,难道我也和她结婚。马文笑着说,你不和巩俐结婚,那我跟她结婚。马虎也笑了,说美死你,人家巩俐阿姨才不会看上你呢。马文说,你又不是巩俐阿姨,怎么知道她不会看上我。马虎怔了一会儿,说你应该和我们班李美辰的妈妈结婚。马文问他为什么,马虎说,李美辰的妈妈是富婆,有钱。马文奇怪儿子竟然会有这样的念头,马虎接着又解释:

"我妈说的,你这人就喜欢钱,斤斤计较。李美辰妈妈有钱,有了钱,就好了。"

马文觉得儿子的话很有意思:"她真的有钱?"

"当然有钱。"

"漂亮不漂亮?"

"当然漂亮?"

"她难道没有男人?"

"当然有男人。"

马文又好气又好笑。就这样,说到最后,马虎终于撑不住了,说着说着,便睡着了。想不到他虽然是个小孩子,呼噜声却十分了得,像个小风箱似的。马文知道今晚注定是个不眠之夜,他聆听着隔壁的动静,一趟趟去卫生间。小客厅里一张方凳总是磕脚,一次又一次地被他踢翻。最过分的一次,是他开了客厅的灯忘了关,结果还是杨欣出来关了,半夜三更的,小客厅的灯老开在那,她以为出了什么事,只好出来查看,看看没什么事,便关了灯继续回房间睡觉。她回去以后,从房间里传出低低的说话声,李义大约是也醒了,马文听不清他们在说什么。

三

　　新婚之夜后的第三天，马文拒绝让儿子再睡到自己的房间里来，他的理由是，既然法院判决马虎归杨欣抚养，她就不应该刚结婚就遗弃儿子。只有一个房间并不能成为理由，杨欣可以再婚，马文也可以再婚，难道真到了那时候，把儿子马虎撵到大街上去不成。杨欣听了冷笑，说少来这套，我还不知道你的意思，你这是想刁难我们，存心作梗，告诉你，我们并不在乎，李义比你有爱心，他喜欢小孩，别以为你就能难倒我们。

　　于是，杨欣的房间就变成了三个人住。李义觉得很不方便，却无话可说，他现在是寄人篱下，没权利说这说那，除非他有能耐去弄一套房子。他可以说也是被自己老婆扫地出门的，李义有一个很可爱的女儿，年龄比马虎还大一岁，他老婆是个干部子女，脾气大得很。结婚许多年，他已经忍气吞声惯了，所以和杨欣再婚以后，这种小委屈根本算不了什么。忍一时风平浪静，退一步海阔天空，他是个儿女心肠极重的人，时时刻刻思念女儿，看不到女儿，便把那份柔情都用到了马虎身上。马虎天生是个实用主义者，谁对他好，他就喜欢谁。李义变着法子讨杨欣母子的好，于是房间里常常欢声笑语，让马文听了感到很难受，更加失落。

　　李义和杨欣开始很认真地实施一个计划。改善居住环境毕竟还是重要的，现在最好的办法，就是为马文找一个女人，找一个有房子的女人，将他打发出去。现实状况实在太别扭了，前妻前夫后夫挤在一套房子里，马虎爸爸妈妈叔叔地胡乱喊，怎么说都有些荒唐。有一天，李义的姐姐李芹应邀做客，看不过去，偷偷地把李义拉到一边，说眼下这种过于复杂的关系，可能会带来一系列问题。在她看来，夫妻离了婚，还住在一套房子里，这是很不道德的，关键还是容易出问题，她不无担心地说：

　　"这话你可能不爱听的，我都怀疑他们是不是真的断了。"

李芹建议李义尽快去买套房子，没钱的话，就算是贷款，也应该买。李义嘴上含含糊糊地答应了，待李芹刚走，便对杨欣说："我姐就是不近情理，买房子，钱呢？贷款，贷了款我们拿什么还？真是有钱人不知道没钱人的痛苦，现在有几个人真买得起房子。"杨欣却觉得李芹的话不是没道理，报纸上成天都是卖房子的广告，房子造好了，总要卖的，谁说没人买房子，她认识的好几个人最近就都在装修新居，人家也没发什么大财，还不是照样有新房子住。

"我就不相信，难道都是偷的钱不成？"杨欣倒不在乎要赶着买新房子，她只是觉得李义有些难受，知道眼下这种居住环境让他感到不自在。

李义是个颇会用心计的男人，他开始寻找机会和马文促膝倾谈，与他共同回忆当年的历史。有一天，杨欣带马虎出去看电影，李义便硬拉着马文一起喝酒。一人一瓶多啤酒下肚，李义说："唉，说起来真不好意思，这些年，我常回想到当年你找我谈话时的情景。说老实话，我那时候是真的很抱歉。"

马文说："你抱歉个屁，当年我让你认个错，你他妈死活也没肯认错。"

"不是我不肯认错，实在是这种事，就没办法认错，我怎么说，对不起，我不该跟你老婆睡觉？我这么说，你还不更跟我急，这事又不是认了错，就可以了结，睡都睡了，认不认错没任何区别，所以我宁愿给你脸上打两拳，打两拳就打两拳。告诉你，我是故意不回手的，真打起来，你未必是我的对手！"

马文红着脸说："你不服气，我们现在再打一架试试？"

李义笑着说："现在要打，那就是我打你了。现在的情况完全不一样，杨欣现在是我老婆，我要是真打翻了醋坛子，饶不了你。"

马文让他这么一说，倒有些不好意思。有时候，直截了当把话说出来，反而让人无话可说。真话通常是最好的交流和沟通，经过几番互无保留的对话，马文和李义不仅达成了谅解，消除了误会，两个人还突然都发现对方其实不错。话越说越多，越说越投机，渐渐地便成了好朋友。马文发现李义这人清澈见底，是个直肚肠子，从来就不会掩饰自己的真实想法。李义承认自己为马文介绍女朋友，算不上安了什么好心，他的目的是想赶快把他赶走。"不光是我觉得别扭，你马文老在这住下去，我想也是很无趣。妈的，这算是什么事，再说你那儿子马虎说大就大，说懂就都懂了，总和我们住在一个房间里，恐怕也不太方便，你说呢？"

现在，马文也不想再在这套房子里住下去。在这场突如其来的遭遇战中，他已经输掉了第一个回合。马文毕竟是个活生生的男人，在斗智斗勇方面，他似乎远不是杨欣的对手。杨欣是个天才的演员，到了半夜里，她常常发出一些很做作的声响，马文有理由相信，这种过分的声响更可能是一种表演，是故意要让他听到，是为了让他忍受不了，赶快知趣一些滚蛋。这一招很毒，因为动辄就害得他睡不安生。漫漫长夜之中，马文开始品尝失眠的滋味，他突然发现自己生活中，确实也需要有个女人，女人这玩意儿不想的时候也没什么，一旦想到了，还就真是个不大不小的事。

四

在李义和杨欣的精心安排下，马文开始和不同的女人见面，约会，不止一次差点就要成功。马文做梦也不会想到，还会有不少女人愿意嫁给他。由于目的十分明显，所有对象都事先经过考察，首先是要有房子。不征婚不知道，连续和几位对象见过面才明白，原来合适马文征婚年纪的下岗女工大有人在。国营工厂的优势已不复存在，越是大工厂，下岗的势头就越猛。下岗引发了新一轮的离婚高潮，眨眼之间，铁饭碗没了，年轻夫妇们情绪一下子都变得很恶劣，情绪不好，脾气便大，结果一个个还没做好共同对付生活艰难的准备，便匆匆地离了婚。

满大街都是下岗的人，人多了，就没多大的了不得。马文发现不少离婚的下岗女工，和他的心态差不多，刚下岗时，恨不得立刻再找一个工作，时间一长，也就顺应自然，走一步算一步。刚开始，这些女人幻想着找一个有铁饭碗的丈夫，最好是个机关干部，是税务局的干事，是工商局的科员，是派出所的警察，要不就是学校的老师，大学中学甚至小学都行。可是幻想多数要破灭，因为僧多粥少，有好工作的男人大都家庭稳定，就算有个别离了婚的，或者是大家拣剩下来的，也是癞蛤蟆想吃天鹅肉，竟然还要找大姑娘。现实有时候很残酷，离婚的女人条件太高不仅不现实，而且会耽误嫁人良机。没结过婚的女人通常是浪漫的，离了婚的女人差不多都很现实。马文遇到的都是下岗女工中的佼佼者，这些女人有自己的房子，不愁找不到新的工作，下岗为她们提供了新的选择机会，也培养了新的就业理念。她们对待马文的态度，就像找新工作应聘一样，都抱着试试看的心理，反正闲着也是闲着。马文长得不算高大，却是眉清目秀，看上去忠厚老实，给人第一印象很不错。几乎所有的对象都愿意与马文再次约会，其中最有成效的便是与黄晓芬，马文觉得自己好像已经有些爱上她了。

黄晓芬开了家小饭馆，生意不好不坏。两人初次见面，是一同去看《泰坦尼克》，她一边看，一边哭，看完了离开电影院，半天不说话。黄晓芬是李义的小学同学，离婚已经五年了，用李义的话来说，她是个很好的女人，只可惜男人不是个东西。在街上走了一圈，马文提议请她吃饭，她推辞了一番，说："你不要客气，我不饿，不过真想请我的话，就找家小馆子，当然要干净一点的。"马文问去麦当劳怎么样，黄晓芬有些犹豫，说麦当劳也不便宜。说完了，觉得有些不妥，红着脸说，对不起，说她是中国人，还是习惯吃中餐。终于进了一家小餐厅，她很认真地先看了看菜单，点头说这地方可以。两人于是坐定，服务员送茶水上来，马文让黄晓芬点菜，她不客气地说："我点就我点，反正我是开餐厅的，知道什么菜实惠。"

那天上馆子只花了了很少的钱，黄晓芬给马文留下不错的印象，该浪漫时浪漫，该现实时现实。接下来连着几天约会，两人的关系近了许多，话题逐渐谈到自己原来的家庭。马文觉得没什么好说的，因为他不愿意说杨欣有什么不好，便反反复复地说自己无能，说自己没有情调，不讨女人喜欢。黄晓芬安慰他，说夫妻本来只是缘分，缘尽了，事情也就了结。至于情调更说不清楚，她不明白为什么他会这么想,反正她觉得他还是有一点情调。

马文说:"有一点有什么用,女人喜欢的是多一点,不是有一点。"

黄晓芬说:"不一定,男人情调太多,肯定花心。"

"男人不坏,女人不爱。"马文吸了一口长气,感叹说,"我所以失败,就是不够坏。"

黄晓芬大讲自己前夫如何坏。中国男人身上的坏脾气,她前夫样样都有,吃喝嫖赌,外加没有一样本事。最让马文震动的,是这个人还把性病传给了黄晓芬。说到这样的事情当然有些尴尬,但是黄晓芬忍不住非要喋喋不休,因为这勾起了最痛苦的记忆。她告诉马文,说性病落在男人身上,治疗起来还容易一些,女人要是得了这种该死的毛病,天知道有多麻烦。她说到的种种痛苦,还包括去医院治病,那些医生并不问你这病是怎么来的,可是那眼神无疑是把她当做了妓女。

马文觉得能把这种事告诉自己很不容易,他不知道如何安慰她,看着她眼圈红了,便抽出餐巾纸来替她擦眼泪。黄晓芬索性哭了几声,哭完了,说:"我也不怕丢人,这种事都告诉你了。你也知道,这事根本没办法告诉别人。我真觉得说不出口。"马文情不自禁地拍了拍她的后背,手掌正好落在她的胸罩带扣子上。她终于冷静下来,告诉马文自己的病总算治好了,她老是有点不放心,去复查过好几次,医生说已经痊愈。接下来,马文获准送她回家,一路上,他有些亢奋,觉得事情发展到这一步,基本上应该算是有点眉目。一个女人把自己最隐秘的事情告诉你,这并不是一般的信任,意味着你们之间的关系已经非同小可。事态的进一步发展似乎不言而喻,马文感到一阵阵冲动,血管里仿佛有只老鼠在上蹿下跳,这样的机会说什么也不该白白放过。他心中正在默默盘算,何时出击才是恰到好处。黄晓芬显然也感觉到了他表现出来的躁动不安,在出租车里,她碰了碰他的手,马文像捉什么东西似的,一把捏住了再也不肯松开。

还是在掏钥匙的时候,马文就迫不及待地想拥抱她,可是进了门,他很失望地发现她八岁的儿子正趴在吃饭桌上做功课。黄晓芬也有些吃惊,问儿子今天怎么这么早就放学了。儿子懒洋洋地哼了一声,很不友好地白了马文一眼。黄晓芬对儿子说这说那,显然是在敷衍他，说了一会儿话，带马文参观她的住处。她把他带进了自己的卧室，随手带上了房门，正准备说什么，马文十分冲动地伸出手去，按住了她的两个乳房。这时候，马文脑子里一片混乱，只觉得自己手下按住的是两只蜷伏在那的小鸟，小鸟的嘴硬硬的，好像正在啄他的手。就这么僵持了好一会儿，外面传来了激烈的踢门声，黄晓芬的宝贝儿子在外面大声喊着：

"妈，我要看电视！"

黄晓芬推开马文，打开房门，让儿子进来。惟一的一台电视就放在她的卧室，儿子进来后，跑过去打开电视机。黄晓芬观察着儿子的脸色，儿子也回过头来，对他们看。马文的脸上露出十分尴尬的笑容，他做出对正在播放的电视节目也很有兴趣的样子，但是小孩根本就不领情。马文注意到小男孩眼里有一种很恶毒的冷漠，看一会儿电视，便扭头白马文一眼。很显然，他这是在监视马文。马文感到有些心虚，浑身都不自在。黄晓芬问他是不是去小孩房间坐一会儿，他竟然脱口说了一个"不"。

她没想到他会说不，怔了一会儿，说："也好，我去烧点水，泡杯茶，你看，一直让你干坐着！"

马文心猿意马地看着电视，他无意中扭头，看到床头柜上放着一小管药膏，出于好奇，他将那药膏拿起来，正准备看，突然想到黄晓芬谈起的性病，犹豫了一会儿，仔细看写在药管上的小字。正看着，黄晓芬走了进来，马文下意识地赶紧放下，她清楚地看见了这一切，但是装作若无其事。这以后，水烧好了，沏茶，马文一杯接一杯地喝着，一趟接一趟去厕所。到天快黑的时候，他终于和黄晓芬一起走进她儿子住的小房间，小家伙还在隔壁卧房看电视，马文觉得自己已经不像一开始那么冲动，他甚至都不想做那件事，只不过是一种惯性在起着作用，让他不得不表示一下，他将房门带上，搂住了她，手又一次不安分起来，但是，这次黄晓芬没有让他再得逞，她将他的手从自己的小腹上拉开，很果断地说：

"不！"

第三章

一

李义对马文感到很失望，尽管马文一再强调，每次都是女方看不中自己，但是李义坚信他这是在说谎。"如果你存心要找个人的话，别说一个老婆，就算是十个八个，也早就找到了。不是我想伤你马文，也不撒泡尿照照自己，你说你一个看大门的门卫，穿一身像人民警察的制服，就真以为自己是公安人员了。对了，就连这门卫的差事，都还是临时的，你有什么理由挑肥拣瘦。"李义一有机会便数落马文，他发现自己已经黔驴技穷，能够搜罗的单身女人，挨个地都与马文见了面。"你真是把我坑苦了，再这样下去，派出所非找我不可，我这不是成天在为你拉皮条吗？真是的，我吃错了什么药。"

有一天，李义去附近的美容厅理发，在那遇见一个刚死了男人的年轻小寡妇，人长得有模有样。美发厅老板和她认识，劝她别太伤心，要想开一点，让她过一阵找个男人，重新开始生活。理发理到一半的李义忽然冲着镜子大叫起来，说自己手头就有一个很不错的男人，他的话过于冒昧，结果没有一个人答理他。美发厅里突然变得很安静，隔了一小会儿，那小寡妇很生气地骂了一句：

"神经病！"

李义回去把这事说给马文听，马文听了便笑。李义说："你还有心思笑，我都差点真成神经病了。"

"这真是皇帝不急，太监急，是我找对象，你那么急猴猴地干什么！"

"马文，你不要得便宜卖乖，把话说说清楚，谁是皇帝，谁是太监？"

马文看李义是真的有些不高兴，连忙说："自然我是太监，你是皇帝。我不是太监，起码也是英雄无用武之地。不瞒你李义，我是真憋不住了。我是男人，我又没有什么病。"

李义私下里和杨欣经常会谈到马文，杨欣不反对为马文张罗，但是觉得李义太急，心急吃不了热豆腐。李义说，你还嫌太急，这事到目前为止，根本就没有一点眉目。杨欣说，你是不是觉得和我结婚了，心里有一点对不住马文，所以这么急着给他找对象。杨欣发现李义在偏执这一点上，和马文相比，有过之无不及，惟一的不同只是兴奋点不一样。马文喜欢在小事上斤斤计较，为一个芝麻，可以丢掉一车西瓜，李义却是认准一件事，不管与自己的切身利益是否有关系，不达目的誓不罢休。如果说在一开始的时候，他为马文介绍对象，还是想将他从这套房子里赶出去，到后来，已经发展成为对自己能力的评估问题。天下无难事，只要肯登攀，世界上怕就怕"认真"二字。"我就不信不能把这件事摆平，"有一天，李义忽发奇想，很激动地对杨欣说，"看来是非拿出点毒招不可，舍不得孩子套不着狼，我已经想了一个锦囊妙计，让马文和我姐见面。杨欣，你说我姐这人怎么样？"

二

李义很认真地问马文，作为男人，他会什么绝活。马文想了半天，摇头说没有。李义又问他原来是干什么的，只知道他是技术员，可究竟什么技术，一直没弄清楚。马文不好意思地说自己只是绘图，算不上什么尖端技术。李义说："知道你没什么大能耐，真要有，也不会让你下岗了。"马文申辩说，自己不是下岗，是提前退休。李义说这有什么区别，搁在国外，都叫失业。"我的意思，是你能不能给我姐露两手，证明自己还是个男人，"李义把自己设想的蓝图说了出来，他注意到马文的眼睛瞪多大的，连忙为自己的话作解释，"我是说，你得露几手女人不能干的事情，譬如修个电视，给洗衣机换个零件。"

马文说:"那我去帮她换煤气,煤气瓶我还扛得动。"

李义叹气说:"人家是管道煤气。"

李义和马文坐出租车去李芹家,在路上,马文忽然想到问李义,他姐今年多大了。李义不以为然地说,我姐当然比我大。马文执著地要李义正面回答,你姐姐李芹究竟多少岁。李义说要回答一个准确的数字,得先让他把自己的年龄想清楚。马文不耐烦地说:"这么简单的事,你说哪一年出生的不就行了。"

"你要是早一点直截了当地问我,我姐是哪一年出生,不就什么问题都没了?"

李芹对弟弟李义和马文的突然来访,感到十分意外,虽然事先已经通了电话,但是李义神秘兮兮的,并不肯说明他们的来意。看得出,李芹李义姐弟的关系很好,属于无话不说的那种。李义到了她那里,大大咧咧地挂长途电话,一说就是半天。马文有点不知所措,和李芹有上句没下句地敷衍着。李芹住在郊外一套很豪华的房子里,一看就是很有钱的样子,马文早听说郊外住着很多有钱人,今天是第一次有机会见识富人的豪宅。据李芹说,她的这套房子是这一片别墅中,规格最差的一种,当时一下子拿不出那么多钱,因此只好将就。

李义一旁插嘴说:"我姐是富人中的穷人,要不,就是穷人中的富人。"

李芹说:"别瞎说,我根本就没什么钱。"

李义说:"我又不跟你借钱,人家马文也不会跟你借,别慌着哭穷。"

李芹带着马文参观自己的房子,多少有些卖弄的意思,告诉他为什么要这样安排那样设计,马文想这么好的房子,反正与他无关,也就没什么吃惊,无论李芹怎么介绍,他就是不说好。倒是李义时不时还要发出感叹,说这才是人住的房子,房间多得都数不清,一圈转下来,他悻悻地说:"看看人家,再想想我们,我们现在住的,怎么能叫人住的房子,我们他妈的根本就不是人!"

马文说:"各人各福,你觉得自己不是人,我还不这么觉得,人嘛,本来就分三六九等。有人住好房子,住大房子,有人呢,像你我这样的,天生只配住小房子和不好的房子。"

李义说:"你这话什么意思,是骂我姐,还是夸我姐?"

李芹不明白这两人来干什么,坐了一会儿,李义便嚷着要为李芹做些事。"姐,你是一个人,有什么不方便的,就跟我和马文说一声,我们帮你做。"李义的话让李芹更摸不着头脑,李义屁颠颠的样子,显然隐藏着什么不良的用心。她知道他最喜欢干一些不三不四的事情,小时候李义常玩的恶作剧之一,是把李芹书包里的课本,全部换成一些毫不相干的杂书,等她上课时再发现,一切已经晚了。这样的恶作剧一次两次也就罢了,偏偏李义老是没完没了,结果李芹去学校上课前,一定要认真地检查一遍自己的书包。

李义决定帮李芹清洗油烟机。这是个自说自话的荒唐决定,因为李芹认为此举完全没有必要,小区门口经常有清洗油烟机的人,花不了多少钱全解决了。李义很严肃地说:"这不是钱的问题,你可是一个人住,人家看见有个单身女人住这,住这么好的房子,非起邪念不可。马文你说是不是,马路上的人,怎么可以随便喊回家呢?"

两个男人开始笨手笨脚地拆卸油烟机,大卸八块。马文不止一次看人干过这活,自以为简单,没想到真拆下来,怎么也没法重新安装。李义说,你这家伙真笨,说好了你拆我清洗,最苦最累的活我都干完了,你却没办法把它恢复原状。马文只好承认自己笨,红着脸让李义帮忙,李义没法跟他急,说拆是你拆的,自己拉的屎,当然应该自己吃,我凭什么帮你来擦这屁股。他嘴上这么说,忙还是不得不帮,然而他也是个大笨蛋,忙了半天,把一个好端端的灯泡弄坏了,仍然解决不了问题。两个人都是累了一头大汗,最后还是在李芹的协助下,才把油烟机安装好。事实证明女人的直觉很可怕,李芹不过是在旁边看了几眼,也没存心想记住,只是凭感觉认为应该这样,结果证明她完全正确。

从李芹家出来,李义不无得意地问马文:"喂,觉得我姐怎么样?"

马文不吭声。

李义有些不高兴:"这是什么意思,有话快说,有屁快放!"

马文说:"你姐姐太有钱了。"

李义笑起来:"有钱有什么不好?"

"有钱当然好。"

"可是我听你那话中间的意思,是并不好。"

马文又不吭声,隔了一会儿,他小声地嘀咕着:"不但有钱,而且也还算漂亮。"

"漂亮难道又不好?"

"当然好。"

"好?"

"好。"马文的语调中仍然有些犹豫,他的眼睛望着窗外。

李义十分傲气地看着他,愤愤不平,喘着粗气说:"有钱,漂亮,总不能说是缺点。老实说马文,你真不配我姐,你不配。别以为谁想硬塞女人给你,你小子不识抬举,不是东西,别摆什么谱,傲气什么,就因为我姐比你大了几岁?我告诉你,女大三,抱金砖。这事就算是你肯,我姐还未必乐意呢!"

三

马文给李芹留了呼机号码。物业管理公司为了便于管理,专门为每个门卫配置了寻呼机,但是马文从不把呼机号码告诉别人,因为觉得没人会找自己。现在只要是个人,都可能会有个手机,李芹问起今后用何方式联络,或许只是为了撑面子,有呼机总比什么都没有强,马文竟然神使鬼差地说出了自己的呼机号码,李芹因此成为公司之外,惟一知道呼机号码的人。

李芹给了家庭电话和手机号码,马文到手就丢了,他想事情至此差不多就结束了,和以往一些见面的情形相仿佛,自己绝不可能主动再和她联系。因此,当呼机突然响起来,正在上班的马文懒洋洋地去回电话,他的声音并不友好:"喂,谁呼我!"

李芹在电话那头笑着说:"唉哟,怎么这么凶!"

马文说:"你是谁?"

"你猜呢?"

马文不耐烦地说:"我这人耳朵背,听不出来。"

李芹只好不和他绕圈子,说:"我是李芹,李芹,李义的姐姐。"

马文赶忙连声道歉。

李芹于是问他明天有没有空,说她家里要换隐形纱窗,希望他能过去帮帮忙。马文脱口而出,说要上班,又问这事为什么不喊李义。李芹有些失望,说你真要上班,那就算了。马文说自己可以跟别人换班,不过可能很麻烦,如果是大后天就好了,他正好轮休。李芹说,她可以跟工人说一下,看看能不能改在大后天,或者干脆就算了,她另外找人吧。马文以商量的口吻说,还是先跟工人打个招呼,实在不行,他就跟别人换班。李芹好像并不在意一定要他去,说又不是什么大事,你真有难处就算了。说完,不等马文再说,已经把电话挂了。马文顿时感到有些空落落的,话还没有说完,究竟还要不要他去,不说清楚真让人很难受。他喜欢把话说得明明白白,像现在这样话说到一半算什么。

马文向小组长请示,准备跟人换班,都说好了,又打电话给李芹。李芹接到他的电话,一点都不领情,说你来不来根本无所谓,她喊别人也很容易,再说,她已和工人说好了,日子已改在大后天了。马文听了,连声说:"这样最好,也不用换班了,虽然我已经打了招呼,能不换最好,上次有人想跟我换,我就没肯换,这次我又去求人家,真有点不好意思。"李芹还是一再强调他去不去都可以,但是语气有明显的变化,她似乎很满意马文把这事当真。

到了那天,他一早就起来,路很远,是骑车去的。李芹很吃惊他会那么大老远的骑车过来,说你干吗不打车,这路费我可以给你报销。马文说这点路算什么,自己还没到那种弱不禁风的地步。安隐形纱窗的人,到中午才来,一共四个小伙子,忙了一个多小时,就把活全部干完,一算账,将近三千块钱。马文说,不就是换个纱窗,怎么这么贵。李芹说,是太贵了,可是这里蚊子太多,老式的纱窗解决不了蚊子问题,现在的蚊子坏得很,无孔不入,都从旁边的缝隙里钻进来。负责算账的工人说:

"这还叫贵,就你这院子,前面那一家,换一换,将近五千块钱,你们家真不算贵了。"

打发了工人，李芹与马文一起收拾残局，扫地，擦窗台，等一切都弄完了，她说，今天你劳苦功高，请你吃个便饭。李芹告诉马文，住宅区外不远有一家小馆子，装潢得很漂亮，价格也不贵。马文觉得他没什么理由推辞，心里只是感到好笑，因为过去的几个月中，在李义的关怀下，他马不停蹄地和各式各样的女人见面，稍稍有点眉目，甚至一点眉目也没有，都要到小馆子里去吃一顿，而且照例都是他请客。男人请女人吃饭仿佛天经地义，有戏无戏都得吃，好像不吃这么一顿，就没别的事情可以做。也许对于女人来说，男人请吃饭意味着是给面子，因此马文提出今天应该由他做东，李芹说："你真要请我，下次吧，我们找个好馆，今天让你请，太便宜你了。"

马文平时并不是个很幽默的人，可是今天他变得特别会说："我可不能跟你比，我们是穷人，高档馆子请不起的。不瞒你说，高档馆子我还没进去过。"

李芹咯咯笑起来，说："好吧，既然你说实话，下次还是我请。"

马文说："我这人没出息的地方，就是嘴馋，你最好能天天请我。"

李芹说："那我得开个馆子，跟你说，还真有不少人提这样的建议，说是开馆子肯定赚钱。"

马文突然想到了黄晓芬，没兴致继续就这话题谈下去。李芹出手阔绰，点了许多菜，马文的胃口不错，猛吃，有些担心自己的吃相太难看。李芹却安慰说，男人能吃是好事，说她最看不惯比女人还女人的男人，吃什么东西都是一点点，而且这个不吃那样不碰。这顿饭吃得很愉快，终于吃完了，便告辞，大家互相致谢，马文是因为这顿吃，李芹是因为他今天为她花了大半天时间。到晚上，刚吃过晚饭，马文的呼机又响了，是李芹打来的，他跑进杨欣的房间回电话。这电话原来是放客厅的，马文平时几乎没什么电话，杨欣自作主张地将话机移到了卧室。马虎是第一次发现马文有呼机，兴致勃勃地跑到他身边，要研究他的呼机，马文一边打电话，一边不让儿子捣乱。

李芹说："我想也不能太便宜你，高档的馆子请不起，小馆子总得请我吃一顿吧？"

马文柔声细气地说:"这没什么问题,大男人一个,怎么敢赖账。能请你吃饭,这是给我面子,喂,你看什么时候好?"

李芹笑起来,说:"一个星期以后,不,早吃晚吃都是吃,索性三天,你看我跟你一样馋,都有些迫不及待了!"

马文说:"迫不及待好,都说心急吃不了热豆腐,这话其实是有问题的,都什么年代了,不心急怎么行,心急才能真正把事办好。我告诉你,我这人所以没出息,就是性子太慢。"

马文挂完电话,才意识到杨欣和李义正对着自己看。杨欣从没看见过他用这种腔调说话,因此对他说话的语气不无挖苦,说士别三日,怎么一下子变得像个花花公子。马文说,这要感谢李义,是李义给了他久经沙场的机会,人只要有机会锻炼,什么本事都能学会,再说了,和女人打交道有什么难的。李义看着马文的表情,也吃惊他的进步,很认真地提醒他不要得了便宜再卖乖。马文很从容地打量着他们的新房,虽然是挨着的邻居,还是第一次有这样的机会,他以一种从来都不属于自己的语调说:

"谁得了便宜卖乖了,李义,你把话说说清楚?"

李义叹了一口气,反问说:"谁应该把话说清楚?"

四

马文的儿子马虎和李义之间的关系非常融洽。这小家伙有运动员的素质,学校开运动会,报名跑一千米,竟然全校第一。一大群高年级学生远远落在后面。体育老师和马文谈话,说马虎练长跑,很可能会有出息。马文说,长跑有什么前途,马家军都是女将,我儿子要练就踢足球,长跑跟傻子似的,老是跑,没意思。马文和杨欣离婚之后,谁也不认真管小孩的学习,李义进了这个家以后,义不容辞地将教育小孩的任务担当起来,不仅天天检查马虎的功课,还用一大堆道理说服他练习长跑。

李义最绝的一手,是不知从什么地方弄了一条现成的狗回来,马虎因此一连兴奋了多少天。李义借狗的目的，是要训练马虎练长跑，天天一大早起来，他自己跑不动，就骑自行车，让狗和马虎一同跑，这一招十分管用。马虎一边跑，一边和那狗闹着玩。刚开始，马虎不是狗的对手，渐渐地，那狗反而不是马虎的对手。马虎的进步让学校的体育老师感到震惊，将他推荐到省体校，每周进行一次近乎专业的培训。

马文发现儿子自从李义搬来住，和自己的关系越来越疏远。令人难以置信的，是马虎小小年纪非常实用，他才不在乎什么血缘关系。有一天，马文把儿子拉到一旁谈话，说你这小子怎么回事，见了我老是躲？马虎一边和狗逗着玩，一边心不在焉地说，你又不是什么大老虎，躲你干什么？马文有些悲哀地说："你现在跟我根本没什么话说。"

马虎满不在乎，说："我本来就没话要跟你说。"

马文说："你现在究竟是喜欢爸爸，还是喜欢你那位叔叔？"

"我无所谓。"

"什么叫无所谓。"

"无所谓就是无所谓，反正，反正我也说不清楚。"

马文套近乎地问儿子，自己真要是搬出去住，他会怎么想。马虎看着马文，大眼睛滴溜溜地转圈子，不说话。马文以为他是舍不得自己搬走，没想到马虎会直溜溜地来一句："你走了，叔叔就帮我买一台跑步机，这样，我在家就可以练习跑步了。"

马文悻悻地说："妈的，你这不是盼着我滚蛋吗？"

"本来就是。"

"就是什么？"

"妈妈说了，你是有意赖着不走。"

"我就是有意赖着不走，又怎么样？"

马虎看父亲是真不高兴，不往下说，隔了一会儿，老气横秋地劝马文："爸爸，你赶快找个阿姨算了。"

马文咆哮说："我明天就带个漂亮阿姨回来，你告诉你妈，我就是不走，告诉她，不仅不走，我还要带个女人回来。这是我的房子，我有这个权利，是不是？马虎，你就这么跟你妈说。"

马虎不愿意再搭理他，马文还想再和儿子说几句，马虎翻了个白眼，扭头就走。马文气得直想揍他，转念一想，这样的儿子如果再揍一顿，与自己就更没感情。于是，他憋着一肚子不痛快，等李义和杨欣回来了，自己一个人躲在房间生闷气，听见他们在外面有说有笑，恨不得冲出去寻衅吵上一架。第二天，和李芹在一家馆子见面，马文发现自己气已经消得差不多，便把和儿子说过的话，又绘声绘色地描述了一遍，李芹听了直乐。

她笑着说："难怪大家都讨厌你，你已经成了钉子户。"

马文说："我就做钉子户，干脆谁也别想痛快。"

"你为什么不能成人之美呢？"

"我为什么要成人之美！"

这时候，马文和李芹的关系已大大地前进了一步。一起在外面吃了好几顿饭，目的当然不只是在吃饭上，但是不约吃饭就没有见面的借口，于是老一套的重复，吃了这顿又约下顿。还是在一起吃第二顿饭的时候，李芹就以一个大姐姐的口吻向马文挑明，他们之间的关系不会有任何结果。她的弟弟李义显然是想到了一个馊主意，他根本不知道她其实早就对婚姻没了兴趣。"这辈子绝对不会再结婚，我已经吃过婚姻的苦头，不会再做同一件傻事。"李芹说自己可能会跟男人来往，但是来往和考虑婚事有着本质的区别。她已经为男人的事太伤心，不想在已经弥合的伤口上再撒上一层盐。她的话让马文深有同感，所谓英雄所见略同，有了这样的开场白，两个人的交往反倒容易相处，因为不用谈婚论嫁，双方都有很大的自由空间。李芹说，她很感激李义能关心自己，说自己有时候的确很寂寞，需要有人关心她爱护她。

有一天，李芹花了很多时间来谈李义小时候的事情，她说他从小就是一名好发奇想的孩子，而最大的优点，就是喜欢帮助别人，做什么事都愿意替别人着想。她的用意或许是替李义说些好话，既然事情已经发展到这一步，马文和李义能像朋友一样相处，这本身就很不容易。马文听她好好地夸了一番自己的兄弟，也不打断她，由她说下去，等她兴致勃勃地说完了，他十分平静地说：

"你这位兄弟什么都好,就是把我好端端的家庭拆散了,这可不太好。"

李芹一怔,看着他,说:"你是不是到现在为止,还为这事记仇。"

马文模棱两可地说:"要说不记仇,这是假的,真要说记仇吧,也不是那么回事,反正一想到这事,就没意思。"

李芹说:"所以你现在和他们住在一起,真的是大家都很难受。你嘴上说自己要做钉子户,我看也未必是说的真话,不过是嘴上说说而已,你们其实都会觉得别扭,当然,如果不别扭也太不正常。你知道,有时候,我看你和李义像朋友似的,心里就嘀咕,我就想,这两个家伙会不会是在做戏?"

五.

马文开始天天到杨欣的房间里去接电话,吃了晚饭不久,电视打开了,黄金时段的连续剧刚开始,李芹的电话差不多也就来了。一连多少天都是这样,杨欣终于忍不住,对马文摆了脸,说明天把电话移到客厅去,老是这么到我们房间打电话,影响人家看电视。马文只当没听见,对着话筒没完没了。杨欣发现他这一阵的脸皮突然变得很厚,变成一个她已经完全不熟悉的马文,他打电话时谈笑风生,那劲头就好像是在电视剧中。马文似乎存心要表现自己情场上的得意,他表现出的那股热情,远远超过了他们当年谈恋爱。有一天,马文竟然会毫无顾忌地对话筒说出非常露骨的话,惊得正在看电视的杨欣和李义目瞪口呆。

杨欣和李义常在背后研究他们之间究竟发展到哪一步。杨欣认为这两个人肯定有事,要不然马文说话绝不会是这种腔调,孤男寡女干柴烈火,又都是过来人,有什么好含糊的。李义吃惊她会这么赤裸裸地表达自己的想法,两人经过一番讨论,得出一致的观点,不管有事没事,早点把马文从目前的这套房子里撵走,就是最大胜利。有一天,李义打电话给李芹,直截了当地问她和马文之间已经怎么样。李芹说:"你想知道什么怎么样?"
　　李义说:"你们是不是已经上过床了?"
　　李芹说:"上过怎么样,没上过又怎么样?"
　　李义说:"这有什么怎么样,上过就是上过,没上过就是没上过。"
　　李芹不做正面回答,问马文是怎么说的,李义说自己没有问过,可是看他那得意劲儿,八九不离十。

第四章

一

马文和李芹之间最尴尬的是第一次，李芹给了他一个进口大号的避孕套，十分抱歉地说："这还是我丈夫留下来的，可能是大了些，你凑合着用吧！"马文因此很别扭，一边做事，一边走神。到了第二次的时候，坚决不肯用避孕套，李芹有些担心，马文说："我告诉你一个黄段子，说是蒋经国当了总统，到台湾前线去慰问，听说老兵中性病很严重，便问为什么不使用安全套，一位老兵非常认真地说，蒋总统，你洗脚的时候，是不是穿袜子？蒋经国摇摇头，老兵笑了，说既然明白这道理，干吗还要问呢？"

不久，马文无意中发现了李芹丈夫的照片，照片上的他根本就不是伟丈夫的模样，因此向李芹提出疑问。李芹扯的谎被戳穿，老老实实地说："既然你问了，我可以告诉你，那玩意儿也不是我丈夫留下来的，是他的司机的。"原来李芹丈夫自从有了外室以后，基本上与她没什么来往，只是每月派健壮的司机送一次钱来。那司机二十刚出头，跟着老板见多识广，不费吹灰之力就把处在寂寞中的老板娘给办了。有一段时间，他每个月都要到这来快活一天，直到有一天，李芹突然发现自己丈夫不仅是知情者，而且是阴谋的总策划，气得立刻和那小伙子断绝了来往。她打电话把丈夫一顿痛骂，她丈夫说，你这是好心当做了驴肝肺，是他妈哑巴讨老婆，心里高兴，嘴上说不出，明明自己快活了，偏要装什么假正经。

马文开始没完没了地向李芹吹嘘自己的艳遇，编了一系列的故事，这种故事让他感到兴奋，感到快活。李芹总是不动声色地听着，不发表任何评价。最后马文有些不好意思，像瘪了气的皮球，说你是不是觉得我吹牛。李芹说，你吹什么牛，有女人喜欢你，这才是好事，你看我就喜欢你。马文无话可说，只好夸奖她是那种不会吃醋的女人。

李芹说："谁说我不吃醋，凭你我这种关系，我们配吃醋吗？"

马文说："不一定，我就有些吃醋。我一想到你过去丈夫的那个什么司机，心里就不自在，尤其不自在的，是你竟然让我用他剩下的避孕套。"

李芹说她并没想到他会在乎，既然大家都是逢场作戏，也就没必要太计较。她解释说自己当时也是逼急了，因为她一个单身女人，不可能不考虑到怀孕的严重后果。马文的情绪有些低落，说男人和女人不一样，男人最忍受不了自己戴绿帽子。李芹没想到他会突然冒出这么一句，不知道应该如何接茬儿，呆呆地看着他。马文让她看得不好意思，情不自禁地透露出了老实话："我是个没用的男人，倒是想和很多女人有事，可除了你之外，我没做过对不起杨欣的事情。"李芹没有什么反应，好像早就知道他吹嘘的那些风流故事全是假的。马文又叹气说："我知道你觉得我没用，男人都是有贼心没贼胆。"

李芹说："在我面前，你的贼胆并不小。"

马文说："那也是在你的鼓励下。"

李芹脸有些红，说："这是什么话，你的意思是我勾引了你？"

二

马文的脸上开始按捺不住得意，杨欣和李义迫不及待地问他打算什么时候搬出去，他很严肃地反问："我为什么要离开这儿？"马文的话让对方非常失望，李义这一段偶尔把女儿接来，他的前妻新近刚结婚，母女之间的关系有些不融洽。这丫头像她母亲一样要强，处处都要和马虎比个高低。一开始，马虎因为她是客人，还让着她，渐渐地便不太客气，于是两个孩子又吵又闹，又分别告状，弄得李义和杨欣也不愉快。

马文很喜欢坐山观虎斗,这好像还不够乱,他常喊李芹过来玩,来了便是打麻将,四个人正好一桌。有时候玩牌晚了,李芹就住下来,刚开始也做做样子,李芹和杨欣睡,李义到马文这屋来,很快就不讲这一套。李芹动不动要对马文做出亲热的样子,杨欣看在眼里,心头很不舒服,有一天,这套房子里就剩下马文和杨欣两个人,杨欣气鼓鼓说:

"和李芹这样的老大姐在一起,是不是很有意思?"

马文似乎一直在等待这种挑衅,他懒洋洋地说:"什么意思不意思,还不就是这么回事。"

杨欣追问他是怎么回事,马文笑而不答。

"马文,你知道不知道,你现在变得很坏?"

"我就是想变得坏一点。"

"你已经变坏了。"

"那我就谢谢你的夸奖和鼓励。"

这是六月里的一天,天忽然转热,杨欣只穿了一件汗衫,一条白颜色的短裙。因为是在马文的房间,他想既然是你送上门的,胆子就有些大,两人有一句无一句地聊着,他突然伸出手去,在杨欣的腰里捞了一下。杨欣也没过多抗拒,两人在房间里闹着玩儿似的扭打了一会儿,就重温了一场旧梦。事后,杨欣说这不好,马文说有什么不好,我们本来就是夫妻。杨欣说,本来是,但是现在不是。马文笑着说,现在不又是了吗?杨欣说他赖着不肯搬出去,是不怀好意。马文笑得更得意,说自己当然不怀好意。

李义回来毫无察觉,杨欣照样有说有笑,马文也跟什么事没发生一样,跑到他们房间里去逗儿子玩。杨欣与儿子的关系趋于紧张,现在他在这个家里,第一是听李义的话,其次是听马文的话,对于杨欣则有一股逆反情绪,越是不让干的事,越要干。李义说起自己单位里发生的一件有趣的事情,说得大家开怀大笑,因为故事有些带荤,马虎不是十分明白,追着杨欣问,杨欣不理,又问李义。李义说你还是小孩,等大了,自然会明白。马虎不服气地说:"你才是小孩呢,我知道你们说的是什么意思。"

马文说:"知道了你还问?"

马虎说："我知道你们说的是下流事。"

于是都笑，马虎说你们这是阴险的笑，大家笑得更厉害。这之后，水到渠成顺理成章，很快又有了下一次机会，杨欣仍然先抗拒，说上次已经属于意外，应该下不为例。她说这样对不起李义，你要想报复他，目的也达到了，而且这么做，也对不起李芹。马文说他不想报复谁，也不觉得对不起谁，既然事情发生得很自然，就不应该拒绝老天爷的安排，恭敬不如从命。由于这是偷情，是越轨的行为，大家更感到刺激，更感到兴奋，结果是一而再，再而三，这事竟然没完没了。毕竟住在同一套房子里，想要寻找机会太容易，杨欣又天生是个胆子大的女人，喜欢冒险，有几次半夜起来上厕所，悄悄地爬到马文的床上去，抓紧时间温存一番，速战速决。有一天，她突然想到似的，不无担心地问马文，如今有两个女人要敷衍，难道他就不觉得累。

马文说："两个男人你都对付得了，我为什么害怕两个女人。"

三

中秋节前夕，李芹又来打麻将，打到很晚，李芹让哈欠连天的马文送她回去。一路上，当着出租司机的面，她像审贼似的问他，是不是和杨欣有不正当的关系。马文矢口否定，李芹说你不要装腔作势，凭女人的那点直觉，我知道你们之间有问题。马文说，我现在是有女人的人，如果我没有你，这么想也正常，你今天是怎么了，赢了钱还要找不自在。李芹说她现在终于明白了，李义所以急着要让马文搬走，实在是有他担心的道理。男人都不是东西，即使像马文这种看上去老实巴交的人，也不是东西。马文由她去说，说到临了，知道她昨天刚去检查过身体，以为自己有什么病，结果却是什么都没有。

李芹让马文搬到她那里去住，马文慢悠悠地说，我们又没结婚，明目张胆住在一起，怕是不太合适。李芹说，你从来没跟我提过结婚的事。马文说，这怨不着我，是你说自己不打算再结婚，你既然不想再婚，我硬逼着也不行。李芹说那是过去，女人没有不想结婚的，男人是想找个女人玩玩,女人是想找男人过日子。马文说,那我看错你了,原来以为你和别的女人不一样,结果也没什么两样。李芹顿时有些急,板起脸来生气,要撵他走,马文便想趁机溜,李芹真火了,说你若是走了,以后再也别回来。马文没想到她会这样,说又不为什么,干吗发这么大的脾气?

李芹见他软了,说:"你走哇。"

马文说:"我走了,你不让我回来了,我当然不敢走。"

李芹内心也舍不得他走,嘴上还硬:"走哇,反正迟早还是走。"

结果是和好如初,两人终于上了床,马文一边做小动作,一边打哈欠。李芹说这事到明天早上再做,你也累了,只要搂着我睡就行。马文于是顺水推舟,不再勉强,李芹一言既出,不能再有什么表示,只好心不甘地说了一句:"马文我告诉你,我绝不会逼着你娶我。"不一会儿,马文已经睡着,轻轻地打着呼噜。李芹没有困意,胡思乱想,到天亮才睡着。第二天,李芹问马文还记不记得昨晚她说过的话,马文有些迷惑,李芹说我知道你没往心里去,马文说:"你说过的话太多,我怎么知道是哪一句。"李芹无可奈何,把绝不逼他娶自己的话又说了一遍。

马文说:"要是我提出和你结婚呢?"

"那我就得好好地考虑考虑。"

"考虑什么,实话实说,别绕弯子。"

"我想可以有个孩子,有个我们自己的孩子。"

四

李芹买了一辆小车,马文和杨欣离婚前,曾跟她学过一阵驾驶,因为有基础,很快就拿到了驾照,于是三天两头载着李芹出去兜风。李芹是个很有钱的女人,有多少钱,马文没有问过,反正知道她有钱,因此让她花钱心安理得。刚有车那阵很热闹,东奔西跑,到处乱窜,还常常开着车子去上班,一起上班的同事羡慕地对马文说:"了不得，你现在是有私车的人，再干保安这差事，怕是不合适了。"

马文说："怎么不合适，前几天经过一个农民私设的收费站，见谁拦谁，可是一看到我这身制服，屁都没敢吭一个。"

"人家要知道你是保安，饶不了你。"

"什么叫饶不了我，我不上中央电视台的《东方时空》告他们，就算是便宜的，你说这是不是可以上电视曝光。"

马文成为大家眼里快乐幸福的人，他的得意扬扬就在脸上大明大白写着，走到哪儿都带着。可惜这种快乐幸福的生活，临了被杨欣和李芹的一次谈话，活生生地给打断了。在一场看似无意的谈话中，杨欣不怀好意地坦白了她和马文之间发生的事情，这显然是经过精心策划的，李芹做出一切都在预料中的样子，尽可能地想保持平静，但还是有些克制不住。她不知道自己说什么才好，板着脸问杨欣是否觉得对不住李义。

杨欣说："如果李义和他的前妻有什么事，我想我能够容忍。"

李芹眼睛瞪多大的，说："别说容忍不容忍，问题是李义和前妻有没有事？"

"我想是没有。"

"既然没有，说这话就没意思。"

"如果你觉得没意思，当然就没意思。"

事后李芹才想明白这次谈话中的潜台词，她觉得杨欣的做法很无理，自己没有任何歉意，却还在暗示李芹应该容忍这种事，真亏她说得出口。李芹觉得自己有理由和马文大闹一场，骂他个狗血喷头。很多事都是事后越想越窝囊，李芹完全有理由把杨欣也痛骂一顿，因为她显然在暗示，马文所以会和她好，只是看中了她的钱。换句话说，作为女人，李芹并不可爱，可爱的不过是她的钱。有了这样的看法，杨欣才敢如此肆无忌惮，她那样的女人从来都不在乎会伤害谁。今天她这么对李芹说，很可能明天又会理直气壮地去告诉李义。

由于马文没有任何心理准备，对李芹的又一次质问守口如瓶，既然有上一次搪塞的成功经验，他打定主意坚决抵赖。但是这一次李芹并不准备放过他，先是好言相哄，接着是恶语相加，最后大骂他是个吃软饭的家伙。马文被她骂急了，说我确实是个没用的男人，打人不打脸，你何苦用这种话来伤我。李芹说你脸皮厚，伤不了的。

"怎么伤不了，我已经很受伤。"

"那是别人让你受的伤，跟我没关系。你知道我现在终于明白了什么事，当初你老婆为什么要跟你分手，就是因为你不像个男人！"

"我是不太像男人。"

"你当然不像男人。"

"我没说我像男人。"

马文一味服软，李芹只好再来软的："杨欣都承认了，你还一口抵赖，这有什么用？"

"她承认是她的事，我就是不承认。"

"你们原来是夫妻，真有事，我也不会太吃醋。"

"你不吃醋，我也不会说有。不说，打死我也不说有。"

马文还是不肯老实就范，李芹便再一次暴跳如雷，能想到的狠话都说了，扔了一个热水瓶，打碎两个茶杯，还撕了几张报纸，然而他仍然一副死猪不怕开水烫的架势。李芹没办法，只好请他滚蛋。马文赖着不肯走，李芹说你再不走，我就打电话喊110来。马文让她快喊，说110来，他省得叫出租车回去。折腾了一个多小时，李芹感到累了，火也发得差不多，心也有些软下来，想马文如果真认个错，或许还可以原谅他，她于是很伤感地说：

"我们反正是一对野鸳鸯，说分手就可以分手，你不应该这样伤我，你并不是那么坏的人。"

马文将身上的车钥匙掏了出来，又拿出皮夹子，和李芹算账，今天他在超市为她买了不少东西，多下来的钱必须还给她。李芹看出马文这是真要走人的意思，而且很可能一去不返。她喊住了他，让他把屋子收拾干净再走。马文看了看地上，拿了把扫帚过来，将地上的碎玻璃先打扫干净，然后又用拖把将地面仔仔细细地拖了一遍。他似乎是赌气干这些事，和杨欣做夫妻的时候，他什么事都做，但是和李芹在一起，他最恨的就是做家务，因为在这套豪华的宅子里做家务很伤男子汉的自尊，坐实了他是个贪女人钱财的家伙。若在平时，马文说什么也不能容忍吃软饭这种话，人穷志不穷，他的忍耐早就到了极致。把拖把放回卫生间的时候，他的火气也开始大起来。

李芹说："今天走了，就不要再回来！"

马文怒不可遏地说："我当然不回来！"

出乎马文意外的，是在最后关头，李芹突然在门口拦住了他，她的眼泪直流下来，像孩子一样哭着说："我不让你走，知道你早就想走了，你别走。"

五

马文于是成了一块杨欣和李芹都要争的肉骨头，这肉骨头食之无味，弃之可惜。往日的平静已不复存在，现在，两个女人各用各的手段，为争夺马文这个并不起眼的男人，你死我活不可开交。杨欣的办法是明争，就像当年大闹离婚一样，她索性和李义把话挑明了，把种种细节都说出来，甚至连床上的刺激和兴奋也没放过。李义眼神顿时就直了，仿佛已经不认识她，对着她从上到下看了好一阵，说你这个人是怎么回事，当初让你别离婚，你非要离，自己离了，又逼着我离，我离了，又纠缠着要结婚，一切还没完全安顿好，你又玩花样了。

杨欣说："我觉得这种事，瞒着你也不道德。"

"瞒着人是不道德，就这么没事似的，对我打个招呼，就道德了？"

"我也不想这么做。"

"但是你做了，已经做了。"

"我知道这是个伤害。"

"这是往刀口上撒盐。"

"我只能说对不起。"

"撒盐好哇，盐可以杀菌。疼算什么，算个狗屁。我后悔自己当初不该离婚，现在好了，原来好端端的那个家，早没了。最对不起的是我女儿，她不像你那儿子，谁对他好谁就是他爹。"

"我真的觉得很对不起。"

"对得起,你谁都对得起,一点错都没有。说你有错那是冤枉你,你就是你,不这么称心去做,也不是你了。瞧着我姐和马文好,心里就不舒服,不舒服你就要作怪。一作怪,就什么事都能干出来。跟我说说看,下一步你还想怎么折腾?反正你生来就喜欢让男人戴绿帽子。"

和杨欣的明争不同,李芹的手段是暗斗。事情既然已经闹开,马文只能从自己的那套房子里搬出来,搬出来容易,住哪儿却是个问题,结果只好住到李芹这来。李芹再也不和他闹了,好像什么事也没发生,连杨欣的名字也从来不提。她现在是一味地对他好,侍候大老爷一样地对待他,临了,弄得马文感到不好意思。马文说,我不是不想说真话,只是说了真话,这太伤你。李芹说,你别说了,我知道你和她之间没事。马文说,不,有事,真有事。李芹说,有事也没关系,有事就跟没事一样,你们本来就是夫妻嘛。

李芹跑到另外一个房间去哭了一场,马文手足无措,不知道是否应该进去哄哄她。现在的事情真有些麻烦,杨欣偷偷地给他打过几次电话,知道他住在李芹这里,大发脾气。让人感到不可思议的是,她虽然是别人的老婆,吃李芹的醋却非常厉害,一定要他赶快搬走。马文问她往哪儿搬,杨欣蛮横地说,往哪儿搬我不管,反正立刻得搬。就在李芹伤心欲绝的时候,杨欣又打了个电话过来,口气更严厉,没有一点商量余地。马文挂了电话,有些六神无主,李芹也哭完了,走出来,问是谁的电话。马文如实交代,李芹怔了一下,说你要离开我,得先答应我一个条件。马文问是什么样的条件,李芹说,让她有一个他们的孩子。她说多少年来,自己一直想要个孩子,原来那个丈夫这方面有点问题,看了好几家医院都不行,为此丈夫一直觉得对不起她,因此分手时,才留这么一套房子给李芹。

"知道你迟早都会离开,我也无所谓,只要个孩子,这不过分吧?"

李芹说自己对男人已经不抱什么希望,不相信天底下还会有什么好男人。她已经对前途没有信心,只想有一个自己的孩子,好好地抚育他,安安逸逸度过一生。马文被她说得好感动,突然发现自己是真的很喜欢这个女人。

第五章

这是冬季里的第一场雪,来势凶猛,整整下了一夜。李芹提议大家一起去赏雪,拍些照片,好好地谈一次话。考虑到这次谈话是最后的摊牌,某些事要做一个最后的了断,李芹建议不要带马文的儿子马虎,因为有些话,不适合当着小孩的面说。杨欣说,为什么不听听小孩子的意见,也许我们最后还都得听他的话。在开车去接人的途中,李芹很伤感地对马文说:"杨欣这女人够厉害,其实就是不带上儿子,也是稳操胜券的,我说什么也不是她的对手。"

李义和杨欣带着马虎在大门口等候着,马虎一上车,对着马文的脑袋瓜就是一个雪球,弄得车厢里到处都是雪。自从事情明朗以后,李义和马文这是第一次面对面,大家都有些尴尬,脸上都不太好看。好在女人是天生的外交动物,虽然各自心存杀机,李芹和杨欣却像什么事也没发生过一样,若无其事地敷衍起来,一路上,两人大谈马虎的学习成绩。马虎最近的考试又没考好,最怕别人提起他的语文,抱怨说他们的老师神经病,总是考成语。杨欣说他这态度不对。马虎说,什么对不对,我考你几个成语试试看,你还不是不会。上次问你五个成语,一个都没答对,问你"不速之客"是什么意思,竟然好意思说是速度跑不快的客人。

李芹笑着问:"马虎,真不好意思,阿姨也不知道,应该怎么说?"

"'速'就是邀请,现在知道了吧?"

李芹连忙点头,说她长这么大,今天才真正明白。马虎于是很得意，一连报出几个成语来，要大家猜。一车的大人，没几个能说得准，猜着猜着，便到了一家公园门口，大家先下车，马文独自将车开到停车场，付了存车费，脸色沉重地走回来。李芹等他走近，迎着他，和声细语地说：

"你别板着脸好不好，对了，还有李义，都别板脸，我们今天先好好地玩一玩。"

来赏雪的游客很多，都在选不同的风景点拍照，李芹也拿出相机，先给马虎拍了一张，接着给杨欣拍，杨欣也为李芹拍。噼噼啪啪拍了好几张，李芹说："来，为我和马文拍一张。"说着，不由分说地把马文拉了过去，挽着他，让杨欣拍照，拍完了，又情意绵绵地偎在他身上，让再拍一张。然后便要回照相机，要替杨欣和李义拍照，李义赌气说他不拍。李芹说拍个照又怎么啦，搭什么臭架子。李义说，我就不拍。李芹说，我跟你合影。李义说，跟谁也不拍。李芹拗不过他，便提议拍一张大合影。马虎闹着要由他来拍，结果就真拍了一张。当时李义站那儿没动，是大家走过去迁就他的。

拍完照是在公园里散步，走了很长的一截路，还在一个茶座喝了茶，又继续散步，终于走到一个人少的角落里，大家不约而同放慢步伐。李芹出其不意地拉住马虎的小手，问他愿意跟爸爸在一起，还是愿意跟李义叔叔在一起。

马虎说："我无所谓。"

李芹又问："你是希望你妈和你爸在一起，还是希望她和李义叔叔在一起。"

马虎看了看马文，又看了看李义，说："我希望他们都在一起。"

"这不可能。"

"为什么？"

"不为什么，反正就是不可能。"

马虎于是不说话。

李芹非要他表态："你究竟愿意和谁在一起？"

"我，我随便。"

"不能随便，一定要选一个。"

杨欣在一旁对于这样的问话已经烦了,她直截了当地说:"算了,别兜圈子了,用不着折磨一个孩子,我们都是大人,干脆自己把话说开,心里怎么想就怎么说。李义,你先说。"

李义气鼓鼓地说:"我说狗屁。"

李芹说:"有话好好说,你别这样。"

李义又说:"我他妈想打一架。"

马虎在一旁拍手,说打架最好玩,问他想跟谁打。李义于是转过身来,朝马文脸上就是一巴掌,马文没有防备,结结实实地挨了一下,转眼间两个人便扭在了一起。马虎没想到会玩儿真的,在一旁吓傻了。地上滑,李义和马文很快跌倒在地,在雪地上打滚。两个大男人一会儿你占上风,一会儿我处于优势,都不像会打架的样子,各自累得气喘吁吁,不一会儿,引来了一大群看热闹的人。最后,谁也打不动了,李芹上前把他们拉开,再一次要求大家有话好好说。

李义将掉地上的眼镜捡起来戴上,说:"好好说你妈个×,操你妈的,这种事有什么好说的。"

那么多人围着看总不是个事,李芹和杨欣挥手请观众们离开。马虎在一旁发呆,还没缓过神来,他没想到会是真的打架。有几位好多事的观众仍然不愿离去,其中一位穿红滑雪衫的女孩子兴高采烈,情绪激昂地等着进一步发生的战事。李义恶声恶气地说,有什么好看的,该走多远走多远,该上哪儿玩就去哪儿玩。马文也虎视眈眈地瞪着看众,他的脸上青了一块,牙缝里好像也有些血渍。李芹有些心疼地过去观察他的伤情,她这么做,杨欣也只好过去关心一下李义,然而李义丝毫不领情,一下子把她推出好远。

"我今天根本就不应该来,这是吃错了药。"平时文绉绉的李义今天粗话连篇,一口一个妈,"让我跑这儿来说说清楚,真他妈的是毛病,对不起,不陪你们玩了,你们爱怎么谈怎么谈,我他妈先走一步。马虎,你今天下午还要训练,我这是提醒你一声,还是那句话,去不去,是你自己的事,你不要借机逃避训练。"马虎一连声地说他不想逃避,今天这场面不是太有趣,这小家伙现在只想尽快离开这个是非之地。李义本来想一个人开溜,可是马虎这会儿更情愿跟着他先走。马虎目前的长跑成绩，在省里已经十分优秀，如果坚持下去，成为专业运动员似乎已不成问题。每次训练都是李义送他去，习惯成自然，今天跑这么远，怎么回去倒成了个问题。李义在前面走，马虎在后面追，一边追，一边还为怎么去操心。李义说："急什么，我们他妈的打出租去。"

  李义走了，剩下的人才发现其实也没什么话可谈。他们想在今天做一个快刀斩乱麻似的了断，但是有些事并不是说断就可以断的。很多事都是只能做，不能说，做了不会白做，说了也是白说。再耗下去，未必会有什么好结果，而最聪明的办法是赶快结束这尴尬的局面。马文耸了耸肩膀，说："算了，还是先开车送马虎去训练。"李芹和杨欣想想也对，今天的会议继续开下去已没有意义，于是一起匆匆往大门口赶。可惜已经晚了，李义和马虎走得很急，早没了影子，不可能再追上。马文让李芹和杨欣站门口别动，他去取汽车，取了汽车过来，李芹打开前门，坐在了马文身边，杨欣不甘示弱，不愿意独自一个人坐后面，也拉开前门，让马文坐到后边去，说由她来驾驶。她的用意很明显，不愿意看着马文和李芹坐在一起，马文怔了一下，无可奈何地下了车，一个人孤零零坐在车厢后面。

  杨欣很熟练地发动了汽车，掉头，将车开到了一个三岔路口，懒洋洋地问现在该往哪开。李芹对两边看看，回头问马文，让他赶快表个态。马文不知道要去什么地方，这会儿，他脸上发青的地方隐隐地有些疼，路当中站着一个交通警察，手举了起来，很愤怒地指着他们。开车的杨欣很紧张，李芹也忐忑不安，但是马文却还是心不在焉，他看着那警察，说：

  "往哪儿都行，随便。"

图书在版编目（CIP）数据

枣树的故事 / 叶兆言著. -- 北京：作家出版社，2023.7
（共和国作家文库）
ISBN 978-7-5212-2045-2

Ⅰ.①枣… Ⅱ.①叶… Ⅲ.①中篇小说-作品集-中国-当代②短篇小说-作品集-中国-当代 Ⅳ.①I247.7

中国版本图书馆CIP数据核字（2022）第193117号

枣树的故事

作　　者：	叶兆言
责任编辑：	姬小琴
装帧设计：	棱角视觉
出版发行：	作家出版社有限公司
社　　址：	北京农展馆南里10号　　邮　编：100125
电话传真：	86-10-65067186（发行中心及邮购部）
	86-10-65004079（总编室）
E-mail：	zuojia@zuojia.net.cn
http://	www.zuojiachubanshe.com
印　　刷：	北京盛通印刷股份有限公司
成品尺寸：	152×230
字　　数：	225千
印　　张：	16.75
印　　数：	1—6000
版　　次：	2023年7月第1版
印　　次：	2023年7月第1次印刷
ISBN	978-7-5212-2045-2
定　　价：	42.00元

作家版图书，版权所有，侵权必究。
作家版图书，印装错误可随时退换。